THIS WAY, BOSS

KIM S. CAPLAN

1

HAILEY

Silbern glänzend rauscht die Subway an mir vorbei und verschwindet in der Dunkelheit eines Tunnels. Fasziniert schaue ich ihr nach, bis die Schlusslichter nicht mehr zu sehen sind.

Gott, Hailey, reiß dich zusammen! Du wirkst wie eine Außerirdische, die erst kürzlich auf diesem Planeten gelandet ist.

Dies ist eine völlig neue Welt für mich. Vor Kurzem bin ich aus einem Dorf in meiner Heimat Oregon nach New York City gezogen. Ein großer Schritt. In der Weltmetropole will ich endlich beweisen, was ich draufhabe. Meine Bewerbung als Expertin für digitale Marketingkampagnen bei *T-Travel*, dem größten Online-Reiseanbieter der Staaten, war erfolgreich. Ich wurde zu einem Vorstellungsgespräch eingeladen. Das macht mich stolz und happy, denn die Konkurrenz ist in diesem Job riesig. Es wimmelt nur so von fähigen Leuten.

Hektisch schaue ich mich um. Welche U-Bahn muss ich nehmen? Das ist bestimmt absolut easy. Da vorn befindet sich ein riesiger Touchscreen mit einem interaktiven Fahrplan. Mist! Das Ding ist defekt. Hätte ich mich nur früher damit befasst! In dem Augenblick, als ich mein Handy aus der Tasche nehmen will, um die Fahrpläne aufzurufen, frage ich mich, warum ich immer Technik nutzen muss? So komme ich niemals mit New Yorkern ins Gespräch. Ich lasse meinen Blick schweifen. An einer Säule lehnt ein Typ in zerrissenen Jeans und einer schlabbrigen Jacke. Sein dunkles Haar ist schulterlang. Der Vollbart hat nichts mit dem gängigen Hipster-Style zu tun, sondern vermittelt Urwüchsigkeit. Zwischen seinen derben Boots steht eine große, abgenutzte Reisetasche.

Der kann mir bestimmt sagen, wo es langgeht. Ich meine, welche Bahn ich nehmen muss.

»Hey! Kannst du mir helfen? Ich muss zum *Financial District*«, quatsche ich ihn an und fühle mich unglaublich cool. Die Außerirdische hat den Kontakt zu Einheimischen gewagt. *Yeah!*

»Kleinen Moment«, knurrt er, ohne mich anzuschauen, und starrt auf sein Smartphone.

»Okay …« Unfreundlicher Kerl. Es gibt noch eine Menge andere Leute hier, die mich bestimmt nicht bissig anraunzen.

»Warte«, meint er dann plötzlich, steckt sein Handy weg und grinst mich in einer Mischung aus Freundlichkeit und Verwegenheit an. »Du willst zum *Financial District*?«

»Stimmt.« Zumindest hat er zugehört. Gütiger Himmel, hat der Typ einen intensiven Blick. Der geht einem tiefer und tiefer, in die Seele hinein. Solche Iriden habe ich noch nie gesehen. Grün und klar wie das Glas einer Champagnerflasche. Dazu diese Stimme – tief und warm, dabei etwas kratzig, als hätte er versehentlich mit einem Drahtschwamm gegurgelt.

»Genau meine Richtung. Schließ dich mir einfach an.«

»Echt?« Ein Stein fällt mir vom Herzen. Das ist mein Glückstag!

»Da kommt sie.« Er deutet auf die U-Bahn, deren Scheinwerfer sich aus dem Tunnel nähern.

Nachdem sie am Bahnsteig angehalten hat, öffnen sich

zischend die Türen. Es steigen nur wenige Leute aus. Umso mehr Fahrgäste drängen sich in die Abteile.

»Bitte«, lässt der Fremde mir den Vortritt und ich betrete den Waggon. Es bleibt mir nur, mich an einer Stange festzuhalten, denn alle Sitzplätze sind belegt. »Um diese Uhrzeit ist es immer brechend voll«, sagt er und umklammert eine Stange, als die U-Bahn anfährt. »Das ist Manhattan.«

»Damit werde ich leben müssen.«

Er ist mehr als einen Kopf größer als ich und grinst zu mir herunter. »Du bist keine Touristin? Der Schirm – deswegen habe ich angenommen, du wärst Engländerin. Aber du besitzt keinen britischen Akzent.«

»Ich dachte, es regnet vielleicht«, sage ich in der Hoffnung, dass er die Röte auf meinem Gesicht nicht bemerkt. Den Stockschirm – ein schwarzes Ungetüm, das ich von meinem Grandpa geerbt habe – kann ich nicht verstecken.

»Es wird nicht regnen. Vertrau mir.« Er grinst. »Du bist also neu in der Stadt.«

»Ja«, antworte ich. Alles verrät mich. Es ist noch ein langer Weg bis zur echten New Yorkerin.

»Dann brauchst du jemanden, der dir die City zeigt«, äußert er sich selbstsicher.

Er baggert dich an! Das ging aber verdammt schnell!

Genauso schnell vergesse ich auch meinen Vorsatz, mich nach der letzten enttäuschenden Beziehung nicht so schnell wieder auf einen Flirt einzulassen.

»Ich bin Hailey«, stelle ich mich mit weiblicher Raffinesse vor. Nun muss er mir auch seinen Namen verraten.

»Meine Freunde dürfen mich Kal nennen«, teilt er mir grinsend mit. »Und du auch.«

»Okay, Kal. Das mit dem Kennenlernen der City hat Zeit. Erst einmal muss ich mich auf meinen Job fokussieren«, antworte ich etwas steif.

»Irgendwann hat man Feierabend und darf Spaß haben.« In seine Augen legt sich ein amüsiertes Funkeln.

Prima gemacht, Hailey! Ganz großes Kino! Nun hält er dich für eine Langweilerin, die den ganzen Abend einsam auf dem Sofa sitzt, sich schnulzige Filme reinzieht und Chips futtert.

Am besten, ich mache den Mund gar nicht mehr auf. Es kommt nur Blödsinn heraus. Stumm werfe ich einen Blick auf mein Spiegelbild im Fenster. Sieht man mir an, dass ich ein Landei bin? Ist meine Frisur nicht hipp genug? Seit der Teenagerzeit trage ich mein blondes, glattes Haar mit einem Pony und schulterlang. Stylingmäßig bin ich kein Genie. Wimperntusche. Lipgloss. Das muss reichen. Eine Modequeen bin ich ebenfalls nicht. Wozu auch? In meinem Job ist ein klassisches Businessoutfit angesagt. Eine weiße Bluse und ein Hosenanzug in Dunkelblau gehen immer. Diese Farbe passt zu meinen Augen. Ein Ex von mir hat diese mal als ein Gemisch aus Grau und Blau beschrieben, wie das Gefieder von Tauben.

Ob das als Kompliment von ihm gemeint war? Na, ich weiß nicht.

Für meine Augen habe ich jedenfalls schon oft schmeichelnde Worte zu hören bekommen. Nun ja, für meine Brüste auch. Shit! Dieser Gedanke lässt mich wieder erröten.

Die nächste Station nähert sich. Die U-Bahn hält an und es quetschen sich noch mehr Fahrgäste in das Abteil. Gütiger Himmel! Ich wusste zwar, dass viele Menschen diesen Weg zur Arbeit nehmen, aber die Masse erschlägt mich. Dieses Gedränge nimmt mir die Luft zum Atmen.

Meine neue Bekanntschaft rückt näher. Kal schirmt mich mit seinem Körper ab. Als die Bahn anfährt, halte ich mich nicht richtig fest und pralle leicht gegen seine Brust. Verlegen schaue ich zu ihm auf. Er lächelt mich an. Verdammt, jetzt wird mir heiß! Die Bahn nimmt Fahrt auf und rauscht über die Schienen. Die Enge und die Anzahl der Menschen machen einen weiteren Small Talk unmöglich.

Ich nehme den Duft von Kal wahr. Es ist der Geruch eines Abenteurers, der sich mit nacktem Oberkörper durch den Urwald kämpft, um seine Geliebte zu retten. Moosig, holzig. Unwiderstehlich viril. Verflucht, ich habe zu viele Parfümwerbungen gesehen.

»An der folgenden Station müssen wir raus«, verkündet er.

»Klasse«, hauche ich erleichtert und verlasse mit ihm beim kommenden Halt den Waggon.

»Jetzt müssen wir auf die nächste Linie warten. Sie kommt gleich«, erklärt Kal mit einem Blick auf die Anzeigetafel.

»Oje. Das ist verflucht kompliziert«, sage ich und versuche, mir alles zu merken. Für den Fall, dass ich den Job bekomme, wäre das mein täglicher Arbeitsweg.

»Es ist einfach, sich in Manhattan zurechtzufinden«, entgegnet Kal wieder mit diesem amüsierten Blitzen in den Augen. Es scheint ihm eine immense Freude zu bereiten, sich über mich lustig zu machen. »Alle Straßen verlaufen waagerecht von Osten nach Westen. Und die Avenues von Norden nach Süden.«

»Aha«, zeige ich mich wenig begeistert. Die Weltmetropole bleibt für mich trotzdem ein Buch mit sieben Siegeln.

»Mit der Subway verhält es sich auch ganz simpel«, zeigt er sich bemüht, mir die Orientierung leichter zu machen. »Es geht entweder nach Uptown.« Er zeigt mit ausgestrecktem Arm in die Richtung. »Das ist nördlich. Oder nach Downtown. Das liegt südlich.« Sein Arm zeigt in die entgegengesetzte Richtung.

»Verstehe«, tische ich ihm mit einem Nicken und möglichst intelligentem Gesichtsausdruck auf, damit er Ruhe gibt.

Wir steigen in die nächste Bahn ein. Diesmal finden wir sogar Sitzplätze.

»Wo waren wir eben stehen geblieben?«, überlegt Kal laut. »Ich habs! Bei deinem Job. Was machst du beruflich?«

Einem Fremden so viel von mir anzuvertrauen, ist ungewohnt für mich. Ich bin kein Mensch, der sich schnell öffnet, und brauche für gewöhnlich Zeit.

»Ich bin im Marketing tätig«, antworte ich knapp. Damit gebe ich nicht zu viele Informationen über mich preis. »Eigentlich habe ich noch gar keinen festen Job. Ich bin gerade unterwegs zu einem Bewerbungsgespräch«, füge ich ehrlich hinzu.

»Ah! Marketing. Das klingt spannend. Dann drücke ich dir die Daumen!«

»Danke. Bitte alle beide, denn ich kann etwas Glück gebrauchen.« Bis vor ein paar Sekunden hatte ich meine Nervosität vergessen, doch nun wurde sie angestupst und saust wie eine Flipperkugel durch meine Adern.

»Wird schon schiefgehen.«

»Und du?«, nehme ich ihn auch ein wenig in die Mangel. »Was hast du für einen Job?«

»Wir müssen hier raus«, entgeht Kal einer Antwort und erhebt sich.

»Ah ... okay.« Wir steigen aus. Ich habe Mühe, ihm zu folgen. Der Strom der entgegenkommenden Menschen ist gewaltig. Unbeholfen stoße ich gegen den Verkaufstisch einer Frau, auf dem sie Hüte mit *I Love NYC* gestapelt hat. Ich entschuldige mich. Eine Gruppe Touristen interessiert sich für die albernen Souvenirs und sie probieren einige der Reihe nach auf.

»Kommst du allein klar?«, will Kal wissen, nachdem wir den Untergrund verlassen haben und ans Tageslicht gelangen.

»Ich denke, schon.«

»Wo genau musst du hin?«

Ich beiße mir auf die Unterlippe. Soll ich ihm das wirklich anvertrauen? »Die Firma heißt *T-Travel*«, eröffne ich ihm dann.

Kal legt den Kopf schief, als müsse er überlegen. »Das ist leicht zu finden. Nach links und dann immer geradeaus, das Gebäude an der nächsten Kreuzung.«

»Du kennst dich aber gut aus.«

»Das Gebäude mit dem riesigen roten Logo kennt hier jeder«, erwidert er mit einem lapidaren Achselzucken.

»Danke für deine Hilfe. Sonst würde ich zu spät zu meinem Bewerbungsgespräch kommen. Das wäre eine echte Katastrophe!«

»Gern geschehen. Ich brauche jetzt erst mal einen Kaffee. Und einen Bagel.« Kal deutet auf das Café gegenüber. »Wenn du den Job bekommst, merk dir den Laden. Aber ich warne dich: Die Bagels machen süchtig ...«

Wie kann ein Bagel süchtig machen? Er übertreibt. Eher seine elektrisierenden Augen. Denen kann man verfallen.

»Okay. Danke für den Tipp. Ich werde mich jetzt mal aufmachen ...« Ich strecke den Arm aus.

»Falsche Richtung. Da gehts lang!«, verbessert Kal mich mit einem Grinsen.

»Ja, natürlich.« Ich schlage mir leicht gegen die Stirn.

»Daumen sind gedrückt«, verabschiedet sich meine Kurzzeit-Bekanntschaft.

»Danke. Wird schon schiefgehen«, wiederhole ich seine Worte und spreche mir damit selbst Mut zu. »*Bye*!«

»*Bye*!« An der Fußgängerampel überquert Kal im Pulk der anderen Passanten die belebte Straße.

Ich schlage den Weg in Richtung von *T-Travel* ein. Gütiger Himmel, bin ich verpeilt! Das meine ich nicht nur bezüglich meiner Orientierung. Warum habe ich Kal nicht gefragt, woher er gerade kommt? Seine Reise wäre das perfekte Thema gewesen. Ich hätte eine Menge über ihn erfahren können. So bleibt er ein geheimnisvoller Fremder, den ich nie wieder sehen werde. Diese vertane Chance macht mich traurig. Doch diesen Gedanken muss ich beiseite fegen. Wie ein Trauerkloß darf ich in der Firma auf keinen Fall auftreten. Der erste Eindruck zählt.

Vor dem Gebäude angekommen, überprüfe ich im Spiegel meiner Puderdose mein Aussehen und lege etwas Lipgloss nach.

Bin ich bereit? *Yes*! Mit durchgedrücktem Rücken trete ich in die Empfangshalle. Wow! Das Ambiente umhüllt mich mit warmer Farbgebung und riesigen echten Grünpflanzen. Überall hängen große gerahmte Fotos von wunderbaren Locations. Meer, Strand und Palmen. Aber auch Großstädte mit nächtlich erleuchteten Gebäuden sind dabei. Das komplette Repertoire eines Reiseanbieters.

Ich gehe auf die Empfangstheke zu, hinter der ein Wachmann in einer polizeiähnlichen Uniform sitzt.

»Guten Morgen!«, begrüße ich den Respekt einflößenden älteren Herrn.

»Guten Morgen! Was kann ich für Sie tun?«, fragt er mit strengem Blick.

»Hailey Davis mein Name. Ich bin zu einem Bewerbungsgespräch eingeladen worden.«

»Warten Sie bitte kurz.« Er checkt meine Angaben im Computer. »In Ordnung. Fahren Sie bitte mit dem Aufzug in die oberste Etage.«

»Danke.« Ich begebe mich zu den Fahrstühlen. Zügig erscheint ein Lift und ein Tross Frauen und Männer steigt freundlich grüßend aus. Gütiger Himmel! Die sehen aus wie einem Lifestyle-Magazin entsprungen. Kann ich da mithalten? Ich träume schon wieder! Mit einem beherzten Sprung gelange ich gerade noch rechtzeitig in den Aufzug, bevor sich die Tür schließt. Nach dem Drücken des Knopfes rauscht das Ding aufwärts.

Ping! Das Zeichen zum Aussteigen. Mein Herz klopft wie wild. Wird dieses Unternehmen mir eine Chance geben? Liegt hier meine Zukunft? Als grundsätzlich optimistischer Mensch glaube ich an einen Volltreffer. Auch wenn es naiv ist.

Gleich hinter der ersten Glastür auf dem langen Gang entdecke ich eine junge Frau, die in ihrem Büro vor einem Regal steht. Arbeiten hier nur Models? Sie hat lange, seidige braune

Haare, die ihr bis zum Po gehen, trägt einen kurzen Rock und ein enges Shirt, das ihre übergroßen, wahrscheinlich gemachten Titten betont. Als sie mich entdeckt, winke ich ihr zu. Mit einer Geste deutet sie mir an, dass ich eintreten darf.

»Guten Morgen!«, sage ich übertrieben fröhlich, um mir meine Aufregung nicht anmerken zu lassen. »Bin ich hier richtig? Mein Name ist Hailey Davis und ich wurde zu einem Bewerbungsgespräch eingeladen.«

»Willkommen bei *T-Travel*, Ms. Davis«, sagt die Schönheit mit regungsloser Miene. »Ja, hier sind Sie richtig.«

Was ist los? Zu viel Botox? Oder hat sie nur einen schlechten Tag?

Geschmeidig nimmt sie hinter ihrem Schreibtisch Platz. »Ich bin Jade Noack. Mr. Thorntons persönliche Assistentin. Bitte setzen Sie sich einen Moment.« Sie deutet auf den stylishen weißen Sessel in der Ecke. »Mr. Thornton ist noch beschäftigt. Er wird Sie gleich empfangen.«

»Oh! Mr. Thornton will mich sehen?« Mit weit aufgerissenen Augen zeige ich pures Erstaunen. Ich hatte eher mit einem Gespräch bei der Personalchefin gerechnet, mit der ich telefoniert hatte. Was ist an meiner Position so wichtig, dass er dies persönlich übernehmen will? Darauf kann ich mir keinen Reim machen und nehme verdattert Platz.

»Möchten Sie etwas zu trinken? Kaffee? Tee? Wasser?«, bietet Jade mir an.

»Nein danke«, lehne ich ab. Mein Blutdruck ist ohnehin ganz oben, daher scheidet Kaffee aus. Wasser? Wenn ich nur daran denke, muss ich auf Toilette. Dort in der Kabine zu hocken, während der Big Boss mich zu sich rufen lässt, ist ein peinlicher Moment, den ich vermeiden will.

Eine Stunde später …

Unruhig wippe ich mit einem Fuß. Wie lange lässt der Typ

mich denn noch warten? Von Angestellten wird absolute Pünktlichkeit verlangt, aber der große Boss darf sich alles herausnehmen. So läuft das nun mal. Trotzdem ist es ungerecht. Ich stelle mich vor Jades Schreibtisch. Sie tätigt gerade einen privaten Videoanruf, was ich unschwer mitbekomme. Offenbar ist sie nicht ausgelastet. Ihren Job möchte ich haben! Nein, lieber doch nicht. Ich bleibe bei meinem. »Entschuldigung«, taste ich mich leise vor.

»Ja bitte?« Genervt schaut Jade auf, als hätte ich sie bei etwas Ultrawichtigem unterbrochen.

»Wann darf ich damit rechnen, dass Mr. Thornton mich empfängt?«

»Keine Ahnung«, erwidert sie abschätzig und beendet ihr Tun. »Vielleicht möchten Sie doch etwas trinken?«

Ich nicke, denn mein Mund ist ganz trocken. »Einen Tee, bitte.«

Jade legt den Kopf genervt schief. »Schwarztee? Grüntee? Jasmin? Rooibos?«

»Jasmin«, entscheide ich mich schnell. Diesen trinke ich auch mit Vorliebe in asiatischen Restaurants. Verdammt, bei dem Gedanken bekomme ich Hunger. Knusprige Frühlingsröllchen. Gebackene Bananen. Ich hätte nicht mit leerem Magen zu diesem Gespräch gehen dürfen.

»Ich bin gleich wieder da!« Jade verlässt mit wiegendem Hüftschwung den Raum, während ich wieder Platz nehme. Kurz darauf überreicht sie mir den duftenden Tee, den ich kurz abkühlen lasse.

»Sehr aromatisch, der Tee«, sage ich. »Original aus China?«

»Nein. Aus dem Laden an der Ecke«, gibt sie mir Auskunft.

Ich zucke mit den Mundwinkeln. Herrgott, ist Jade einfältig! Sie glaubt bestimmt auch, dass Milch aus der Tüte kommt.

»Mr. Thornton wäre dann so weit. Folgen Sie mir bitte!«, verkündet sie ein paar Minuten später, hebt die Hand wie eine

Reiseleiterin in der Stadt, als sie vor mir her tippelt und mich in einen großen, hellen Raum führt. »Bitte nehmen Sie Platz!«

Auf dem weißen Drehstuhl hinter dem aufgeräumten Schreibtisch, auf dem nur ein Computerbildschirm und eine Tastatur sowie eine Lampe stehen, sitzt niemand. Ganz schön steril, das Büro des Bosses. Ich fühle mich ein bisschen wie in einer Zahnarztpraxis.

»Mr. Thornton kommt gleich.« Jade zieht die Tür hinter sich zu.

Inzwischen weiß ich, dass die Uhren hier anders ticken. Mit einem verlorenen Gefühl bleibe ich zurück.

2

KALVIN

Ich betrachte sie eine Weile durch die Glastür hinweg. Sie wirkt angespannt, was nicht ungewöhnlich ist. Ein Job bei *T-Travel* ist etwas Besonderes und hart umkämpft.

Mit Schwung öffne ich die Tür. »Guten Morgen!« Den Blick nach vorn gerichtet, gehe ich zu meinem Schreibtischstuhl und setze mich.

»Guten Morgen!« Sie starrt mich an. Ihre Unterlippe zittert und sie bringt kein weiteres Wort hervor.

Mein Lächeln wird ihr hoffentlich einen Teil ihrer Verunsicherung nehmen. »Entschuldige, dass ich dich habe warten lassen. Ja. Ich bins. Es ist keine Sinnestäuschung. Wir sind uns heute schon mal begegnet. Ich habe mir vorhin nach dem Cafébesuch noch schnell beim Friseur die Haare schneiden und den Bart abrasieren lassen«, demonstrativ streiche ich mir übers glatte Kinn, »und mich umgezogen«, sage ich und deute auf mein schwarzes Poloshirt. »Das macht aus mir zwar keinen neuen Menschen, aber immerhin sehe ich nun aus wie Kalvin Thornton, der CEO dieses Unternehmens«, rede ich locker weiter.

»Mr. Thornton«, wispert sie ungläubig und schließt vor Verblüffung die Lippen nicht komplett.

Verdammt sexy. Außerdem stehe ich auf ihre großen Augen, die je nach Lichteinfall blau oder grau wirken. Ein Farbspiel, wie man es oftmals am Himmel beobachten kann. Erst ist er blau und dann ziehen graue Gewitterwolken auf. Dazu ihre weiche und melodische Stimme. Ich könnte ihr stundenlang zuhören.

»Für dich immer noch Kal«, verbessere ich sie. »Daran hat sich nichts geändert. Es wäre seltsam, wenn du mich nun Mr. Thornton nennst.«

»Aber ich kann Sie doch nicht …«

Abwehrend hebe ich die Hand. »Doch, du kannst. Ich bin noch immer der Typ, den du auf dem Bahnsteig getroffen hast. Was für ein verrückter Zufall, findest du nicht?«

»Ja. Vollkommen verrückt.«

»Manchmal spielt das Leben seltsame Spiele mit uns.«

»Warum hast du mir nicht gesagt, wer du bist, als ich dir erzählte, wo ich mich beworben habe?«

Diese Frage musste kommen. »Vielleicht wollte ich dein erstauntes Gesicht sehen, wenn du mir gegenübersitzt.«

Moment, Kal. Das klingt gemein. Wie ein überhebliches Arschloch.

»Ich hielt es für eine nette Überraschung«, verbessere ich mich.

Auch nicht viel besser, Dummkopf!

»Eine nette Überraschung. Ja.« Hailey faltet verkrampft ihre Hände im Schoß. »Warum fährt jemand wie du mit der U-Bahn? Ein Mann in deiner Position hat doch sicher einen Firmenwagen mit Chauffeur.«

»Ich mische mich ab und an gern unters gewöhnliche Volk«, erwidere ich und lache. Zum Glück erkennt Hailey meinen Sarkasmus und lacht mit. »Ich bin gestern von einer weiten

Reise zurückgekommen und habe bei einem Freund übernachtet, der mich am Flughafen abgeholt hat. Wir hatten uns ewig nicht mehr gesehen und eine Menge zu bereden. Mit der U-Bahn geht es morgens am schnellsten in die Firma«, schiebe ich nach, weil sie eine ehrliche Antwort verdient. »Der Verkehr in Manhattan ist ein Desaster.«

»Schrecklich. Ich würde hinter dem Steuer einen Nervenzusammenbruch bekommen. Daher habe ich mein Auto verkauft, als ich hierhergezogen bin.«

»Sehr weise. Nun zu dem offenen Job bei uns. Ich habe mir deine Bewerbung durchgelesen. Deine Referenzen sind ausgezeichnet.«

»Danke. Ich liebe meinen Job. Doch bisher habe ich weitgehend im Homeoffice gearbeitet. In so einem großen Unternehmen tätig zu sein und mit den anderen in einem Großraumbüro zu sitzen, wird eine Herausforderung für mich.«

»Kleiner Tipp«, sage ich in strengem Tonfall. »Man sollte niemals sein Licht unter den Scheffel stellen. Du hast großartige Arbeit geleistet. Zweifellos ist der Job bei uns mit einer Umstellung verbunden, aber du packst das. Davon bin ich fest überzeugt.«

»Bedeutet das, ich bin eingestellt?«, hakt sie mit einer kleinen Falte auf der Stirn nach, die wie ein Fragezeichen aussieht. »Haben Sie ... Hast du keine weiteren Fragen? Für gewöhnlich wird man bei Bewerbungen gelöchert wie eine Blechdose in einem Western.«

Ich lache. Die junge Lady trifft genau meinen Humor. »Keine weiteren Fragen. Ich treffe meine Entscheidungen stets zügig. Zeit ist Geld.« Ich werde wieder ernst. »Das heißt, eine Frage hätte ich noch – nimmst du den Job an?«

»Selbstverständlich!«

»Dann hast du ab morgen einen neuen Job! Ich lasse gleich von Jade den Arbeitsvertrag für dich vorbereiten. Du kannst darauf warten und ihn unterschreiben.« Ich lehne mich entspannt in meinem Schreibtischstuhl zurück. »Allerdings gibt es eine Bedingung ...«

»Was für eine Bedingung?«

»Morgen findet hier in Manhattan eine Hochzeit statt, zu der ich eingeladen bin. Dafür habe ich noch keine Begleitung.«

»Warum gehst du nicht allein dorthin?«

»Allein auf einer Hochzeit?« Ich kräusle die Stirn. »Hast du noch nie erlebt, wie verflucht scheiße das ist? Man wird am Singletisch platziert und ist quasi Freiwild«, erkläre ich.

»Du hast recht. Das ist übel. Sind es Freunde von dir?«

Ich nicke. »Jo und Billy geben sich das Jawort.«

»Zwei Männer? Das ist großartig. Ich war noch nie auf solch einer Hochzeit.«

»Leider muss ich dich enttäuschen. Jo ist die Kurzform von Josephine und Billy ist ihr Freund. Ein Hetero-Paar also.«

»Ach«, haucht sie und schürzt die Lippen.

»Es wird eine Megaparty. Jo ist Kunsthändlerin und Billy besitzt mehrere Galerien in der Stadt. Sie haben sich vor fünf Jahren über ihre Berufe kennengelernt. Es werden eine Menge bekannte Künstler sowie bestimmt auch ein paar Promis kommen.«

»Das hört sich aufregend an.«

»Ist das ein Ja?«

»Selbstverständlich begleite ich dich«, stellt sie klar.

»Danke. Da wäre noch etwas ...« Fast wage ich es nicht, mit der Sprache herauszurücken. Eventuell fällt sie in Ohnmacht.

Nicht schlecht. Dann könntest du es mit Mund-zu-Mund-Beatmung versuchen.

»Noch etwas?«, fragt sie beinahe ängstlich, in einer höheren Tonlage. »Der Job ist aber an ziemlich viele Bedingungen geknüpft.«

»Keine Bange. Ich verlange nicht, dass du mit mir eine Nacht verbringst oder so …« Abwehrend wedle ich mit den Händen herum, als wolle ich Fliegen verscheuchen.

Wäre das echt eine Strafe? Für die meisten Ladys nicht. Trotzdem eine dämliche Bemerkung, Kal. Hirn einschalten vor dem Reden.

»Ich reise übermorgen nach Barbados, um den Fortschritt des Baus einer Schule zu überwachen, der von meiner Hilfsorganisation *Changes & Chances* finanziert wird«, fahre ich ernst fort. »Und um ein Resort zu besichtigen, das wir in unser Portfolio aufnehmen wollen. Es wäre schön, wenn du mich auch hierbei begleitest.«

Eine traumhafte Karibikinsel. So, Kal! Jetzt hast du es geschafft. Sie wird freudig aufspringen und dir um den Hals fallen!

Hailey atmet tief durch. »Ich wusste nicht, dass Reisen zu meinen Aufgaben im Marketing gehören.«

Was ist das denn für eine seltsame Reaktion? Ich werde daraus nicht schlau. »Streng genommen, nicht. Aber es ist der perfekte Einstieg, um in den Kosmos unseres Unternehmens einzutauchen und zu lernen, wie alles läuft. Du musst zugeben, das ist eine einmalige Gelegenheit. Und ein absoluter Traumjob.«

»Ein Traumjob. Ja.« Sie lächelt ein wenig verkrampft. »Welche Kleidung benötige ich für die Reise?«

»Hauptsache, knapp und sexy.«

Hailey starrt mich entgeistert an.

»Das war nur ein Scherz.«

Nun ja. Nicht wirklich, wenn ich ehrlich bin.

»Also sommerlich.«

»Genau. Es wird heiß. Dort ist es heiß, meine ich …«

Sie fasst sich an die Stirn. »Ich bin völlig durcheinander. Ich war darauf vorbereitet, über meine Qualifikationen zu sprechen. Stattdessen bekomme ich eine Einladung zu einer Hochzeit und einer Reise nach Barbados.«

»Wer mit mir zu tun hat, weiß, dass nicht immer alles nach

Plan läuft. Daran wirst du dich gewöhnen müssen.«

Hailey nickt schwach.

»Ich habe gleich ein wichtiges Meeting«, sage ich mit demonstrativem Klopfen auf meine Armbanduhr und weise Jade durch die Sprechanlage an, den Arbeitsvertrag für Hailey fertigzustellen. »Die Hochzeit findet um vier Uhr nachmittags statt. Ich schicke dir einen Wagen, der dich um drei abholt.« Ich erhebe mich und strecke meine Hand aus, um unsere Vereinbarung durch diese Geste zu bekräftigen. Außerdem ist dies die perfekte Gelegenheit, um sie zu berühren.

»Alles klar!« Hailey ergreift meine Hand.

Ich spüre, dass ihre etwas feucht ist. »Willkommen im Team. Unsere Zusammenarbeit wird großartig, das wirst du sehen. Ich freue mich riesig darauf.«

»Danke. Ich freue mich auch. Aber da wäre noch etwas ...« Verschämt blickt sie zu Boden. »Wie siehts mit meinem Gehalt aus?«

Wortlos begebe ich mich zu meinem Schreibtisch und hole mein Scheckbuch aus der Schublade. Zügig schreibe ich mit dem edlen Kugelschreiber, der ein Geschenk meines Vaters ist, etwas auf den obersten Scheck und überreiche ihn ihr dann. »Für den ersten Monat.«

»Aber ... Aber das ist doch viel zu viel ...«

»Das ist genau richtig.«

»Vielen Dank«, flüstert sie ungläubig.

»Bis morgen.« Ich schaue ihr nach, als sie mein Büro verlässt. Es bleiben nur noch zwanzig Minuten bis zum Meeting. Schnell ordne ich meine Papiere und checke ein paar Daten im Computer, um mich vorzubereiten.

Als ich mein Büro verlasse, um mich in den Konferenzraum zu begeben, ist Hailey leider schon weg. Ich bin gespannt, wie sie morgen aussehen wird. Die anderen Männer werden pingpongballgroße Augen machen, da bin ich sicher.

3

HAILEY

Mit zitternden Knien verlasse ich das Gebäude. Der typische New Yorker Lärm dringt in meine Ohren, ein Gemisch aus Polizeisirenen, hupenden Autos und Hubschraubern, die über der City flattern. Wie in Trance wandle ich über den Bürgersteig. Ich habe den Arbeitsvertrag von *T-Travel* in der Tasche und mit meinen siebenundzwanzig Jahren schon eine Menge erreicht. Ist das alles nur ein Traum?

Was ich jetzt erst einmal brauche, ist ein Bagel, denn ich bin vollkommen unterzuckert. Das gegenüberliegende Café, das Kal mir empfohlen hat, zieht mich magisch an. Nachdem ich den Laden betreten habe, überwältigt mich der aromatische Kaffeegeruch. Ich bestelle bei dem jungen Mann hinter der Verkaufstheke einen Cappuccino mit Hafermilch. Beim Bagel entscheide ich mich für eine etwas extravagante Kreation aus Frischkäse, getrockneten Tomaten und karamellisierten Walnüssen. Man muss auch mal etwas Neues ausprobieren. Gerade hier in New York, wo ausgefallene Kreationen an der Tagesordnung sind. Der Angestellte bereitet ihn vor meinen Augen frisch zu. Ich zahle und will mich an einen Stehtisch begeben, als ich entdecke, dass zwei Leute aufstehen und ein kleiner Tisch im hinteren Bereich frei wird. Meine Glückssträhne geht weiter! Mit meinem Tablett steuere ich ihn zügig an und setze mich. Jetzt erst einmal runterkommen und genießen. Das mit dem Abschalten gelingt mir jedoch nicht. Es gibt da etwas, was mir keine Ruhe lässt. Nach dem Verzehren des megaleckeren Bagels wische ich mir die Hände mit einer Serviette ab, hole mein Handy heraus und tippe »Kalvin Thornton« in die Suchmaske ein. Zuerst finde ich die Fakten. Die Internetseite seines Unternehmens, die ich ja bereits zur Genüge studiert habe. Und sein Foto, auf dem er so geschniegelt und gebügelt aussieht, dass ich ihn auf dem Bahnsteig unmöglich erkennen konnte. Ganz abgesehen von der Tatsache, dass ich ihn niemals dort erwartet hätte. Als ich weiter nach unten scrolle, tauchen Berichte über seine Charity-Organisation *Changes & Chances* auf. Auch diese Aktivitäten sind mir bekannt und ich bewundere ihn sehr dafür. Der Name ist Programm. Etwas zu verändern und Kindern eine Chance auf ein besseres Leben zu geben, muss eine äußerst erfüllende Sache sein. Und in meinen Augen die Pflicht der Superreichen.

Wofür ich mich allerdings nie interessiert habe, sind die reißerisch aufgemachten Artikel der Promi-Magazine. Zum Kotzen! Babygerüchte um eine Hollywoodschauspielerin, nur weil ihr Bauch sich ein bisschen rundet. Vielleicht hat sie sich wie wir normalen Menschen am Wochenende mal Fast Food reingepfiffen.

Kal ist ebenfalls ins Kreuzfeuer dieser Meute geraten, weil er als attraktiver Milliardär und Single interessant für die Klatschpresse ist.

Angewidert lese ich die Artikel.

Wer ist die neue Frau an Kalvin Thorntons Seite?

Vergangenen Monat war es noch ein rassiges Topmodel, Melina Cruz, mit der er auf einer Party gesehen wurde. Doch auch die blonde Schauspielerin Loona Blake scheint sein Interesse zu erregen. Mit ihr wurde der New Yorker Businessman bei einem Basketballspiel gesichtet. Kann der attraktive Womanizer sich nicht entscheiden?

Darunter finde ich noch einen zweiten Artikel. Er stammt aus dem vorletzten Winter und zeigt Kal in Aspen, beim Après-Ski mit einer hübschen Brünetten.

Wessen Herz bringt Kalvin Thornton da zum Schmelzen?

Offenbar hat der schwerreiche Unternehmer sich Lavinia Cranston geangelt, Hotelerbin und Society-Lady. Doch sie könnte sich die Finger an ihm verbrennen. Bisher hat er es nie lange bei einer Frau ausgehalten.

Was für ein Herzensbrecher! Ich muss mich vor ihm in Acht nehmen.

Was denkst du da? Sein Beuteschema sind Models, Schauspielerinnen und reiche Erbinnen. Du bist weit entfernt von Modelmaßen und Millionen auf dem Konto. Du bist safe, Hailey. Absolut safe.

Ich trinke den letzten Schluck meines Cappuccinos aus, obwohl er mittlerweile kalt ist und werfe einen ungläubigen Blick auf den Scheck. Dieser verrückte Kerl. Und noch etwas bereitet mir Kopfschmerzen. Der Flug nach Barbados. Ich muss mich Kal morgen auf der Hochzeit anvertrauen. Doch jetzt möchte ich nach Hause. Ich verlasse das Café. Der Himmel sieht grau aus. Einige Tropfen benetzen meine Haut, als ich hochschaue. Tatsächlich – es fängt an zu regnen. Schnell spanne ich meinen Schirm auf. Die Tropfen steigern sich zu einem starken Prasseln.

Was sagte Kal noch gleich? *Vertrau mir, es wird nicht regnen.*

Ha! Ich bin die Einzige mit Schirm. Die anderen Leute werden pitschnass. Geduckt rennen sie über die Bürgersteige und suchen Schutz in Ladeneingängen.

Da vorn gehts zur U-Bahn-Station. Impulsiv entscheide ich mich jedoch, ein Taxi heranzuwinken. Auf diese Idee setzen gerade einige Menschen, um dem Wetter zu entkommen. Doch es sind genügend *Yellow Cabs* unterwegs. Eins hält neben mir an.

Ich klappe den Schirm zu und steige eilig ein. Nachdem ich dem Fahrer meine Adresse genannt habe, bin ich froh über diesen Entschluss. Sicher ist sicher. Sonst würde ich womöglich erst gegen Mitternacht zu Hause ankommen. Das U-Bahnnetz und ich – wir werden keine Freunde.

Was war das für ein aufregendes Abenteuer!

Am nächsten Nachmittag …

Mit Schwung drehe ich mich vor dem großen Spiegel an meinem Schrank. Das Kleid, das ich für den Anlass gewählt habe, ist hellblau, mit einem leichten silbernen Glitzereffekt auf dem oberen Teil. Es gilt die Regel, niemals Weiß zu tragen, wie die Braut, und diese nicht mit einem allzu opulenten Kleid zu übertrumpfen. Das hätte mein Kleiderschrank ohnehin nicht hergegeben. Ich bin mir sicher, die superreiche Kunsthändlerin erscheint in einem traumhaften Designerkleid, das alle aus den Schuhen haut.

Ein Tutorial im Netz hat mich frisurentechnisch zu *Beach Waves* inspiriert. An der einen Seite glänzt eine Spange aus Kristallen, ein wunderhübscher Seestern. Auch ein passendes Make-up ist mir mithilfe eines Videos gelungen. Dunkelblauer Lidschatten und schwarze Mascara lassen meine Augenfarbe leuchten und ein pfirsichfarbener Gloss pimpt das Volumen meiner Lippen.

Ich werfe einen Blick aus dem Fenster meines Apartments, das in der dritten Etage eines vierstöckigen alten Stadthauses liegt. In einem Wolkenkratzer könnte ich niemals wohnen. Zu hoch, zu anonym. Diese kleine Wohnung ist daher ein wahrer Glücksfall für mich. Sie ist weder luxuriös noch etwas Besonderes, aber die Mieten in Manhattan treiben einem Tränen in die Augen und Schweiß auf die Stirn. Dank eines Erbes und meiner Ersparnisse sprengen die Kosten nicht mein Budget.

Gleich müsste der Wagen kommen, um mich abzuholen. Das muss er sein! Langsam rollt eine Limousine an den Straßenrand. Wenig später klingelt es. Ich eile zur Tür und drücke auf die Sprechanlage. »Ja bitte?«, frage ich und tue so, als hätte ich den Wagen nicht schon längst entdeckt. Das hätte etwas armselig gewirkt.

»Ms. Davis, hier ist George, der Chauffeur von Mr. Thornton«, ertönt eine sonore Stimme.

»Einen kleinen Moment noch«, bleibe ich bei meiner Taktik. »Ich komme gleich herunter.«

»In Ordnung, Ms. Davis.«

Zur Sicherheit kontrolliere ich den Inhalt meiner Clutch. Alles drin, was eine Lady für solch einen Anlass braucht. Oder eben nicht benötigt. Der Glückskeks vom letzten Restaurantbesuch fliegt raus. Halt, ich muss noch den Spruch lesen. Zügig packe ich das Ding aus und zerteile es. Mit spitzen Fingern entrolle ich den winzigen Zettel.

Der Weg zum Herzen eines Menschen führt niemals geradeaus. Er ist wie ein Labyrinth.

Irgendwie berührt mich dieser Spruch. Ich werfe den Zettel nicht weg, sondern lege ihn in die Schale auf der Kommode.

Dann verlasse ich meine Wohnung und fahre mit dem Aufzug herunter. Langsam schreite ich durch die Tür und gehe mit einem vorgetäuschten Selbstbewusstsein auf die glänzend polierte schwarze Limousine zu.

»George«, begrüße ich den Chauffeur, der mir die Tür aufhält.

»Ms. Davis.« Der ältere Herr mit den grauen Haaren lächelt väterlich.

Ich mag ihn auf Anhieb, denn er erinnert mich an meinen Grandpa.

4

KALVIN

»Hallo, Hailey«, sage ich, als sie zu mir in den Fond des Wagens steigt.

»Huch! Kal! Ich hätte nicht gedacht, dass du mitfährst.« Vor Schreck stößt sie sich beinahe den Kopf.

»Ich wollte es mir nicht nehmen lassen, dich abzuholen.«

»Ich bin so aufgeregt«, gesteht sie mir, nachdem mein Chauffeur losgefahren ist.

»Das musst du nicht sein. Niemand wird dich dort beißen oder fressen. Es gibt bestimmt ein fürstliches Menü.«

Sie lacht leise. »Aber da sind so viele Menschen, die ich nicht kenne.«

»Ich werde dich mit einigen Leuten bekanntmachen. Du wirst sehen, es geht alles ganz locker ab. Außerdem werde ich dir nicht von der Seite weichen«, gebe ich ihr ein Versprechen.

Hailey lächelt mich eine Spur entspannter an.

»Es ist beinahe wie eine kleine Sightseeingtour, nicht wahr?«, frage ich amüsiert, denn sie schaut voller Neugier aus dem Wagen, an den Wolkenkratzern hoch, deren Fenster in den oberen Etagen im Licht der Sonne orange leuchten.

»Ja«, haucht sie.

»Ich erlege der Faszination dieser Stadt jeden Tag aufs Neue. Es wird nie langweilig«, gestehe ich ihr und schaue an meiner Wagenseite hinaus, damit sich meine Begleiterin nicht zu beobachtet fühlt. Viel lieber würde ich sie betrachten.

Der Wagen rollt langsam vor den Eingang des luxuriösen Hotels und hält an. George steigt aus und öffnet der Lady die Autotür, während ich an der anderen Seite aus dem Fahrzeug klettere.

Hailey blickt mit weit in den Nacken gelegtem Kopf hoch. »Hier findet die Trauung statt?«

»Ja, ganz oben, auf der Dachterrasse.« Ich begebe mich mit ihr ins Gebäude und wir fahren mit dem Aufzug hoch. Kaum sind wir ausgestiegen, werden wir von einer aufmerksamen Servicekraft begrüßt, die uns auf einem silbernen Tablett Drinks anbietet. Wir nehmen zwei Gläser an uns.

»Heilige Scheiße! Darin schwimmt etwas Violettes herum«, stelle ich wenig begeistert fest. »Was sind das? Gefärbte Insekten? Müssen denn alle heutzutage jeden idiotischen Trend mitmachen?«

Hailey checkt den Inhalt der Gläser und lacht leise. »Das sind Lavendelspitzen. Mein Grandpa hat so was immer in den Kleiderschrank gelegt. Hilft gegen Motten.«

Ich lache. »Mal schauen, was es innerlich bewirkt. Auf jeden Fall ist ein gehöriger Schuss Gin darin. Nicht schlecht.«

»Nicht schlecht. Aber bestimmt tückisch. Viel darf man davon nicht trinken.«

»Wie findest du die Location?« Mein Blick schweift über die Terrasse, deren Dekoration schlicht gehalten wurde. Das Brautpaar steht auf schrille und bunte Kunst, bevorzugt aber privat eher ein unauffälliges Ambiente. Überall stehen große Kübel mit weißen Orchideen. Von den mit gleichfarbigen Hussen abgedeckten und sorgfältig aufgereihten Stühlen aus werden wir später der Trauung beiwohnen. An der seitlich aufgebauten Bar kann man sich Getränke holen, falls man etwas anderes als die gereichten Drinks bevorzugt.

»Überwältigend.«

»Lass uns die Aussicht von ganz vorn genießen! Der Blick auf die City ist spektakulär. Das Empire State Building ist zum Greifen nahe.«

»Sorry! Aber ich muss mich erst an die Höhe gewöhnen. Ich befürchte, so nahe am Abgrund wird mir schwindelig«, winkt sie ab.

»Ach komm schon! Die Terrasse ist komplett abgesichert. Es kann nichts passieren.« Ich deute auf die hohen Umrandungen aus Sicherheitsglas, die wie ein durchsichtiger Schutzwall außen entlangführen.

»Mag sein. Aber das Glas wirkt auf mich so, als wäre da nichts. Gar nichts«, äußert sie weitere Bedenken, die ich nicht nachvollziehen kann.

»Wie du meinst.«

»Kal! Da bist du ja!« Strahlend kommt der Bräutigam auf mich zu. Billy trägt einen anthrazitfarbenen Cut, an dessen Revers eine Blume angesteckt ist. Die mittlerweile von grauen Strähnen durchzogenen lockigen Haare sind zu einem kleinen Zopf gebändigt. Der Vollbart ist gestutzt. »Sie sind also die hübsche Begleiterin, die er angekündigt hat«, wendet er sich galant Hailey zu.

»Ja, das ist Hailey. Meine Retterin. Sonst hättet ihr mich an den Singletisch verfrachtet«, reiße ich direkt einen lockeren Spruch zum Einstieg.

»Das stimmt. Und alle Single-Ladys werden zutiefst enttäuscht sein. Aber es war uns eine Freude, zu hören, dass du nicht allein kommst. Unsere Hochzeitsplanerin hat gern umdisponiert. Herzlich willkommen, Hailey.«

»Danke sehr«, haucht sie schüchtern.

Billy dreht sich um. »Wo ist denn nur meine Braut?«, murmelt er mit suchendem Blick durch die Menge.

»Wahrscheinlich hat sie kalte Füße bekommen und ist auf und davon«, foppe ich meinen Freund weiter.

Er wirft mir einen strafenden Blick zu. »Da ist sie!«, ruft er dann und winkt sie heran.

»Wow! Jo, du siehst zauberhaft aus«, mache ich der Braut ein Kompliment. Es war klar, dass die toughe Galeristin sich niemals in ein Hochzeitskleid zwängen würde. Stattdessen trägt die hochgewachsene Beauty mit der Modelfigur einen weißen Hosenanzug. Ihre Haare, die sie inzwischen nicht mehr färbt, sondern in Grau präsentiert, sind nach hinten gegelt und unterstützen ihren strengen Ausdruck, der allerdings täuscht, denn sie ist eine der warmherzigsten Personen, die ich kenne. Dieses schmale Gesicht mit den dunkelbraunen Augen und vollen Lippen – alterslos schön und faszinierend.

»Kal, du alter Schmeichler«, sagt sie, umarmt mich leicht und haucht Luftküsse neben meine Wangen. »Wir waren ja so gespannt, wen du mitbringst«, wendet sie sich meiner Begleiterin zu, die in diesem Moment wesentlich interessanter zu sein scheint als ich.

»Ich bin Hailey«, stellt sie sich der Braut selbst vor. »Sie sehen fantastisch aus.«

»Sie aber auch. Ganz zauberhaft, dieses Kleid. Wie ich sehe, seid ihr schon mit Drinks versorgt worden.«

»Mit irgendeinem Lavendel-Dingsbums gegen Motten«, bleibe ich bei meinen lockeren Sprüchen, schaue mit gehobener Braue in mein Glas und bringe die Gastgeberin damit zum Lachen.

»Entschuldigt uns jetzt, wir müssen noch ein paar andere Gäste begrüßen.« Jo fasst Billy an den Oberarm und zieht ihn weg.

»Deine Freunde sind sehr sympathisch.« Hailey lächelt erleichtert.

»Sonst wären sie nicht meine Freunde.«

»Jo sieht wirklich großartig aus. Anders, als ich mir vorgestellt habe, aber echt super.«

»Eine Klassefrau. Als Kunsthändlerin liebt sie es unkonventionell. Ich hätte darauf gewettet, dass sie kein Kleid trägt.«

»Kal, ich muss dir dringend etwas sagen«, setzt Hailey nach ein paar Sekunden der Stille an und beißt sich auf die Unterlippe.

»Kann das nicht warten? Ich habe da hinten gerade Austin Price entdeckt, den Topspieler der *Brooklyn Meteors*. Siehst du ihn?«

»Ein Riese wie er ist wohl kaum zu übersehen«, erwidert sie.

»Stimmt. Was für ein Glück, dass er kommen konnte. Für die Gastgeber und mich, meine ich. Er hätte jetzt eigentlich ein Spiel, muss aber verletzungsbedingt aussetzen. Ich würde gern eine Runde mit ihm quatschen. Wir haben uns kennengelernt, weil ich die Mannschaft sponsore, und sind inzwischen echt gute Kumpels.«

»Ich geh mir dann mal eben die Nase pudern«, benutzt sie eine feine Umschreibung für den Gang zur Toilette.

»Okay. Du findest mich bei Austin. Komm einfach dazu, wenn du fertig bist.«

»Mach ich.« Sie drückt mir ihr leeres Glas in die Hand. Die Lady ist witzig. Als wäre ich eine Servicekraft! Verdattert schaue ich ihr nach. Zügig trinke ich mein Glas aus und stelle es mit ihrem dem nächsten Servicemitarbeiter aufs Tablett. Zielgerichtet schlängle ich mich zu Austin durch. »Hey, kleiner Mann!«, begrüße ich ihn mit unserem üblichen Running Gag.

Er lacht jedes Mal aufs Neue laut darüber. »Hey, Kal! Ich muss dir mit meiner Linken High Five geben«, sagt der Hüne mit den raspelkurzen, blond gefärbten Haaren und deutet mit dem Kinn auf seinen rechten Arm, der in einer Schlinge liegt.

»Kein Problem!« Ich schlage ein. »Wie gehts dir? Hast du noch Schmerzen?«

Er schüttelt den Kopf. »Mein Doc hat mich mit Medikamenten zugedröhnt. So ein Mist, jetzt darf ich keinen Alkohol trinken. Aber die Blümchen-Cocktails, die herumgereicht werden, sind sowieso nicht mein Fall. Ich hol mir ein Soda.«

»Lass ruhig. Ich besorge dir eins.« Ich begebe mich an die Bar und bestelle das Soda. Als ich damit zu Austin zurückkehre, sehe ich, dass Hailey schon bei ihm steht. Angeregt unterhalten die beiden sich, als würden sie sich schon länger kennen. »Hallo, da bist du ja«, sage ich zu ihr und überreiche Austin das gewünschte Erfrischungsgetränk.

»Danke.« Er nimmt das Glas entgegen und lächelt breit. »Die wunderschöne Lady hier hat dich gesucht. Und mich gefunden.«

»Ich war nur kurz weg und schon gehst du mir fremd, Darling«, sage ich mit einem Augenzwinkern.

Das war des Guten zu viel, Kal. Als wäre Hailey deine Freundin. Du hast sie in Verlegenheit gebracht.

Sie tritt von einem Bein aufs andere und ist ganz rot geworden.

»Worüber habt ihr euch unterhalten?«, hake ich neugierig nach, um von meinem Tritt ins Fettnäpfchen abzulenken.

»Worüber schon? Über Basketball«, antwortet Austin.

»Du verstehst etwas von Basketball?«, frage ich Hailey verwundert und beeindruckt. Dass ihr dieser Sport vertraut ist, hätte ich nicht gedacht.

»Ja. Ich bin ein glühender Fan der *Oregon Hawks* und habe mit meinem Grandpa viele Spiele live verfolgt«, berichtet sie. »Und nun bin ich auch ein Fan der *Meteors*, wie es aussieht«, ergänzt sie mit einem charmanten Lächeln.

»Wenn das so ist, werde ich dich zu einem der nächsten Spiele einladen«, nutze ich die Gelegenheit. Dabei denke ich an die berühmte *Kiss Cam*. Wenn die auf uns schwenkt, müssen wir uns küssen. Ich könnte dem Zufall etwas nachhelfen und dem Kameramann vorher ein paar Scheine zustecken.

»Leider falle ich für die nächste Zeit aus«, reißt mich Austin aus diesen verlockenden Gedanken.

»Ein Spiel ohne Austin ist natürlich nur halb so gut.« Ich klopfe ihm leicht auf den Rücken.

Er lacht. »Danke, Mann! Aber du übertreibst. Die Jungs rocken das auch ohne mich.«

Plötzlich tippt mir jemand auf die Schulter. Ich drehe mich um. O Gott, der hat mir gerade noch gefehlt! Vor mir steht ein Typ, der eine mit Comicfiguren übersäte Jacke trägt und einen dunklen Schnurrbart hat. Letzteres ist gerade absolut hipp. Wer zum Teufel hat die Renaissance des hässlichen Schenkelbesens angekurbelt? Derjenige sollte in den Knast wandern.

»Jasper!«, rufe ich in scheinheiliger Freude aus und kann Austin nicht übel nehmen, dass er sich schnell verzieht. Der Kerl ist ein abgedrehter Künstler und gehypter Newcomer der New Yorker Szene. Meiner Meinung nach absolut überschätzt.

»Kal! Schön, dich hier zu sehen. Warum bist du nicht zu meiner Vernissage gekommen?«, startet er die Begrüßung mit einem Vorwurf.

»Ich war auf Reisen«, biete ich die perfekte Entschuldigung.

»Wer ist denn deine reizende Begleiterin?«, fragt er und mustert sie.

»Das ist Hailey.«

Wie ein Adliger greift er nach ihrer Hand und führt sie an seine Lippen.

Verflucht, der Schnauzer muss doch kitzeln! Mit mitleidigem Blick schaue ich Hailey an.

Jasper haucht einen Kuss auf ihren Handrücken. Hätte er

Ahnung, wüsste er, dass man die Haut der Lady laut Etikette dabei nicht berührt. Aber er ist nur ein eitler Möchtegern.

»Darf ich Sie bei Gelegenheit in meinem Atelier malen, Hailey?«, fragt er lüstern. »Schon lange suche ich eine Muse wie Sie, die mich zu neuen Werken inspiriert.«

»Ich weiß nicht, ob ich in der nächsten Zeit dazu komme«, weicht sie aus.

»Wann immer Sie wollen ... Rufen Sie mich einfach an«, lässt er nicht locker und zaubert eine Visitenkarte aus der Innentasche seines Jacketts.

»Das werde ich tun«, verspricht sie und nimmt diese an sich.

»Wir müssen noch ein paar Freunde von mir begrüßen«, verabschiede ich mich von Jasper und schiebe Hailey mit einer Hand in ihrem Rücken weiter. »Den sind wir erst mal los!«

»Ich fand ihn nett.«

Ungläubig schüttle ich den Kopf. »Der Typ ist eine Nervensäge. Du solltest einen Kurs in Menschenkenntnis belegen.«

Hailey bleibt stehen und prustet entrüstet. »Was soll das denn heißen? Ich besitze eine sehr gute Menschenkenntnis.«

»Leg doch nicht jedes Wort von mir auf die Goldwaage. Falls du einen Tipp von mir haben möchtest: Vergiss das mit dem Malen.«

»Warum? Ich fände es sehr interessant, wenn mich ein so bekannter Künstler auf die Leinwand bringen würde. Das ist doch eine einmalige Gelegenheit.«

»Tu dir keinen Zwang an. Wenn du gern aussehen möchtest wie die Karikatur eines Straßenmalers ...«

»Ist er so schlecht?«

»Schlecht ist kein Ausdruck. Grottenschlecht trifft es eher. Übrigens – habe ich dir schon gesagt, wie bezaubernd du aussiehst?«

»Nein.«

Mist! Ich hätte ihr gleich zu Anfang ein Kompliment machen müssen. Woran erinnert mich ihr Kleid? Ah, an eine Meerjungfrau. Diese können einem gefährlich werden. Sie bezirzen einen zuerst und ziehen einen dann in die Tiefe.

Nimm dich in Acht vor dieser Frau, Kal!

Selbstsicher überhöre ich diese Warnung meines Unterbewusstseins und zeige ihm gedanklich den Stinkefinger.

»Schönes Kleid. Es passt hervorragend zu deinen Augen«, fahre ich mit meinen Komplimenten fort.

»Oh! Danke.« Hailey lächelt zart. »Ich habe es vor einem Jahr für die Hochzeit einer Freundin gekauft. Aber die ist geplatzt«, berichtet sie mir achselzuckend.

»Manchmal spielt einem das Leben seltsame Streiche. Dann ist dies der perfekte Anlass, um es zu tragen.«

»Ist der Mann da hinten etwa Liam London, der Schauspieler?«, flüstert sie mir hinter vorgehaltener Hand zu.

»Es wird wohl kein Doppelgänger sein«, kann ich mir eine Spur Sarkasmus nicht verkneifen.

»Ich bin das nicht gewohnt. Ich bin ein Landei aus Oregon. Vielleicht war es ein Fehler, dass du mich zu dieser illustren Feier eingeladen hast«, reagiert sie leicht trotzig.

»Nein, es war kein Fehler. Du schlägst dich fabelhaft. Alle mögen dich auf Anhieb. Jo und Billy. Austin. Jasper.« Meine Worte entlocken ihr ein Lächeln.

Da hast du gerade noch mal die Kurve gekriegt!

Dann steuert das Unheil geradewegs auf uns zu. In Form von Cassidy Grey, meiner Ex. Ihres Zeichens Model und Jetset-Sternchen. Vor einiger Zeit hatten wir eine kurze Beziehung. Das bessere Wort dafür ist Affäre. Nichts Ernstes. Sie trägt ein für eine Hochzeit meiner Meinung nach zu freizügiges goldfarbenes Kleid. Auch ihre blonden Haare sind heller als zuvor. Wie nennt man die Farbe? Platin. Ansonsten hat der Beautydoc sich ganz schön an ihr ausgetobt. Sie sieht inzwischen aus wie eine Gummipuppe. Verdammt, warum haben Jo und Billy die eingeladen? Und wen oder was hat sie da am Arm? Das gekrümmt schlurfende Etwas wirkt mehr tot als lebendig.

»Hi, Cassidy«, sage ich auf eine freundlich-neutrale Weise. »Bist du jetzt als Pflegerin tätig oder hast du deinen Grandpa mitgebracht?«

»Was erlauben Sie sich, junger Mann?«, ereifert sich der alte Herr und Zornesröte legt sich auf seine prallen Wangen. »Ich bin ihr neuer Lover!«

Verflixt! Die Hörgeräte werden anscheinend immer besser. Und kleiner. Ich habe gar nicht bemerkt, dass er eins trägt.

»Entschuldigung«, winde ich mich halbherzig heraus und schaue Cassidy an, deren Mimik wie eingefroren wirkt. Zu viel Botox? Das kann doch nicht ihr Ernst mit dem Kerl sein? Oder doch? Sein ganzer Kopf wirkt unproportioniert. Haare besitzt er keine mehr. Dafür aber eine Knollennase. Und diese Warzen auf seinem Gesicht! Wie eine keimende Kartoffel. Mich schüttelt es beinahe. Liebe macht blind. Anders kann ich mir das nicht erklären.

»Verzeihen Sie. Ich habe mich noch gar nicht vorgestellt. Kalvin Thornton. Und das ist meine reizende Begleiterin, Hailey Davis«, punkte ich dann mit besseren Manieren.

»Hallo«, sagt Cassidy säuerlich und taxiert Hailey feindselig. Durch ihre dichten künstlichen Wimpern sieht es fast aus, als wären ihre Lider geschlossen.

»Sehr erfreut«, zeigt sich der alte Herr gentlemanlike, gibt aber nicht seinen Namen preis.

»Haben wir uns schon mal irgendwo getroffen?«, hake ich mit schief gelegtem Kopf nach, denn ich möchte seine Identität unbedingt lüften.

»Selbstverständlich haben wir das«, erwidert er. »Aber Sie

erinnern sich offensichtlich nicht mehr – im Gegensatz zu mir. Bei mir funktioniert es da noch blendend.« Er tippt auf seine Stirn.

»Helfen Sie mir bitte auf die Sprünge.«

»Ross Waterman«, schleudert er mir entgegen. »Na, da klingelt doch bestimmt was bei Ihnen?«

Ich streiche mir übers Kinn. Sollte es. Tut es aber nicht. Wie kann mir der Name des prägnanten Kartoffelkopfes entgangen sein?

»Ross ist im Immobilienbereich tätig«, mischt sich Cassidy ein.

Ah, daher kenne ich ihn. Ross Waterman. Der Immobilienmogul. Er hat alle Unternehmen der Ostküste geschluckt, die ihm in die Quere gekommen sind. Da hat sich meine Verflossene einen megafetten Fisch geangelt.

»Wir verraten euch etwas«, wispert Cassidy und winkt uns mit gekrümmtem Zeigefinger näher.

Dies ist mir etwas unangenehm, denn beinahe berühren sich unsere Nasenspitzen.

»Wir beide sind schwanger«, verkündet sie.

»Wer ist *wir beide*?«, frage ich begriffsstutzig.

»Ross und ich.«

»Das ist doch nicht möglich. Er ist doch ein Mann.«

Zum Teufel, Kal! Wie idiotisch war das denn?

Mein Hirn kann diese Info nicht verarbeiten. Der Methusalem hat Cassidy ein Baby gemacht?

Langsam driften unsere Köpfe wieder auseinander.

»Man sieht es noch nicht, aber ich bin im vierten Monat«, beteuert die werdende Mom und streicht sich über den Bauch.

»Herzlichen Glückwunsch!«, reagiert Hailey vor mir auf eine vernünftige Art.

»Ja. Gratulation«, ziehe ich mit einem anerkennenden

Nicken nach. Mit der Schwangerschaft hat sie die Kartoffel im Sack!

»Da unten funktioniert es auch noch blendend«, sagt Ross stolz und deutet auf seinen Hosenschlitz. »Ohne die blauen Pillen.«

»Wir wollen eine ganze Footballmannschaft«, berichtet Cassidy.

Der Greis gibt ihr einen Kuss auf die Wange. »Aber erst mal wird geheiratet.«

Sie lächelt und zeigt uns den blinkenden Edelstein an ihrem Finger, der so groß ist wie eine Geleebohne. »Mein Verlobungsring.«

»Der ist wunderschön«, beteuert Hailey mit einem neidlosen Lächeln.

»Lass uns mal die anderen Gäste begrüßen«, meint Cassidy plötzlich, nachdem sie mir alles unter die Nase gerieben hat, was ihr wichtig war, hebt ihr spitzes Kinn, hakt sich bei ihrem Lover unter und steuert auf einen Sportmoderator mit seiner Frau zu.

Verdattert schaue ich dem ungleichen Paar nach. Wie kommt es, dass ich mich nun fast vergesslich, impotent und arm fühle?

»Da haben sich zwei gefunden«, reißt Hailey mich aus den Gedanken.

»Ja. Fragt sich, für wie lange. Aber bestimmt wird er hundert.«

»Ich dachte, er ist schon hundert«, meint sie und kichert verhalten.

Mit dem Ausspruch hat sie bei mir gewonnen. Humormäßig liegen wir auf einer Wellenlänge.

»Vorhin wollte ich dir etwas Wichtiges sagen«, redet sie dann weiter.

»Ja?« Mit einem Lächeln und Blickkontakt signalisiere ich ihr meine ganze Aufmerksamkeit.

»Das hier ist enorm schwierig für mich. Denn ich …« Sie macht sich komplett steif, »habe Höhenangst. Deshalb kann ich den Ausblick von hier auch nicht genießen.«

»Damit wagst du dich ausgerechnet nach New York? In die Stadt der Wolkenkratzer?«

»Ich sah hier meine größte Chance, im Job voranzukommen. Dass ich gleich auf einem der höchsten landen würde, hätte ich nicht gedacht.«

»Geht es denn irgendwie?«

»Solange ich mich nicht direkt an den Abgrund stellen muss. Aber da ist noch etwas.« Hailey zögert und blickt kurz zu Boden. »Ich hasse Flugzeuge.«

»Was?« Fassungslos reibe ich mir übers Kinn. »Warum hast du mir das nicht gleich gesagt?«

»Es war mir peinlich.«

»Du hast Angst vorm Fliegen?«

»Nein. Ich mag es nur nicht. Es verleiht mir ein mulmiges Gefühl.«

»Wenn es nicht geht, dann muss ich allein fliegen.« Gerade sehe ich meinen Traum zerplatzen, mit Hailey an der Seite Barbados zu erleben. Aber es soll ihr nicht schlecht gehen. So ein Arsch bin ich nicht. Das will ich auf keinen Fall.

»Nein. Ich komme mit. Ich habe vor dem Umzug nach New York ein Seminar gemacht, um entspannter in eine Maschine zu steigen. Nun ja, es hat halbwegs funktioniert. Den Flug aus meiner Heimat habe ich überlebt. Und der hat immerhin über fünf Stunden gedauert. Mein Koffer ist bereits gepackt. Ich werde es schon schaffen.«

»Wenn du es sagst. Deine Entscheidung.«

»Ich habe bisher alles im Leben geschafft, was ich erreichen wollte. Sogar meinen Traumjob in deinem Unternehmen bekommen.«

»Dein Job hängt nicht davon ab. Falls du das befürchten solltest. Er ist dir sicher, wie auch immer du dich entscheidest.«

»Danke.« Ihre Gesichtszüge entspannen sich.

5

HAILEY

Die Aussprache mit Kal hat mir gutgetan. Er hat Verständnis für meine Situation gezeigt. Gut, dass ich nicht das Handtuch geworfen habe. Das hat ihm sehr imponiert.

Was hast du dir da eingebrockt, Hailey? Ein Flug nach Barbados. Ausgerechnet du. Warum hast du sein Angebot nicht angenommen, hierzubleiben?

Gerade noch war ich stolz auf mich selbst und schon gewinnen meine Bedenken wieder die Oberhand. Sie lassen sich nicht unterdrücken. Da kann ich mich noch so sehr anstrengen. Das ist ja das Dilemma. Doch der weitere Ablauf der Veranstaltung bietet immer wieder Ablenkungen. Es geht gleich los. Die Hochzeitsplanerin bittet alle Gäste, auf den namentlich gekennzeichneten Stühlen Platz zu nehmen. Kal wirft mir einen kurzen Seitenblick mit einem Lächeln zu, als die Band anfängt, den Hochzeitsmarsch zu spielen. Der Standesbeamte hält sich bereit. Das Brautpaar tritt auf die errichtete Plattform, die seitlich von hohen brennenden Kerzen in ein romantisches Licht getaucht wird. Sie lächeln sich auf eine besondere Art und Weise an. Solch eine Verbundenheit möchte ich eines Tages auch spüren. Zu wissen, dass der andere einen bedingungslos liebt, muss ein traumhaftes Gefühl sein.

Zuerst richtet der Standesbeamte einige Worte an das Brautpaar. Danach geben sich Jo und Billy ihre Eheversprechen. Auf einem seidenen Kissen werden von einer Helferin die Ringe präsentiert.

»Nun steckt euch die Ringe an«, sagt der Standesbeamte und aus Jos Augen rinnen Freudentränen. »Ihr dürft euch nun küssen«, erlaubt er anschließend.

Voller Innigkeit küsst sich das Brautpaar. Das ist der magische Moment.

»Lasst uns feiern, meine Lieben!«, ruft die extrovertierte Jo dann.

Leider hatte sie keinen Brautstrauß, sodass dieses beliebte Ritual wegfällt. Ich hatte mich so darauf gefreut. Insgeheim hatte ich gehofft, den Strauß zu fangen. Dies wäre ein Zeichen gewesen, dass ich innerhalb eines Jahres unter die Haube komme.

Reiner Aberglaube! Woran glaubst du sonst noch, Hailey? An ein Unglück am Freitag, den dreizehnten oder wenn dir eine schwarze Katze über den Weg läuft?

Wir werden an die mit Blumenbouquets dekorierten Tische gebeten und dürfen uns auf das exquisite Menü freuen, das auf den Karten angekündigt wird.

»Danke«, flüstert Kal, der sich leicht zu mir gelehnt hat.

»Wofür?«

»Dafür, dass ich nicht am verfluchten Singletisch sitzen und mir von den Ladys die Ohren vollsülzen lassen muss. Es wäre die Höchststrafe gewesen.«

»Das war der Deal.« Ich schmunzle über unser kleines Geheimnis. Hailey Davis – Beschützerin des großen Kalvin Thornton. Das fühlt sich gut an. Verdammt gut.

6

HAILEY

»Die Feier wird bis in die frühen Morgenstunden gehen. Wir haben einen anstrengenden Flug vor uns, daher werde ich uns bei Jo und Billy entschuldigen und ihnen mitteilen, dass wir gehen«, schlägt Kal am späten Abend vor.

»In Ordnung.«

»Dann lass uns die beiden mal suchen.« Er reckt den Kopf. »Ah, da sind sie ja. Auf der Tanzfläche. Wo sonst?«

Wir warten ab, bis das Musikstück endet, und schlängeln uns zu ihnen durch.

»Na, ihr Hübschen?«, fragt Jo glückselig und leicht beschwipst. »Ihr wollt uns hoffentlich nicht schon verlassen?«

»In aller Früh gehts zu einer Geschäftsreise nach Barbados«, macht Kal ihr deutlich.

»Ach ja, das hattest du am Telefon bereits erwähnt. Lass dich drücken.« Jo umarmt ihn. »Guten Flug.« Sie umarmt auch mich, als würden wir uns ewig kennen.

»Schön, dass ihr da wart.« Billy klopft Kal kumpelhaft auf die Schulter. Er hat sich des steifen Cuts entledigt, die Krawatte gelockert und ist leicht verschwitzt.

»Ich wünsche euch schöne Flitterwochen«, sagt Kal.

»Es wird bestimmt großartig«, freut sich der frischgebackene Ehemann.

»Wohin gehts?«, erkundige ich mich.

»Nach Argentinien. Ins Land des Tangos. Wir wollen dort unsere Tanzkenntnisse aufpolieren«, berichtet Jo mit leuchtenden Augen.

»Ihr seid doch fast schon Profis«, schmeichelt Kal seinen Freunden.

»Man lernt immer noch dazu«, sagt Billy und küsst seine Frau.

»Wir sehen uns, wenn wir alle wieder zurück sind«, schlägt Kal vor.

»Ganz bestimmt. Dann machen wir ordentlich einen drauf.« Billy lacht.

»Ich nehme dich beim Wort. *Bye*!« Kal legt seinen Arm um meine Taille und wir verlassen die Feier.

»All dieser Glamour. Es war so unwirklich«, gestehe ich ihm im Aufzug.

»Das ist mein Leben …«

Ich schaue ihn an. Meint er dies positiv oder negativ? Ich kann es seiner Mimik nicht entnehmen.

»New York schläft wirklich niemals«, staune ich nach dem Verlassen des Hotels. Die Lichter der vierundzwanzig Stunden geöffneten Geschäfte und die Leuchtreklamen lassen es beinahe taghell wirken. Auf den Straßen herrscht reger Verkehr. »Ich bin unheimlich müde. Trotzdem werde ich vermutlich kein Auge zubekommen«, gestehe ich Kal.

»Das ist vielleicht gar nicht so schlecht. Dann bist du morgen noch müder und verschläfst den Flug. Übrigens – ich habe unsere Plätze vorhin online auf Businessclass umgebucht. Da ist es wesentlich bequemer.«

»Das hast du tatsächlich für mich getan? Ich danke dir«, sage ich gerührt. Niemals hätte ich geglaubt, dass er so viel Rücksicht auf mich nimmt.

»Für gewöhnlich fliege ich Holzklasse. Diesen Schnickschnack brauche ich nicht«, erklärt er.

»Holzklasse? So nennt ihr Superreichen das also«, stelle ich schmunzelnd fest.

»Der Plan steht also, dass du lieber wach bleibst?«, erkundigt er sich. Ich nicke. »Sollen wir zurück auf die Feier gehen?«

»Nein. Das ist mir zu peinlich.«

»Was willst du dann? Einen Bummel durch die City machen? In mir hast du den perfekten Fremdenführer an deiner Seite.«

»Ich weiß nicht ...« Da ist es wieder, das zögerliche Herumkauen auf meiner Unterlippe. Ich habe so im Laufe meines Lebens bestimmt schon unfreiwillig einige Lippenstifte verspeist. »Sonst bin ich nicht so«, setze ich zu einer Erklärung an.

»Wie bist du sonst?«

»Entscheidungsfreudiger. Ich weiß für gewöhnlich, was ich will.«

»Das klingt großartig. Ich mag Frauen, die wissen, was sie wollen.«

»Also gut. Zeig mir etwas von Manhattan.«

»Lass uns über die *Brooklyn Bridge* spazieren und auf den *East River* hinunterschauen.«

Ich lege den Kopf schief und trete verlegen von einem Bein aufs andere. Wird er es von allein merken?

»Ach ja, deine Höhenangst«, kommt ihm die Problematik wieder in den Sinn.

Du verdirbst es, Hailey! Du verdirbst alles!

Nachdenklich reibt sich Kal übers Kinn. »Kein Problem. Es gibt so viel, was man hier unternehmen kann.« Er tippt etwas in sein Handy ein.

»Was hast du vor?«

»Ich habe meinen Chauffeur herbestellt. Er wird uns zum Anleger der *Staten Island Ferry* fahren.«

»Wir werden die Fähre nehmen?«, staune ich über seine Idee. »Wohin bringt sie uns?«

»Nach *Ellis Island* und wieder zurück. Dabei können wir einen gigantischen Blick auf die Freiheitsstatue genießen. Na, wie klingt das?«

»Ich weiß nicht, was ich sagen soll ...«

»Sag einfach Ja.«

»Ja.« Meine Finger werden vor Aufregung eiskalt.

Etwas unbeholfen stehen wir uns gegenüber. Nach zuerst peinlichem Schweigen unterhalten wir uns über einige belanglose Dinge. Nach fünfzehn Minuten nähert sich die Limousine und wir steigen ein.

»Bringen Sie uns bitte zur *Staten Island Ferry*, George«, weist Kal George an.

»Gern, Mr. Thornton.« Er startet den Wagen. Offenbar wundert er sich nicht über den ausgefallenen Wunsch, denn er ist es gewohnt, mit den Spleens eines superreichen Bosses zu leben.

»Wir müssen zum Hafen an der Südspitze Manhattans«, erklärt Kal mir als Neu-New-Yorkerin geduldig.

Wie zuvor auf der Hinfahrt zum Hotel genieße ich die Eindrücke, die mir immer noch vorkommen wie ein Film. Dazu noch diese Luxuskarosse, in der ich mit einem hinreißenden Mann durch die Nacht drifte – eine Art wahr gewordener Prinzessinnentraum.

Am Hafen angekommen, staune ich. So viele Menschen! Für die Nachtschwärmer ist das Vergnügen der Fahrt mit der Fähre bei Dunkelheit anscheinend längst kein Geheimtipp mehr. Wir betreten das Gebäude und warten an den Fenstern. Dann sehe ich es. Mit einer erstaunlichen Geschwindigkeit bewegt sich das hell erleuchtete Schiff übers Wasser und legt kurz darauf an. Wir steigen in den Schlund des Ungeheuers und stellen uns seitlich an die Reling. Als alle Passagiere an Bord sind, legt sie ab. Das Wasser am Rumpf des Schiffes schäumt weiß, als die Fähre schneller wird. Die Silhouette der City zieht an uns vorbei. Das *One World Trade Center* mit seiner außergewöhnlichen Architektur ragt mit seiner Spitze über die anderen Gebäude hinaus. Aus beinahe allen Fenstern dringen Lichter, deren Reflexe auf dem Fluss tanzen. Diese Nacht ist perfekt. Der Wind ist aufgefrischt und hier auf dem Wasser ist es noch eine Spur kälter. Ich beginne zu frösteln und verschränke die Arme vor der Brust.

»Ist dir kalt?«, fragt Kal.

»Ich hätte eine Jacke mitnehmen sollen.«

»Ach was. Du konntest nicht ahnen, dass dich ein abgedrehter Typ nachts auf eine Fähre entführt.« Er zieht sein Jackett aus und legt es über meine Schultern.

»Danke.« Diese Geste rührt mich. Kal kann ein echter Gentleman sein. Ich ziehe das Jackett vorn mit beiden Händen zu und halte es so fest. Es duftet nach ihm. So wie ich es schon in der U-Bahn wahrgenommen hatte. Maskulin und nach Abenteuer.

»Alles in Ordnung?«, fragt Kal.

»Entschuldige. Ich war gerade ganz woanders.«

»Das habe ich gemerkt.« Er lächelt. »Ich muss dir etwas gestehen. Ich fahre oft mit dieser Fähre. In der Nacht. Allein.«

»Wirklich? Warum?«

»Immer, wenn meine Gedanken nicht zur Ruhe kommen. Sie ist verlässlich, nimmt stets den gleichen Weg. Manchmal braucht man konstante Dinge in seinem Leben.«

Ich nicke zustimmend, halte mich mit einer Hand am Geländer fest und schaue zum Himmel auf, an dem der Mond prangt und die Sterne malerisch glitzern.

»Einen Penny für deine Gedanken. Oder einen Dollar. Ach was, ich stelle dir einen Blankoscheck aus«, erinnert mich Kal daran, dass ich mich schon wieder in meine Traumwelt zurückgezogen habe.

»Die erzähle ich dir auch umsonst. Ich habe gerade an meinen Grandpa gedacht. Er ist vor einem halben Jahr gestorben und ich vermisse ihn sehr.«

»Der Grandpa, von dem du den Schirm geerbt hast?«

Ich nicke. »Er hat nicht nur den Schirm, sondern viele Erinnerungen hinterlassen. Gemeinsame Besuche im Basketballstadion und noch viel mehr ... Er hieß Jacob und war ein großartiger Mann. Voller Herzenswärme. Er hat sich für ein Waisenhaus in der Nähe seines Wohnortes engagiert. Ihr hättet euch sicher gut verstanden.«

Kal nickt. »Das glaube ich dir.«

»Da ist die Freiheitsstatue«, sage ich begeistert. Das Wahrzeichen von New York leuchtet grünlich. Die Silhouette spiegelt sich mystisch im Wasser.

Wenig später legt die Fähre an. Viele Menschen steigen aus und neue kommen an Bord. Aber zahlreiche bleiben auch stehen, so wie wir. Für Pärchen ist es der ideale Nachtausflug, um die City ohne den üblichen Trubel zu genießen.

Etwas Wehmut macht sich in mir breit, als wir den Rückweg antreten. Die schönen Dinge gehen gefühlt so schnell vorbei.

Die Freiheitsstatue scheint uns Goodbye zu sagen, als wir auf das Lichtermeer der City zusteuern. Wenig später legt die Fähre wieder im Hafen an. Was für eine romantische Fahrt.

»Danke. Das war wundervoll«, sage ich beim Aussteigen.

»Wir können es irgendwann gern wiederholen.«

Ich nicke, bezweifle allerdings, dass es dazu kommen wird.

Am Wagen angekommen, gebe ich Kal sein Jackett zurück, obwohl ich darin eingehüllt bleiben möchte. Mittlerweile fühlt es sich an wie ein schützender Kokon.

Wir steigen ein und der Fahrer steuert den Wagen zu mir nach Hause. Die vergangenen Stunden haben mein Hirn mit so vielen Ereignissen geflutet, dass ich alles kaum verarbeiten kann. Ich genieße daher die Stille. Kal ist ein Mann, mit dem man auch schweigen kann. Eine außergewöhnliche Charaktereigenschaft, die ich sehr schätze.

Langsam lässt George das Auto nach einer Weile an den Straßenrand vor meinem Zuhause rollen.

»Wir haben die Zeit gut herumgebracht«, sagt Kal.

»Ja, das haben wir.«

»Ich hole dich in zwei Stunden für unsere große Reise ab.«

»Okay. Ich checke noch mal mein Gepäck. Man kann sich nie sicher sein, ob man eventuell etwas vergessen hat.«

»Was du nicht dabeihast, können wir auf Barbados kaufen. Kein Problem. Auf die Gefahr hin, dass ich mich wiederhole: Ich bin sehr froh, dass du dich entschieden hast, mich zu begleiten, Hailey. Es muss sich für dich anfühlen wie ein Sprung in eine andere Welt.«

»Das hast du sehr gut beschrieben. So fühlt es sich tatsächlich an. Es kostet mich große Überwindung, aber ich bin bereit für den Sprung.«

»Wenn ich eines im Leben gelernt habe, dann, dass es sich immer lohnt, Mut zu haben. Du wirst sehen.«

7

KALVIN

Wir sitzen im Flugzeug nach Barbados. Ich schaue zu Hailey, die friedlich neben mir schläft. Ihr Hals ist von einem Nackenhörnchen umschlungen. Ein Bild für die Götter. Automatisch legt sich ein Grinsen auf mein Gesicht. Bereits kurz nachdem wir in der Luft waren, ist sie ins Land der Träume abgedriftet.

Die Flugbegleiterin fragt mich leise, ob ich etwas trinken möchte. Ich bitte sie um einen Gin Tonic und genieße diesen, während ich aus dem Fenster schaue. Auch ich bin erschöpft, habe aber der Versuchung zu schlafen nicht nachgegeben, um auf Hailey aufzupassen. Das ist jetzt nicht mehr nötig. Nach dem Drink gebe ich das Glas zurück, drehe mich zur Seite und schließe die Lider. Endlich macht sich die nötige Entspannung in mir breit und ich folge dem Impuls, durch ein Nickerchen etwas Kraft zu tanken. Meine letzten Gedanken sind etwas sorgenvoll. Auf Barbados gibt es eine Menge zu tun. Besonders der geplante Bau einer Schule bereitet mir Kopfzerbrechen. Ich habe dort bereits einige Projekte auf die Beine gestellt und kenne die auftauchenden Probleme. Niemals läuft etwas nach

Plan. Diese Hoffnung ist vollkommen utopisch. Aber bisher habe ich alles immer irgendwie hinbekommen.

»Sir!«, vernehme ich eine fremde Frauenstimme und ein wiederkehrendes Tippen auf meiner Schulter.

Ich öffne die Lider und drehe den Kopf. »Ja. Was ist?«

»Mr. Thornton, wir setzen gleich zur Landung an«, eröffnet mir die Flugbegleiterin der Businessclass.

»Was?« Ungläubig fahre ich mir mit einer Hand durchs Haar. »Habe ich so lange geschlafen?«

»Offensichtlich. Ihre Begleiterin habe ich allerdings nicht wach bekommen.«

»Keine Sorge. Ich mach das schon«, sage ich zu der Lady in Uniform und nicke ihr dankend zu.

»Bitte schnallen Sie sich beide an.« Sie geht weiter und kümmert sich um die anderen Fluggäste.

»Hailey«, spreche ich meine schlafbedürftige Gefährtin an und unterstütze meine Weckversuche mit einem sanften Rütteln an ihrer Schulter. Als Antwort erhalte ich ein abwehrendes Brummen. Ich starte einen zweiten Versuch und nenne nochmals ihren Namen. Es gelingt. Sie schlägt die Lider auf und blinzelt mich an.

»Wo bin ich?«, will sie wissen und richtet ihren Oberkörper auf. »Ist das ein Traum oder sitze ich wirklich in einem Flugzeug?«

»Das ist kein Traum. Wir befinden uns im Flieger nach Barbados«, erkläre ich mit ruhiger Stimme. »Und gleich haben wir wieder festen Boden unter den Füßen.«

»Wir … Wir sind schon da?«

»Du hast wie ein Baby geschlummert«, berichte ich ihr leicht amüsiert. »Wir müssen uns anschnallen.« Ich helfe ihr dabei und lege mir dann selbst den Gurt an. »Möchtest du einen Blick aus dem Fenster werfen?«, frage ich und lehne mich zurück.

»Nein, lieber nicht. Ich will mein Glück nicht herausfordern.« Sie nimmt das Nackenhörnchen ab und starrt nach vorn.

Ich selbst erfreue mich an der fantastischen Aussicht. Die weißen Wolken werden kleiner, zarter und verflüchtigen sich gänzlich. Es ist die perfekte Einstimmung auf Barbados. Der karibische Inselstaat hat schon immer eine besondere Faszination auf mich ausgeübt. Damit bin ich nicht allein. Es erklärt sich von selbst. Auf dem blauen Meer sind ein paar Ozeanriesen zu entdecken. Zum Ufer hin wird das Wasser leuchtend türkis und man sieht den hellen Sandstrand. Dann kommt die Landschaft ins Spiel, ebenfalls sehr grün, mit vielen Bäumen und Sträuchern. Strahlend weiße Häuserfassaden blitzen dazwischen auf.

Die Maschine sinkt tiefer. Dem Piloten gelingt eine sanfte Landung. Als die Maschine zum Stehen kommt, atmet Hailey sichtlich erleichtert aus. Wir lösen die Sicherheitsgurte. Unser gemeinsames Abenteuer auf Barbados kann beginnen.

In der Flughalle warten zahlreiche Fahrer der Hotels mit Namensschildern auf die Gäste. Ich gehe zielgerichtet auf einen zu.

»Mr. Thornton, mit Gattin?«, fragt er lächelnd.

»Thornton ist richtig«, antworte ich.

Der Fahrer nickt. »Folgen Sie mir bitte.« Er führt uns zu einem Kleinbus und verlädt unser Gepäck darin, während wir einsteigen.

»Aber ...«, protestiert Hailey leise und zieht am Ärmel meines Hemdes.

»Ist was nicht in Ordnung?«, hake ich mit hochgezogener Augenbraue nach.

»Was soll das?«

»Was meinst du?«

»Mr. Thornton mit Gattin?«

»Ah! Das haben die bei der Anmeldung bestimmt falsch

verstanden«, erkläre ich flüsternd. »So etwas passiert schon mal – du verstehst?«

»Ah …« Sie tippt sich an die Stirn. »Natürlich.«

Die Fahrt dauert nicht lange, vermittelt ihr aber das erste karibische Flair. Hohe Palmen wiegen sich im Wind. Prächtige Villen im Kolonialstil säumen den Weg und zeigen die schöne und reiche Seite von Barbados.

Der Kleinbus steuert auf den Parkplatz des Resorts zu und wir steigen aus. Der Gepäckservice kümmert sich um alles Weitere. Doch Hailey ist damit beschäftigt, den flamingorosa gestrichenen Gebäudekomplex zu bewundern, und rührt sich nicht vom Fleck.

»Lass uns reingehen«, fordere ich sie sanft auf.

»Ja. Es ist nur … Überwältigend«, japst sie.

Wir betreten die Lobby und checken an der Rezeption ein. Niemandem hier ist bewusst, wer ich bin, weil ich über einen anderen Reiseanbieter gebucht habe. Ich erkläre dem Angestellten, dass Hailey nicht meine Gattin ist, sondern mich als meine Assistentin nur begleitet. Warum der Typ so blöd grinst, bleibt sein Geheimnis. Ich habe da so eine Vorahnung.

»Ist das üblich? Ich meine, dass du über die Konkurrenz gebucht hast?«, fragt Hailey, die das bemerkt hat, wenig später im Aufzug.

»Der Zweck heiligt die Mittel. So schlage ich zwei Fliegen mit einer Klappe und kann direkt die Konkurrenz testen«, antworte ich.

»Und warum grinste er so dämlich, als du ihn wegen mir aufgeklärt hast?«

»Er ist wohl ein lustiger Kerl und wollte nur freundlich sein.«

Meine Begleitung muss nicht alles wissen.

Nachdem wir auf der Etage angekommen sind, führe ich sie zielsicher zur Suite. »Tada!«, öffne ich ein wenig theatralisch die

Tür und lasse sie vor mir eintreten. »Super! Unser Gepäck ist auch schon da! Schau dir alles in Ruhe an. Es gibt zwei Schlafräume und einen gemeinsamen Wohnraum.«

»Ich bekomme kein eigenes Zimmer?« Etwas blass um die Nase schaut sie mich an.

»Die Suite ist so groß, da können wir uns jederzeit aus dem Weg gehen.«

»Okay …«, gibt sie sich zögerlich mit meiner Antwort zufrieden.

Hailey läuft umher, als ob sie etwas sucht.

»Was ist denn?«

»Welches Schlafzimmer bekomme ich?«, will sie wissen.

»Such dir eins aus. Mir ist es egal.«

Frauen und ihre Probleme. Gib mir ein Kissen und eine Decke. Und schon schlafe ich wie ein Murmeltier.

Sie stürmt nach nebenan. »Ich wähle dieses hier. Wow! So ein riesiges Bett! Ganz für mich allein!«, höre ich sie rufen.

»Abgemacht!« Ich begebe mich ans Auspacken der Reisetasche. Danach drücke ich prüfend auf die Matratze. So ein Kingsizebett ist allerdings äußerst bequem. Die übrige Ausstattung ist für meinen Geschmack ein bisschen zu verspielt, mit farbigen Kissen und Rüschenvorhängen an den Fenstern. Aber das ist der Style der Karibik. Alles ist fröhlich und bunt.

Wenig später betrete ich den großen Balkon, auf dem ich Hailey treffe. Die Aussicht ist überwältigend. Vor uns liegt eine blaue Poollandschaft in verschiedenen Abstufungen, umrahmt von Felsen und Palmen. Ein Badeparadies, welches zum Schwimmen, aber auch Chillen mit einem Cocktail einlädt.

»Wie wäre es mit ein wenig Abkühlung im Pool?«, frage ich mit einem kleinen Hintergedanken. Hailey in einem Bikini zu sehen, wäre das genaue Gegenteil einer Abkühlung, nämlich eine heiße Sache.

»Gute Idee. Ich ziehe meine Badesachen an.«

»Perfekt.« Innerlich jubiliere ich stärker, als ich nach außen zeigen möchte.

Yes! Zieh deinen knappsten Bikini an, Baby!

Hailey begibt sich in ihr Schlafzimmer. Ich krame meine Badeshorts aus der Schublade und ziehe sie im Bad an. Mit einem Frotteemantel darüber bin ich bereit, an den Pool zu gehen. Wenig später kommt sie heraus, ebenfalls eingehüllt in einen weißen Mantel mit Emblem des Hotels. In ihrer Hand hält sie eine riesige Basttasche.

»Was hast du da drin?«, frage ich.

»Sonnencreme, meine Sonnenbrille und einen Hut. Und die Prospekte, die auf dem Tisch lagen. Ich möchte sie mir gern mal anschauen.«

»Ich dachte, wir gehen schwimmen.«

»Aber vorher können wir uns doch ein bisschen an den Pool legen.«

»Hm.« In meiner Welt gibt es kaum etwas Langweiligeres als dies. Aber wenn sie nach dem Flug etwas relaxen möchte, will ich mal nicht so sein.

Wir begeben uns zu den Aufzügen und fahren hinunter. Der Weg ist aufgrund der Größe der Anlage etwas verzwickt, aber gut beschildert. Vor uns tut sich nach wenigen Minuten die riesige Badelandschaft auf, die wir eben noch von oben bewundert haben. Viele Liegen sind bereits besetzt, aber es gibt noch ausreichend Platz. Die zwei Exemplare unter einer Palme sind perfekt. Ich ziehe meinen Bademantel aus und warte voller Vorfreude darauf, dass Hailey dasselbe tut und mir ihren Körper offenbart. Knackige Brüste, nur von winzigen Stücken Stoff umrahmt. Und ihre nicht minder verlockenden Rundungen an der Kehrseite.

Wie in Zeitlupe löst sie den Gürtel und streift den Bademantel über ihre Schultern nach hinten ab und lässt ihn auf die Liege fallen.

Was zum Teufel ist das? Ich kneife die Lider leicht zusammen. Das ist die Sonne, die mich blendet. Ganz sicher. Hailey kann unmöglich dieses Ungetüm von Badeanzug tragen. Dunkelblau, mit einer weißen Knopfleiste und einem Beinausschnitt so tief wie Shorts. Ihre Brüste verhüllt von zwei festen Schalen. Sie erinnert mich an eine Schauspielerin aus einem Hollywood-Schinken der Fünfzigerjahre.

»Ist er nicht schick, mein neuer Badeanzug?«, fragt sie und streicht sich über die Taille.

»Äh …«

»Ich habe ihn extra für die Reise in einem Retro-Shop gekauft«, erklärt sie stolz.

Retro. Ist dies das neue Wort für unsexy?

Jetzt nur nicht uncharmant reagieren, Kal!

»Ja. Echt hübsch«, ringe ich mich zu einer Notlüge durch, um Haileys Gefühle nicht zu verletzen.

»Danke.« Sie nimmt den Bademantel, hängt ihn über das Kopfteil der Liege und nimmt dann Platz.

Ich mache es mir auf meiner Liege bequem. Was tut sie da? O nein! Nun setzt sie auch noch eine herzförmige Sonnenbrille auf! Kann mich bitte jemand kneifen und aus dem falschen Film holen?

»Die gabs auch in der Retro-Boutique«, erklärt Hailey mit einem Lächeln. »Da konnte ich natürlich nicht widerstehen.«

»Selbstverständlich nicht.« Ich verziehe den Mund zu einem falschen Lächeln.

Plötzlich spendet jemand von vorn Schatten. Ein männlicher Gast mit Glatze und der Statur eines Wrestlers bleibt vor uns stehen. Über seiner mächtigen Schulter liegt ein Handtuch. Seine Haut ist dermaßen sonnenverbrannt, dass der Anblick wehtut.

»Haben Sie meine Frau gesehen?«

»Sorry, aber wir kennen Ihre Frau nicht«, antworte ich.

»Natürlich nicht. Beverly ist etwa so groß«, er deutet bis zu seiner Brust, »und hat pinke Haare. Wir wollten uns am Pool treffen. Mittlerweile ist eine Stunde vergangen und ich bin offenbar auf der Liege in der Sonne eingeschlafen.«

»Eine Lady mit pinken Haaren wäre uns aufgefallen«, sage ich.

»Vielleicht ist sie noch auf dem Zimmer und kann sich nicht entscheiden, welchen Bikini oder Badeanzug sie anziehen soll«, meint Hailey.

»Das wäre typisch für sie«, brummt der Hüne. »Ach, da kommt sie!« Er winkt ihr zu. »Einen schönen Urlaub noch.«

»Ihnen und Ihrer Frau auch.«

»Ach du Scheiße. Ein sprechender Hummer«, flüstert Hailey, als er weg ist.

Ich kann das Lachen nicht unterdrücken. »Ein sprechender Riesenhummer.«

»Zumindest passen sie farblich gut zusammen.« Hailey greift in ihre Tasche, holt eine Tube Sonnenschutz heraus, setzt die Brille ab und gibt sich eine kleine Menge in die Handfläche. Mit langsamen, streichenden Bewegungen cremt sie sich das Gesicht und Dekolleté, die Arme und die Beine ein.

Wenigstens etwas, was einen Hauch von Sexyness versprüht.

»Brauchst du auch Sonnencreme? Die UV-Strahlung ist nicht zu unterschätzen. Man verbrennt sich ruckzuck.«

»Ich habe mich schon auf dem Zimmer eingerieben. Schließlich will ich nicht aussehen wie der sprechende Hummer von eben.«

Hailey lacht und setzt sich die Brille wieder auf. Doch das ist nicht alles. Es wandert noch ein blauer Strohhut mit einer Schleife auf ihren Kopf. Auch so ein echtes Retro-Schätzchen, was man nicht alle Tage sieht. Meiner Meinung nach wäre es lieber im Schrank versteckt geblieben. Interessiert nimmt sie sich die Prospekte vor.

Eine Servicekraft kommt mit strammen Schritten auf uns zu. »Guten Tag! Soll ich Ihnen den Sonnenschirm aufspannen?«, fragt der junge Mann aufmerksam. In der schwarzen langen Hose und dem weißen Hemd muss der arme Kerl in der Wärme enorm schwitzen. Hinsichtlich der Arbeitskleidung ist hier in der Anlage die Zeit offenbar stehen geblieben. Das werde ich in mein Protokoll aufnehmen. Aufschreiben muss ich mir dafür nichts. Es ist alles in meinem Kopf gespeichert.

»Danke, das ist nicht nötig. Die Palme spendet genug Schatten«, lehne ich ab. »Oder was denkst du, Hailey?«

»Das ist so in Ordnung. Ich habe ja meinen Hut.«

Sie hat ihren Hut. Ein Wunder, dass sie nicht ihren Schirm mitgenommen hat.

»Darf ich Ihnen etwas zu trinken bringen?«, bietet der junge Typ an.

»Ja. Ich hätte gern einen frisch gepressten Mangosaft. Die wachsen hier in Hülle und Fülle. Gleich nebenan liegt eine Farm, wo sie organisch angebaut werden, habe ich im Prospekt gelesen.«

»Ich brauche was Stärkeres. Einen Cocktail mit Rum. Wir befinden uns hier schließlich an der Geburtsstätte des Rums. Also auch etwas Heimisches«, sage ich mit einem sarkastischen Unterton. Ein bisschen Hochprozentiges würde meiner steifen Begleiterin guttun. »Willst du nicht auch einen Cocktail probieren?«

»Nein«, winkt sie ab. »Später vielleicht.«

»In meinem Drink darf ruhig auch ein bisschen Mangosaft enthalten sein.« Ich deute dem Kellner zwischen Zeigefinger und Daumen eine geringe Distanz an. »Ein klein wenig.«

»Verstehe.« Er nickt grinsend und entfernt sich.

»Wir könnten sie uns ansehen«, sagt Hailey.

»Wen oder was?«

»Die Mangofarm.«

»Was sollen wir dort? Den Früchten beim Wachsen zusehen?« Ich schüttle wegen ihres Vorschlags den Kopf.

»Ich dachte nur … Was steht morgen auf dem Plan?«, will Hailey wissen.

»Zuerst fahren wir auf den Markt. Damit du die großartigen Menschen kennenlernst. Sie sind sehr kontaktfreudig, humorvoll und sprühen vor Lebensfreude. Auch wenn ihre Lebensumstände manchmal nicht gerade rosig sind. Außerdem können wir dort direkt ein paar Einkäufe für die Kids tätigen. Anschließend fahren wir nämlich weiter zu meinem Hilfsprojekt.«

»Wunderbar. Ich bin unheimlich gespannt auf alles. Das Inselflair verzaubert mich jetzt schon. Aber vor allem freue ich mich auf dein Projekt. Es muss sehr befriedigend für dich sein, den Menschen helfen zu können.«

»Oft wurde mir von den Medien unterstellt, ich täte es der Publicity wegen. Aber das ist ungerecht. Ich tue es aus vollem Herzen.«

Hailey nimmt die Brille ab und schaut mich bedauernd an. »Das muss sehr verletzend sein, so etwas über sich zu lesen.«

»Es tut weh«, bestätige ich aufrichtig. Ungern erinnere ich mich an diverse Anschuldigungen. Jede einzelne ist ein Schlag in die Magengrube. »Lass uns den restlichen Tag genießen, bevor wir uns morgen mit den ernsten Dingen des Lebens befassen«, beende ich das Thema und deute mit dem Kopf zum Kellner, der unsere Getränke stilvoll auf einem Tablett mit weißem Deckchen präsentiert.

»Bitte sehr«, sagt er, stellt es auf einen in der Nähe befindlichen Servierwagen und schiebt diesen zwischen uns.

»Vielen Dank.« Hailey nimmt ihren ein wenig altmodisch mit Schirmchen und Kirsche verzierten Saft an sich und trinkt durstig.

»Wie versprochen. Viel Rum. Wenig Saft«, sagt der Kellner,

bevor ich zu meinem Drink greife. »Ich hoffe, Sie sind zufrieden. Wenn Sie noch etwas wünschen – ein Wink genügt.«

»Danke sehr.« Ich greife nach dem Glas, lehne mich entspannt zurück und trinke.

»Wie ist dein Cocktail?«

»Hervorragend. Genau, wie ich ihn wollte.«

»Mein Saft ist auch köstlich.«

Schnell drifte ich in eine schmutzige Fantasie ab. Sie zu lecken, ihren Saft zu schmecken. Das würde alles toppen, was ich mir vorgestellt habe.

»So herrlich aromatisch«, fährt sie fort.

Ich muss mir das Lachen verkneifen. Es ist schließlich keine Kunst, eine Mango auszuquetschen. Offenbar ist Hailey sehr genügsam. Ich staune und bin daher ganz still. Dieses Wort existierte im Repertoire meiner bisherigen Bekanntschaften mit Ladys nicht. Hier zählten nur Statussymbole wie Designerhandtaschen, Luxusuhren und teure Autos. Eine Welt voller Glamour und Glitzer, die mir so gar nicht liegt. Eine Frau wie Hailey kennenlernen zu dürfen, ist ein glücklicher Zufall, an den ich nicht mehr geglaubt habe. Ich will mehr über sie erfahren. Hierbei möchte ich über die üblichen langweiligen Standardfragen hinausgehen. Während ich mein Glas leere, denke ich darüber nach.

»Wie bist du darauf gekommen, ins Marketing einzusteigen?«, stelle ich ihr eine Frage, die mich wirklich beschäftigt. Die leicht verpeilte blonde Lady passt so gar nicht in das Schema.

Hailey verzieht leicht den Mund. »Ah, jetzt kommt es doch, das Nachhaken, was ich schon beim Einstellungsgespräch erwartet habe.«

Idiot! Ist dir nichts Besseres eingefallen als ausgerechnet ihr Job?

»Marketing ist ein kreatives Feld und äußerst wichtig für ein

Unternehmen. Es interessiert mich, wie du darauf gekommen bist«, setze ich charmant nach.

»Als ein Landei aus Oregon, meinst du.«

»Das meinte ich nicht.« Vielleicht doch. Aber ich darf es nicht zugeben.

»Meine Mom und mein Dad gingen jeden Tag gelangweilt zur Arbeit. Das wollte ich mir ersparen. Ich strebte eine Arbeit an, die mich herausfordert. Sie hielten es für Flausen in meinem Kopf, als ich ihnen mitteilte, dass ich Marketing studieren wollte.«

»Deine Eltern glaubten nicht an dich?«

Hailey zieht die Beine an und umschlingt ihre Knie mit den Armen. »Sagen wir so: Sie glaubten nicht daran, dass ein Mädchen aus einem Kaff in Oregon es in dem Bereich weit bringen könnte.«

»Du hast sie eines Besseren belehrt. Sind sie stolz auf dich?«

»Das wären sie bestimmt. Aber sie sind vor zwei Jahren bei einem Unfall gestorben.«

Ich fühle mich hilflos und weiß nicht, was ich sagen soll. »Das tut mir sehr leid.«

Sie nickt mit feuchten Augen. »Vor einem halben Jahr verlor ich dann, wie gesagt, meinen Grandpa, der immer an mich geglaubt hatte. Nachdem ich alle verloren hatte, wurde es Zeit, einen Neuanfang zu machen. Und so stürzte ich mich ins Abenteuer New York.«

»Ich verstehe. Ein neuer Lebensabschnitt für dich.« Ich nehme einen Schluck meines Drinks. »Meine Mom ist gestorben, als ich dreizehn war. Sie war sehr krank. Das Herz.«

»Oh! Das tut mir leid.«

»Das muss es nicht. Es ist schon lange her …«

»Denkst du noch oft an sie?«

Ich nicke und spüre den Schmerz in meiner Magengrube aufflammen, der selbst nach so langer Zeit noch da ist. »Du weißt es ja selbst. Seine Mutter vergisst man nicht. Es fühlt sich an, als wäre ein Teil von einem selbst gegangen.«

Haileys Augen füllen sich mit Tränen und sie wischt diese mit den Fingern fort, als sie über ihre Wangen rinnen.

»Das wollte ich nicht. Lass uns von etwas anderem reden.«

»Nein, ist schon okay. Erzähl bitte weiter. Wie erging es dir in der Zeit danach? Als Teenager steckt man ohnehin in einer schwierigen Phase. Wie bist du damit klargekommen?« Sie lehnt sich nach vorn und umschlingt ihre Knie noch etwas fester.

»Dad gab alles, um mir in dieser schweren Zeit ein guter Vater zu sein. Er ging mit mir zu Basketballspielen und wir fuhren zum Campen und Wandern nach Connecticut. Vater-Sohn-Dinge eben. Er gab mir auf diese Weise den Halt, den ich brauchte.«

»Das ist schön.«

»Dabei war es nicht einfach für ihn. Er hatte eine bodenständige Firma aufgebaut, die ständig wuchs. Ein Zulieferunternehmen für die Handwerksbranche, Fenster, Dachziegel und so weiter. Natürlich wäre es ihm lieber gewesen, wenn ich diese weiterführe. Doch ich wollte mehr. In der Schule war ich ein Überflieger. Zum Glück. Denn ich nahm mir vor, Betriebswirtschaft zu studieren. Bereits während des Studiums hatte ich diese Vision von der Reise-App. Dad glaubte nicht daran, tat es als Spinnerei ab. Als ich ihn um Geld bat, weigerte er sich zuerst, mir welches zu geben. Schlussendlich gelang es mir, ihn weichzukochen. Ich hatte einen Businessplan aufgestellt und überzeugende Argumente. Er gab mir, was ich für den Start brauchte. Die Investition hat ihn zu einem noch reicheren Mann gemacht. Er hat es also nie bereut. Inzwischen hat er seine Firma veräußert und sich ein kleines Weingut in Napa Valley, Kalifornien gekauft. Er hat sich zu einem sehr engagierten Hobbywinzer entwickelt, der schon einige Preise abgeräumt hat.

Mein Dad ist ein glücklicher Mann. Es fehlt ihm nur noch die Frau fürs Leben. So wie mir.«

Warum hast du diesen letzten Satz ausgesprochen, Kal? Der klingt so, als würdest du dich selbst bemitleiden. Armer, reicher Typ, der auf der Suche nach der Richtigen ständig scheitert.

»Wie wäre es jetzt mit einer Runde schwimmen?«, lenke ich ab, deute auf den Pool und erhebe mich.

»Ja, okay«, stimmt sie zu.

»Prima.« Ich merke ihr an, dass sie sich gern noch weiter mit mir unterhalten hätte. Es lief auch gerade so fabelhaft. Manchmal bin ich ein Idiot.

Hailey setzt den Hut ab. Ich halte ihr meine Hand hin, um ihr aufzuhelfen.

»Danke. Ein wahrer Gentleman.« Mit einem süßen Lächeln nimmt sie meine Hilfe an.

Über die breite Seitentreppe gelangen wir auf eine mühelose Weise Schritt für Schritt in den Pool. Ich halte dabei immer noch ihre Hand, damit sie nicht ausrutscht. Das kühle Nass ist herrlich erfrischend. Ich kann der Verlockung nicht widerstehen, Hailey mit Wasser zu bespritzen. Nachdem wir das bedrückende Thema angeschnitten haben, ist nun Spaß angesagt.

»Hey!«, ruft sie entrüstet und schnappt nach Luft. Dann lässt sie mich los und fackelt nicht lange. Mit beiden Händen schaufelt sie Wasser in meine Richtung, bis ich tropfnass bin.

»Na warte!« Ich gehe zur Attacke über. Doch Hailey entrinnt dem Ganzen geschickt. Sie läuft weiter, bis das Becken so tief wird, dass sie davonschwimmen kann. Ich folge ihr mit kräftigen Kraulzügen. Am gegenüberliegenden Beckenrand stoppen wir und legen die Arme ab. »Hey, du hast mir nicht verraten, dass du eine Olympionikin bist.«

Sie lacht. »Ich war schon immer eine Wasserratte. Viele Dinge machen mir Angst. Große Höhen. Flugzeuge. Aber

Wasser gehört nicht dazu. Selbst das Meer mit seiner unberechenbaren Tiefe nicht.«

»Wenn das so ist, führe ich dich in den nächsten Tagen an einen Strand, an dem wir schwimmen können. Hier werden an einigen Abschnitten fiese Braunalgen angeschwemmt, sodass nicht alle dafür infrage kommen. Da muss man höllisch aufpassen.«

»Die Umweltverschmutzung nimmt überall auf der Erde zu.«

»Leider.«

»Wie schön, einen Kenner der Insel an der Seite zu haben, der all das weiß.«

»Die Prospekte, die du mitgenommen hast, brauchst du nicht. Verlass dich ganz auf mich.«

»Okay. So wie bei unserer ersten Begegnung, als du meintest, es würde ganz bestimmt nicht regnen?« Sie grinst. »Mittags hat es dann wie aus Kübeln geschüttet.«

»Habe ich das tatsächlich gesagt? Ich erinnere mich nicht«, gebe ich mich vergesslich.

»Das hast du.«

»Da war ich mal wieder zu vorlaut. Als Wetterfrosch tauge ich offenbar nicht.« Ich stütze mich vom Beckenrand ab und schwimme wieder zurück. Hailey ist mir dicht auf den Fersen.

8

HAILEY

A*m selben Abend …*

»Bist du startklar?«, fragt Kal durch die geschlossene Tür hindurch zu meinem Zimmer.

»Ich brauche noch einen Moment«, wimmle ich ihn ab.

»Dann gehe ich schon mal vor. Bis gleich.«

»Bis gleich.« Ich höre die Tür der Suite ins Schloss fallen. Wie alle Frauen hadere ich mit meiner Kleiderwahl. Ist das türkisfarbene kurzärmelige Kleid mit einem Unterteil aus Plissee die richtige Entscheidung? Oder soll ich mich noch mal umziehen? Ich werde es anlassen. Es ist schick, aber nicht overstyled. Noch besser würde es mir allerdings stehen, wenn ich etwas mehr Bräune besäße. Aber wir sind ja erst seit ein paar Stunden hier. Was will man da erwarten?

Ich begebe mich ins Bad, um mich zu schminken. Mit den Fingerkuppen tupfe ich den inzwischen bewährten dunkelblauen Lidschatten mit leichtem Glitzereffekt auf. Dann Wimperntusche und Lipgloss. Fertig!

Kal sagte, er hätte einen Tisch im Innenhof für uns reservieren lassen. Es dürfte nicht schwer sein, diesen zu finden. Zur Sicherheit werfe ich trotzdem einen Blick auf den Plan. Mit dem

Aufzug muss ich ganz nach unten fahren. Dann zweimal nach rechts und einmal nach links gehen. Im Anschluss den Außenbereich am Pool durchqueren und gegenüber durch ein Eisentor treten. Dort befindet sich der gemütliche Innenhof. Das kann ich mir merken. Froh gelaunt klemme ich meine Clutch unter den Arm, lege den Plan auf den Tisch und mache mich auf den Weg.

Der Fahrstuhl surrt nach unten. Ich steige aus. Wie war das noch? Zweimal nach links. Ups! Ich bleibe verdutzt vor der Tür stehen, auf der in großen Lettern Spa steht. Kommando zurück! Ich gehe zu den Aufzügen. Hm. Grübelnd lege ich den Zeigefinger ans Kinn. Oder war es einmal rechts und dann links? Ja, so muss es gewesen sein. Ich schlage diesen Weg ein und lande vor einer Metalltür, auf der gut leserlich ein warnender Text auf einem gelben Schild steht. *Werkzeugraum. Kein Zutritt für unbefugte Personen*. Nun, ich bin definitiv eine unbefugte Person. Unfähig noch dazu. Über mich selbst den Kopf schüttelnd, gehe ich um die Ecke. Mist! Warum habe ich den Plan nicht mitgenommen? Es ist kein Mensch anzutreffen, den ich fragen könnte. Ich bin auf mich allein gestellt. Dieses Resort ist ein verfluchtes Labyrinth!

Mit durchgedrücktem Rücken laufe ich weiter. So blöd kann man sich doch nicht anstellen! Ah, da ist eine Tür, durch die man zum Pool gelangt. Ich komme dem Ziel also näher. Applaus! Applaus! Um den Pool herum ist es menschenleer, offensichtlich nehmen gerade alle Gäste ihr Dinner in einem der Restaurants ein. Nur einige Lampen geben schummriges Licht ab, das sich im Wasser spiegelt.

Wo muss ich hin? Durch das Eisentor. Von blühenden Blumen umrankt, fühle ich mich, als beträte ich eine andere Welt. Doch es ist nur ein Hof. Allerdings nicht der, den ich suche. Hier stehen keine Tische, sondern blank polierte Autos und Kleinbusse.

»Kann ich Ihnen helfen?«, vernehme ich plötzlich eine Stimme.

»Haben Sie mich erschreckt!« Ich lege eine Hand auf mein wild pochendes Herz.

»Das tut mir leid«, sagt der junge Mann, der hinter einem der Fahrzeuge aufgetaucht ist. »Ich bin Anthony und kümmere mich hier um den Fuhrpark.«

»Guten Abend! Schon gut. Sie können nichts dafür, dass ich so schreckhaft bin. Ich suche das Restaurant im Innenhof.«

»Da sind Sie hier verkehrt.«

»Das habe ich gerade gemerkt.«

Er lacht und streckt den Arm aus. »Sie müssen da lang. Über den Schotterweg und den Palmengarten. Dann durch das Tor am Ende.«

»Verstehe.«

»Soll ich Sie hinführen?«, fragt er, weil er mir anmerkt, dass dem nicht so ist.

»Das wäre supernett«, antworte ich erleichtert.

»Kein Problem. Bitte folgen Sie mir.« Anthony geht voraus.

»Gütiger Himmel! Das ist wie ein Dschungel«, sage ich, als wir durch den Palmengarten gehen. Beinahe muss man sich mit einer Machete den Weg freikämpfen.

Er lacht und öffnet das nächste Tor, welches wie das erste von tropischen duftenden Blüten umrankt wird. »Bitte sehr. Hier ist das Restaurant.«

»Danke sehr, Anthony. Ohne Sie wäre ich verloren gewesen.« Ich trete hindurch und er folgt mir. Worauf wartet er? Ah, das Trinkgeld, Dummerchen! Ich öffne meine Clutch.

»Nein. Dafür möchte ich nichts«, winkt der Angestellte freundlich ab. »Ich wünsche Ihnen einen schönen Abend.«

Ich lächle. »Vielen Dank.« Suchend lasse ich meinen Blick schweifen. Es fühlt sich diesmal tatsächlich an, als wäre ich in eine verwunschene Welt gelangt. An den Mauern leuchten

Laternen. Auf den kleinen Tischen schimmern die Kerzen der Windlichter durch die geschliffenen Gläser und spenden warmes Licht. Überwältigend romantisch. Als wäre es ein Date.

Das ist es nicht. Es ist nur ein Dinner mit deinem Boss!

An einem Zweiertisch in der Nähe der Mauer entdecke ich Kal, der den Arm hebt und winkt. Etwas staksig bewege ich mich über den Kiesweg zu ihm, um zu verhindern, dass ich mich auf die Nase lege.

»Wer war das? Dein Bodyguard?«, will er wissen.

»Haha. Das war Anthony.«

»Wer ist der Kerl?«

»Ein Angestellter des Fuhrparks.«

Na, eifersüchtig, Mr. CEO?

»Bist du mit dem Auto hergekommen?« Ironisch hebt Kal eine Braue.

Ich rolle mit den Augen. Diese dämliche Bemerkung bedarf keiner Antwort.

»Wo hast du so lange gesteckt?«, stellt er eine weitere, nicht gerade charmante Frage und schaut vorwurfsvoll auf seine Armbanduhr.

»Ich habe mich verirrt«, berichte ich ehrlich.

Kal macht seinen Fauxpas wieder wett, indem er mir den Stuhl zurechtrückt.

»Danke.« Ich nehme auf dem Metallstuhl mit dem weichen Kissen Platz.

»Wie kann man sich hier verirren? Es ist doch alles bestens ausgeschildert.« Er setzt sich und trinkt einen Schluck Rotwein.

»Als der Orientierungssinn verteilt wurde, hatte ich mich gerade verlaufen«, lockere ich die Situation auf. Mit dem Spruch komme ich meistens durch.

Kal lacht tatsächlich herzhaft. »Übrigens siehst du fantastisch aus«, schwenkt er wieder in den Charme-Modus.

»Danke.« Ich lausche. »Was ist das für ein Geräusch?«

»Ach, das sind nur die Baumfrösche.«

»Du machst dich über mich lustig.« Ich lache prustend.

»Keineswegs. Dass ich die Wahrheit sage, wirst du spätestens merken, wenn dir einer auf den Kopf springt.«

Ich ducke mich reflexartig. Heilige Scheiße! Die romantische Stimmung ist dahin. Ich bekomme den Gedanken nicht mehr aus dem Kopf, dass mir jederzeit eine dieser glupschäugigen Amphibien auf dem Kopf herumtanzen könnte. Es wäre typisch für mich, dass es mich trifft, und es würde mich nicht wundern, wenn ich mit dieser Lachnummer im Netz lande.

Kal lacht. »Entspann dich. Mir ist noch nie einer auf den Kopf gesprungen.«

»Wenn du es sagst.« Trotzdem schaue ich beunruhigt hoch in den Baum.

»Ich habe mir bereits einen Wein gegönnt und etwas auf der Karte gefunden«, sagt er und überreicht sie mir. »Das Rinderfilet mit Grillgemüse klingt gut.«

Ich überfliege die Auswahl. »Ich liebe Fisch. Ein Ceviche vom Marlin. Dazu gibt es einen Avocadosalat.« Kurz entschlossen klappe ich die Menükarte zu und lege sie auf den Tisch.

»Ceviche?« Er legt seine Stirn in Falten. »Das ist doch roher Fisch, nur mit Salz gewürzt und in Limettensaft eingelegt. Bist du dir sicher?«

»Klar! Das ist ein Fünfsterneresort und der Küchenchef ist hochprämiert. Durch die Limette wird so eine Art Garprozess in Gang gesetzt. Es ist köstlich. Dazu nehme ich einen Weißwein. Warum isst du eigentlich keinen Fisch?«

»Seit ich Lionel, Stanley und Samantha kennengelernt habe.«

»Freunde von dir? Hatten sie eine Fischvergiftung, oder was?«

»Nein. Es sind meine Goldfische. Sie tummeln sich zu Hause in meinem Aquarium.«

»Du besitzt Goldfische?« Ich bemühe mich, nicht prustend loszulachen.

»Was hast du gegen Fische? Es sind verdammt gute Haustiere. Sie haaren nicht und müssen auch nicht Gassi geführt werden.«

»Ich habe absolut nichts dagegen«, wehre ich mich. »Es ist nur etwas ungewöhnlich.«

»Mit dem Strom zu schwimmen, ist langweilig und passt nicht zu mir.«

»Und wer kümmert sich jetzt um die Tiere?«

»Meine Haushälterin hat das perfekt im Griff.« Kal winkt die Kellnerin herbei und gibt die Bestellung auf.

»Was hältst du von dem Resort? Wirst du es ins Portfolio aufnehmen?«

»Ich überlege noch.«

»Was gibt es da zu überlegen? Ich finde es fantastisch.«

»Das kann man nicht innerhalb von ein paar Stunden entscheiden.«

»Da wirst du recht haben. Ich habe anscheinend nicht genug Ahnung davon.«

»Deshalb bist du hier. Um mehr über das Business zu lernen.«

»Wirklich? Ich denke eher, dass du eine Begleiterin für die Reise gesucht hast.« Mal sehen, ob ich ihn mit der Realität schocken kann.

»Wow! Das sind offene Worte.« Er lehnt sich zurück.

Ha! Seine Gestik und Mimik verraten mir, dass ich es auf den Punkt getroffen habe.

»Was unterstellst du mir da?«, geht er auf Konfrontationskurs.

»Ich ... Ich unterstelle dir nichts«, gerate ich ins Stammeln.

Aber dann wird mir bewusst, dass dies eine geschickte Taktik aus der Geschäftswelt ist, um sein Gegenüber zu verunsichern. Und diese probiert er gerade an mir aus.

Nicht mit mir, Mr. CEO!

»Es ist trostlos, allein zu verreisen«, sage ich.

Er dreht sein Weinglas am Stil hin und her und taxiert mich. »Selbstverständlich ist eine Reise in Begleitung weitaus angenehmer. Aber ich habe dich mitgenommen, weil man in einem Büro nicht begreifen kann, worum es in diesem Unternehmen wirklich geht. Es geht darum, die Dinge zu spüren. Die Atmosphäre, die Menschen«, verliert er sich in einer leidenschaftlichen Ansprache.

»Du brennst für dein Unternehmen. Und ich verstehe, was du meinst. Sehr gern lasse ich mich von dir an die Hand nehmen und mir alles zeigen …«

Was in aller Welt sollte das denn wieder, Hailey? An die Hand nehmen und alles zeigen?

Seine Lider verengen sich und sein Blick wird wölfisch. In seine Mundwinkel legt sich ein leicht überhebliches Grinsen, was mich zu meiner Überraschung antörnt. Das ist alles zu viel für mich – dieser höllisch heiße Mann, dazu die tropische Wärme. Ich bräuchte eine Wanne mit Eis, in der ich mich abkühlen könnte.

Eine Kellnerin bringt mir den Wein und erlöst mich aus dem Gefühlschaos.

»Zum Wohl! Auf unseren ersten Abend auf Barbados.« Kal prostet mir zu.

Ich lasse mein Glas gegen seines klirren. »Auf uns! Ich meine natürlich, auf diesen Abend.« Ich setze das Glas an die Lippen und leere es gleich zur Hälfte.

Plötzlich verstummt die Musik aus den Boxen und zwei Geigenspieler tauchen auf, die sich mit den sanften Klängen klassischer Musik einem Tisch nähern, an dem ein junges Paar sitzt. Er kniet neben seiner Angebeteten nieder und präsentiert ihr einen Ring in einem aufgeklappten Schmuckkästchen. Ich kann es nicht fassen, wovon wir da gerade Zeuge werden. Von einem klassischen Heiratsantrag. Zum Dahinschmelzen schön. Sie nimmt ihn an und küsst ihren Zukünftigen voller Inbrunst. Die Gäste klatschen, mit Ausnahme von Kal, der genervt wirkt.

»Wahnsinnig kitschig«, meint er kopfschüttelnd.

»Das finde ich nicht.«

»Sag bloß, du stehst auf so etwas?«

Mir wird bewusst, dass ich den grünäugigen Mr. Hot gar nicht richtig kenne. Tut er gerade nur so supercool oder ist das wirklich seine Meinung? »Welche Frau nicht? Da muss man schon total unromantisch sein«, antworte ich und trinke einen Schluck Wein.

Er zuckt männertypisch lapidar mit den Achseln.

Ich lehne mich zurück, denn unser Essen wird serviert. Es ist so grandios, wie wir es uns erhofft hatten, und so genießen wir es schweigend. Die Stimmung zwischen uns bleibt prickelnd aufgeladen. Beim Trinken des Weins treffen sich unsere Augen immer wieder. Was möchte mein Boss wirklich von mir? Ist dies tatsächlich nur eine Geschäftsreise, wie er mir weismachen will? Seine Körpersprache sagt etwas anderes. Unsere Gespräche deuten andere Dinge an. Meine Gedanken wirbeln verwirrt in meinem Kopf herum und finden keine Antwort.

9

KALVIN

Nach einem herausragenden Frühstück brechen Hailey und ich am nächsten Morgen zu unserem Ausflug auf. Sie trägt einen ärmellosen grünen Jumpsuit mit Blumenprint, in welchem sie hammermäßig aussieht. Aber das tut sie ja immer.

Ich habe für unsere Unternehmung extra einen Jeep gemietet, denn ich möchte unabhängig von einem Fahrer sein. Vom Resort aus erreichen wir in wenigen Minuten ein quirliges Dorf, wo heute ein Markt stattfindet. Die Straße dorthin ist von traditionell angestrichenen Häusern gesäumt, jedes hat eine andere Farbe. Von einem satten Blau, Grün und Pink über Lachsrosa bis hin zu Gelb ist alles vertreten.

Nach einem kurzen Fußweg erreichen wir den Markt. Lautstark preist die erste Verkäuferin, eine ältere Dame in einem gestreiften Gewand und einem Strohhut auf dem Kopf, ihre Ware an. Das Gemüse und Obst sehen fantastisch aus, als hätte ein impressionistischer Maler es auf Leinwand festgehalten. Dazu der süßliche, aromatische Duft, der verrät, dass alles frisch geerntet wurde. Unvergleichlich!

»Wir brauchen Bananen«, sage ich zu Hailey. »Die Kids lieben Bananen. Und Mangos.«

Sie lächelt. »Wie viele brauchen wir?«

»Eine ganze Menge.« Ich gebe die Bestellung bei der Verkäuferin auf.

»Das können wir gar nicht tragen«, wirft Hailey ein, als die Dame die Einkäufe verpackt.

»Kein Problem. Hier gibt es einige Helfer, die einem die Ware direkt zum Auto bringen.« Ich zahle und winke einen dieser Männer heran.

Der freundliche ältere Herr mit der umgedrehten Baseballkappe auf dem Kopf lächelt breit. Mit der großen Zahnlücke sieht er fast wie ein Sechsjähriger aus. Wenn er nicht so viele Falten hätte.

»Brauchen Sie meine Hilfe, Sir? Ich bin Ricardo und stelle Ihnen meinen Truck gern zur Verfügung.« Er deutet auf den Handwagen aus Holz.

»Genau den brauche ich. Aber nicht zu schnell fahren, Ricardo. Wir wollen keinen Strafzettel riskieren«, gehe ich auf seinen Spaß ein.

Er lacht laut, packt meine Sachen in die Karre und folgt uns über den Markt. An einem der nächsten Stände erwerbe ich Süßkartoffeln für den von den Kindern so heiß geliebten Auflauf, der hier auf Barbados eine Spezialität ist.

Am Ende steht ein kleiner Stand, an dem eine junge Frau Kokoswasser anbietet. Mit einer Art Machete trägt sie die grüne Schale im oberen Teil ab und steckt dann einen Strohhalm hinein. Dies alles in rasender Geschwindigkeit und mit großer Geschicklichkeit. Ich selbst würde mir vermutlich einen oder mehrere Finger absäbeln.

Zahlreiche Touristen schauen sich das Spektakel an und nehmen das verlockende Angebot an, etwas Exotisches zu probieren. Das gehört zum Urlaubsgefühl dazu.

»Möchtest du auch?«, frage ich Hailey, nachdem die Warteschlange sich aufgelöst hat.

»Gern.«

Ich kaufe zwei und gebe ihr eine.

Hailey zieht am Strohhalm. »Mmh. Das ist megalecker. Wirklich nicht zu vergleichen mit dem Kokoswasser aus der Packung.«

»Echt nicht zu vergleichen.« Ich genieße die Erfrischung und wir schlendern weiter.

»Ich bin ja so gespannt auf die Kinder. Sie müssen dich sehr lieben.«

»Nun ja. Sie mögen mich«, spiele ich es herunter. »Doch ich tue es nicht wegen der Anerkennung. Ich tue es, weil es notwendig ist. Ohne mich haben diese Kinder keine Chance. Sie bekommen keine Schulbildung und dadurch später keinen Job. Um die Spirale der Armut zu durchbrechen, muss man früh anfangen. Schon bei den Kleinen.«

Wir werfen unsere leeren Kokosnüsse in einen Mülleimer und begeben uns in Richtung des Jeeps. Ricardo folgt uns mit seiner Holzkarre und hilft beim Verladen. Ich bedanke mich bei ihm und stecke ihm das Geld zu, das er verlangt. Natürlich mit einem großzügigen Trinkgeld, über das er sich so sehr freut, dass er lächelnd seine verbliebenen Zähne entblößt.

»Zuerst müssen wir am Neubau der Schule nach dem Rechten sehen. Es liegt auf dem Weg«, erkläre ich nach dem Starten des Wagens. »Wie ich von meinem Bauleiter hörte, schreitet es nicht so gut voran wie erhofft. Ich habe Fotos gesehen, aber möchte mir selbst ein Bild davon machen, wie schlimm die Lage wirklich ist.«

»In Ordnung. Es muss frustrierend sein, wenn es nicht so klappt wie vorgesehen.«

»Damit muss man hier leben. Rückschläge liegen auf der Tagesordnung.«

Nach einer Viertelstunde erreichen wir das Gelände. Es ist ein Schock. Werkzeug liegt achtlos herum. Die Mauern sind immer noch nicht komplett hochgezogen. Dieses Projekt ist weit entfernt davon, fertiggestellt zu werden.

»Hallo, Winston«, begrüße ich den Bauleiter, mit dem ich mich hier verabredet habe, und stelle ihm meine Begleiterin vor.

»Das Material wurde inzwischen geliefert, aber ein paar Arbeiter sind krank«, erklärt er und deutet auf die Steine und den Mörtel.

»Hast du versucht, andere Leute zu kriegen?«

»Natürlich. Aber die guten Kräfte arbeiten gerade an der neuen Hotelanlage am *Carlisle Bay*«, sagt er bedauernd.

»Verfluchter Mist!«, mache ich meinem Ärger Luft und katapultiere mit dem Fuß einen kleinen Stein durch den Staub. »Versuch weiterhin, ein paar Leute zu engagieren. Lock sie mit einem Bonus. Und sichere unser Baumaterial gut ab, damit es nicht wie beim letzten Mal gestohlen wird.«

»Es wird Tag und Nacht bewacht«, verspricht er.

»Ich weiß, dass du dein Bestes gibst, Winston.« Anerkennend klopfe ich ihm auf die Schulter.

»Ich versuche noch mal mein Glück.« Mit seinem Smartphone zieht er sich zurück.

Wohin ist Hailey verschwunden? Ich entdecke sie hinter einer halbhohen Mauer. »Was tust du hier?«

»Ich versuche, mir vorzustellen, wie es aussieht, wenn die Schule fertig ist. Wenn die Wände hochgezogen und gestrichen sind und das Dach vor Sonne und Regen schützt. Wenn es Stühle und Tische gibt, an denen die Kids sitzen und etwas in ihre Hefte schreiben. Ich kann das Lächeln auf ihren lernbegierigen Gesichtern beinahe sehen …«

»Ich habe die gleiche Vision«, teile ich ihr mit und bleibe dicht bei ihr stehen. Wie in einem Film tauchen bunte Bilder in meiner Vorstellung auf. Dies gibt mir Kraft, um weiterzumachen.

»Mr. Thornton!«, reißt mich Winstons Stimme in die Realität zurück.

»Hast du etwas erreichen können?«, hake ich wegen seines breiten Grinsens hoffnungsvoll nach.

»Ja. Ich habe drei Männer gewinnen können, die ab übermorgen für uns arbeiten.«

»Das klingt großartig!« Hailey klatscht vor Freude in die Hände.

Erleichtert atme ich durch. Mit diesen positiven Neuigkeiten hatte ich nicht gerechnet. Vielleicht ist die Lady an meiner Seite mein Glücksbringer?

Du solltest sie zum Roulette nach Vegas mitnehmen!, meldet sich meine verwegene innere Stimme. Und alles auf Rot setzen. Rot wie die Liebe.

Was ist das? Habe ich einen Sonnenstich?

Schnell weiter, bevor mir mein Unterbewusstsein rät, in Vegas in einer dieser kitschigen Kapellen zum Hüftschwung eines Elvis-Imitators zu heiraten.

Ich verabschiede mich von Winston mit einem Handshake und Hailey ebenso, bevor wir uns in den Jeep setzen.

Endlich kann es zur Organisation gehen. Mein Highlight des Tages. Über schmale Straßen fahren wir an sanften Hügeln und Zuckerrohrfeldern vorbei. Die Pflanzen gedeihen hier wie Unkraut und sind ein wichtiger Wirtschaftszweig für den Inselstaat.

Hailey genießt die Fahrt und saugt alle Eindrücke in sich auf wie ein Schwamm. Der Jeep ist offen und der Fahrtwind spielt mit ihren blonden Haaren. Ihre Lippen glänzen leicht. Ein Anblick, der mich gedankentechnisch in heißere Gefilde schickt. Ich muss mich dazu zwingen, den Blick nach vorn zu richten.

Zwanzig Minuten später kommen wir am Ziel an. Ich halte vor dem Tor und rufe Marcia, die Leiterin, an. Sie muss mir öffnen, denn das Gelände ist durch einen hohen Maschendrahtzaun abgesichert. Eine Minute später kommt die junge Frau in einem leuchtend orangefarbenen Kleid mit ihrem riesigen Schlüsselbund in der Hand angelaufen, schließt auf und schiebt das Tor beiseite. Ich winke ihr zu und steuere den Wagen hinein. Umsichtig macht Marcia hinter uns zu.

Gleich nachdem ich ausgestiegen bin, umarmt sie mich herzlich. »Kal! Es ist so eine Freude, dich zu sehen«, sagt sie mit leuchtenden Augen. Ihre Haarpracht hat sie mit einem regenbogenfarbenen Bandana gebändigt, an ihren Ohren baumeln große Creolen.

»Hallo, Marcia! Die Freude liegt ganz auf meiner Seite. Das ist Hailey.«

»Deine neue Assistentin?«

»So etwas Ähnliches.«

»Herzlich willkommen.« Marcia schließt auch sie in die Arme. »Die Kinder können es ebenfalls kaum erwarten, dich zu sehen«, wendet sie sich mir wieder zu. Marcia klatscht in die Hände. Sofort kommt eine Horde Kinder angelaufen, die uns umringt. Einige schmiegen sich vertrauensvoll an mich und schauen mit großen Augen zu mir auf.

»Hallo! Ist ja gut«, sage ich lächelnd und streiche ihnen über die Schultern. Es gibt nichts, was mein Herz so stark erwärmt wie der Anblick von glücklichen Kinderaugen.

»Diese kleinen Kletten wirst du nun nicht mehr los«, meint Marcia mit einem sanften Lächeln.

Einige der Kinder beäugen Hailey neugierig. Fremde Menschen werden erst einmal inspiziert. Aber erfahrungsgemäß dauert es nie lange, bis die Kids auftauen. Hailey ist schon auf dem besten Weg, sie zu erobern. Sie hat sich hingehockt, um mit ihnen auf Augenhöhe zu sein. Damit nimmt sie ihnen jegliche Scheu.

»Schau, was wir mitgebracht haben!«, präsentiere ich Marcia unsere Errungenschaften.

»Kal, du bist ein Schatz!«

Gemeinsam tragen wir die Einkäufe ins Gebäude.

Marcia schlägt vor, aus den frischen Früchten gleich einen Obstsalat zuzubereiten. Sie bittet mich um die Reparatur einer klemmenden Tür, was ich sehr gern übernehme. Während die beiden Frauen sich Schürzen umbinden, greife ich zum Werkzeugkasten und checke den Inhalt auf Vollständigkeit. Alles da, was ich brauche.

Kurze Zeit später habe ich meine Aufgabe erledigt und auch die Frauen sind fertig. Sie verteilen den Obstsalat in kleine Schälchen und bringen sie den Kindern, die sich bereits auf dem Hof versammelt haben. Brav reihen sie sich auf, um ihre Portion entgegenzunehmen. Ohne gewisse Regeln würde hier ein heilloses Durcheinander herrschen, doch Marcia hat alles gut im Griff.

»Jetzt haben wir ein paar Minuten Ruhe«, sagt sie seufzend, nachdem alles verteilt ist.

»Wie schaffst du das nur, so ganz allein?«, will Hailey wissen.

»Ich habe zwei Helferinnen. Doch sie mussten sich heute um ihre eigenen Familienangelegenheiten kümmern.«

»Zum Glück sind wir da. Wie können wir helfen?«, zeigt sich Hailey tatendurstig.

Eine Klassefrau. Darin werde ich ständig bestätigt.

»Es muss noch geputzt und aufräumt werden. Das werde ich übernehmen. Ihr könnt ein bisschen mit den Kids spielen. Und wenn ihr noch etwas länger bleiben könnt, wären die Süßkartoffeln für den Auflauf zu schälen, den es später gibt.«

»Geht klar! Wir haben alle Zeit der Welt«, bestätige ich und Hailey nickt.

Im Herausgehen schnappe ich mir einen Fußball, der in einem Korb neben der Tür liegt. »Dann wollen wir die Kleinen mal ein wenig sportlich herausfordern. Fußball ist den Menschen hier auf Barbados sehr wichtig.«

»Das wusste ich nicht.«

»Alt und Jung begeistern sich dafür, Jungs und Mädchen.«

Wir stürzen uns ins Gewimmel mit den Kids und vergessen dabei alles um uns herum. Die Zeit. Und dass wir selbst schon erwachsen sind. Manchmal wird man selbst wieder zum Kind. Diese unbeschwerten Momente des Lebens sind Gold wert.

10

HAILEY

»Es war großartig. Aber ich bin vollkommen geschafft«, sage ich ein paar Stunden später, nachdem wir in den Jeep gestiegen sind, und schnalle mich an. Satt bin ich auch. Marcia hat so große Mengen des köstlichen Süßkartoffelauflaufs zubereitet, dass sie uns zur Freude der Kids einlud, mitzuessen.

»Das habe ich mir gedacht. Deshalb habe ich eine kleine Überraschung für dich vorbereitet.«

»Ich möchte jetzt eigentlich nur noch duschen und ab ins Bett.«

»Nicht doch! Du willst einen Abend auf Barbados im Bett vergeuden? Das ist nicht dein Ernst!«

»Du hast ja recht. Aber vielleicht ein kleines Nickerchen?«, versuche ich, mit ihm auszuhandeln.

»Na gut. Es wird Zeit, dir meinen Plan zu verraten. Ich habe im Spa eine Massage für uns gebucht.«

Ich fasse mir in den Nacken. »Das ist eine fabelhafte Idee. Ich habe so viele Kids auf dem Arm herumgetragen, dass ich ein wenig verspannt bin.«

»Anschließend kannst du dich auf einer Liege etwas ausruhen. Zum Abschluss dieses gelungenen Tages möchte ich nämlich mit dir etwas feiern. Dann kannst du ins Bett.«

»Das klingt gut.«

»Außerdem können wir so zwei Fliegen mit einer Klappe schlagen. Ich muss mir den Spa-Bereich ohnehin vornehmen.«

»Ich glaube, er ist genauso fantastisch wie der übrige Teil des Resorts.«

»Gleich werden wir es herausfinden.«

Zwei Stunden später im Spa …

Wohlig rekle ich mich nach der Massage auf der Liege im Innenbereich. An der Wand hinter uns plätschert ein Wasserfall und aus den Lautsprechern dringt Entspannungsmusik. Ich habe das Gefühl zu schweben. Mit einem Lächeln drehe ich meinen Kopf zu Kal. »Danke. Es hat enorm gutgetan. Die Masseurin hatte magische Hände. Ich glaube, ich bin sogar eingeschlafen.«

»Manchmal habe ich nicht die schlechtesten Ideen.«

»Du hast bisher alles richtig gemacht.«

»So ein Lob hört man gern.«

»Das Getränk …«, ich rühre mit dem Strohhalm den Rest um und trinke, »bist du dir sicher, dass darin kein Alkohol enthalten ist?«

Er nippt an seinem Glas. »Ups! Du hast meinen Cocktail und ich deinen Saft. Das macht doch nichts. Oder?«

»Es macht mir natürlich etwas aus!« Mir wird ein wenig schwummrig im Kopf.

Kal schaut mich an wie ein Unschuldslamm. Doch ich bin mir sicher, er hat das mit Absicht getan. Er wird bemerkt haben, dass er nur einen Saft hat, und hätte mich darauf aufmerksam machen müssen. Dieser Mistkerl! *Na warte, dir werde ich es heimzahlen!*

»Ach komm, sieh es mal locker. Dann hast du schon ein bisschen vorgeglüht für später. Stürzen wir uns ins Vergnügen.« Er erhebt sich und hält mir seine Hand hin, um mich hochzuziehen.

Mit viel zu viel Schwung pralle ich fast gegen seine Brust. »Hoppla!«

Hoppla? Mehr fällt dir nicht ein?

Sein Duft dringt in meine Nase. Er ist diesmal anders als sonst. Er riecht genau wie ich nach dem Kokosmassageöl.

»Wir gehen zusammen«, verkündet er.

Ich kichere mädchenhaft. *Wir gehen zusammen? Habe ich was verpasst? Hat er mir einen Zettel herübergeschoben, auf dem ich Ja, Vielleicht oder Nein ankreuzen durfte?*

»Wir duschen schnell, ziehen uns an und nehmen den Weg zur Bar gemeinsam«, stellt Kal klar. »Bevor du dich wieder verläufst ...«

»Ah. Alles klar!« Ich wanke leicht beim Gehen. Der Drink hatte es in sich. Die Süße der Säfte hat den Alkoholgehalt perfekt überlagert. Gleich werde ich mich mit einem Softdrink begnügen, das steht fest.

»Was machst du? Übst du schon einige Tanzschritte?«, macht sich Kal mit einem Seitenblick über mich lustig.

»Sehr witzig.«

»Hak dich bei mir ein!«, bietet er mir seinen Arm an.

»So weit ist es schon gekommen. Ich muss wie eine Oma bei dir Halt suchen.«

»Für eine alte Lady hast du dich verdammt gut gehalten.«

»Weißt du, ich habe einen reichen Kerl geheiratet, der für meine Beauty-Eingriffe aufkommt«, treibe ich unser neckisches Geplänkel weiter und bringe ihn damit zum Lachen.

In der Suite angekommen, stürze ich mich auf die Minibar, nehme eine kleine Flasche Wasser heraus und setze sie an die Lippen. Kal begibt sich ins Bad. In meinem Zimmer wähle ich ein kurzes korallenfarbiges Baumwollkleid aus, das ich auf dem Bett drapiere. Heute habe ich etwas Bräune bekommen, was wunderbar zu der Farbe passt. Durstig leere ich das kühle Wasser, das meinen Kopf klarer werden lässt. Weil ich die Tür einen Spalt offen gelassen habe, höre ich kurz darauf, dass Kal aus dem Bad kommt. Er braucht nie lange, das schätze ich an ihm. Wenn ich daran denke, wie lange mein Ex-Freund stets im Bad war! Ich hätte ihn als verschollen melden können.

Moment mal! Warum denkst du in fast einem Satz an Kal und deinen Ex-Freund? Weil es so vertraut ist, hier zusammen in der Suite? Wie im Urlaub. Das muss es sein.

Nachdem ich im Bad war, mir das Massageöl abgeduscht und mich geschminkt habe, schlüpfe ich in mein luftiges Kleid, bequeme Espadrilles und greife nach meiner kleinen Umhängetasche, in der ich das Nötigste verstaut habe. So kehre ich zu Kal zurück. Er sieht zum Anbeißen aus in seiner beigen Hose und dem weißen, an den Ärmeln aufgekrempelten Leinenhemd. Seine Haut wird offenbar schneller braun als meine. Das Grün seiner Augen wirkt so noch prägnanter.

»Ich freu mich auf den Abend«, sagt er lächelnd.

»Geht mir genauso.« Wie immer lasse ich mich von ihm hinausführen.

»Ich habe uns einen Wagen bestellt.« Kal deutet auf das Auto, vor dem der Chauffeur wartet, ein Mann mit einem farbigen Hemd und einem Strohhut. »Guten Abend!«, ruft er ihm zu.

»Guten Abend«, begrüßt dieser uns und öffnet die hinteren Türen.

»Wohin fahren wir?«, frage ich aufgeregt, nachdem wir im Wagen sitzen.

»Zum Fischmarkt.«

»Um diese Zeit?«

»Jeden Freitagabend findet dort ein kunterbuntes Volksfest statt.«

»Oh! Das hört sich großartig an.«

»Es wird dir gefallen. Es gibt eine tolle Mischung von einheimischen Gerichten und Musik. Und natürlich Cocktails.«

Die Fahrt vergeht wie im Flug, weil wir uns über das bisher Erlebte unterhalten und die Landschaft genießen, die an uns vorüberzieht.

»Wir müssen aufpassen, dass wir uns im Gedränge nicht aus den Augen verlieren«, sagt Kal, nachdem wir ausgestiegen sind und den stark besuchten Markt betreten. Kurz greift er nach meiner Hand, bemerkt dann jedoch, dass dies eine zu vertraute Geste ist, und lässt sie wieder los.

»Was ist das?«, frage ich und deute auf das Angebot einer Bude.

»Es nennt sich *Maccaroni Pie*. Eine Art Auflauf. Nicht zu vergleichen mit den *Maccaroni & Cheese* aus unserer Heimat. Hier wird er mit scharfem Käse, Senf, Ketchup und Pfeffer zubereitet. Es ist also ziemlich *spicy*. Man serviert es in kuchenähnlichen Scheiben. Möchtest du probieren?«

»Hört sich lecker an. Aber ich würde lieber Fisch essen.«

»Den gibt es gleich hier. *Flying Fish* mit *Cou Cou*. Ähnlich wie Polenta.«

»Klingt exotisch.«

»In fernen Ländern ist manchmal Wagemut gefragt, was das Kosten von Gerichten betrifft.«

»Ich probiere es«, entscheide ich mich kühn.

Kal bittet die Verkäuferin um eine Portion und zahlt. »Lass es dir schmecken. Möchtest du dich ein bisschen abseits hinstellen?«

»Ja«, sage ich. Tische oder Stehtische gibt es hier nirgends. »Wie siehts mit dir aus? Du lässt mich doch nicht allein essen?«

»Ich hole mir ein Stück von dem *Pie*.«

»Okay. Ich warte hier.«

Kal wird zügig bedient und stellt sich zu mir. »Wie schmeckts dir?«

»Ich habe noch nicht probiert.« Ich greife zum Löffel und koste. Meine Geschmacksknospen werden von außergewöhnlicher Cremigkeit und Würze überrascht. »Fantastisch.«

»Möchtest du von meinem *Pie* kosten?«, fragt Kal. »Du schielst die ganze Zeit schon so auf meinen Teller.«

»Ich schiele nicht.«

»Das sagt man doch nur so. Na?« Er hält mir seine Gabel hin.

Ich zögere. Mich von meinem Boss füttern zu lassen, ist das eine gute Idee? Diese Geste ist außerdem so innig. So etwas macht man als Paar. Als verliebtes Paar.

»Komm schon! Ich kann den Arm nicht ewig so halten.«

Ich nähere mich der Gabel und öffne die Lippen. Als ich den Bissen *Pie* in meinem Mund verschwinden lasse, treffen sich unsere Blicke. Kann es tatsächlich sein, dass dieser Moment etwas Erotisches an sich hat? Verlegen schaue ich zu Boden, als ich kaue. »Gut. Wirklich gut«, urteile ich danach. Wir essen weiter, während wir die aufs Gelände strömenden Menschen beobachten. Eine Mischung aus Touristen, die sich erst einmal auf die lockere Atmosphäre einlassen müssen, und Einheimischen, die jetzt schon tanzend ihre Hüften schwingen.

»Wie wäre es mit einem Rumpunsch?« Kal deutet zur Bude, an der eine blinkende bunte Lichterkette auf das Angebot aufmerksam macht.

»Ich hätte lieber einen Saft. Davon kann ich nicht genug bekommen.«

»Wie du willst.«

»Und die Drinks bitte nicht vertauschen wie im Spa.«

»Du denkst, ich hätte das mit Absicht getan?«

»Hast du nicht?« Ich recke das Kinn nach vorn. Er soll wissen, dass ich sein Spiel durchschaut habe.

Kal grinst und holt die Getränke. »So, nun mischen wir uns vorn an der Bühne unter die Leute. Auf diesen Abend!«

»Danke.« Ich nehme den eisgekühlten Saft an mich und trinke, während wir auf das Zentrum der Musik zuschlendern. Fruchtige Ananas und Kokos schmecke ich heraus, ohne Rum. »Was ist das für eine Musik, die sie da spielen?« Diese Mischung aus karibischer Lebensfreude und Rap habe ich noch nie gehört.

»*Soca*. Das geht direkt ins Blut.«

»Wie dein Drink.« Diesen Seitenhieb konnte ich mir nicht verkneifen.

Kal geht vor und schiebt sich mit seinen breiten Schultern durch die Menge. Dieser Platz bietet einen perfekten Blick auf die Band. Die Männer tragen weiße Hüte und Hemden mit Palmenaufdruck, während die Ladys mit knappen Tanzoutfits punkten und den Rhythmus der Musik noch heißer machen.

Aber nicht nur die Bühnentänzerinnen haben es voll drauf. Ich bewundere die Geschmeidigkeit der einheimischen Frauen und deren Ausgelassenheit. Die junge Lady vor uns trägt Hotpants und ein bauchfreies Top, obwohl sie nicht gerade Modelmaße besitzt. In ihren gewellten kurzen Haaren steckt ein Haarreif mit funkelnden Kristallen. Sie wiegt selbstvergessen das Becken im Rhythmus der Musik und breitet die Arme aus. Dabei balanciert sie geschickt den Becher mit dem Drink in ihrer linken Hand. Bei einem Blick über die Schulter lächelt sie mich an.

»*Dance*!«, ruft sie mir zu und dreht auffordernd ihre rechte Hand.

Ich schüttle abwehrend den Kopf. Tanzen und ich – das passt nicht zusammen. Dafür fehlt mir die Koordination meiner Körperteile.

»*Dance*!«, lässt sie nicht locker.

Ich schaue Kal Hilfe suchend an, der mir aufmunternd

zunickt. Jetzt darf ich keine Spielverderberin sein. Ich leere den Saft und gebe ihm den Becher. Nach dem Vorbild der jungen Frau vor mir bewege ich meine Hüfte nach links und rechts und wieder zurück. Allerdings etwas zu steif. Das schreit nach Muskelkater am nächsten Tag.

»*Yeah*!«, muntert sie mich auf und macht mir einige Moves vor.

Wagemutiger lasse ich das Becken kreisen und bringe meine Arme zum Einsatz. Krass – es funktioniert. Nach Lob heischend, schaue ich zu Kal. Wo zum Teufel ist er, wenn man gerade zur Tanzqueen mutiert? Noch einen Drink holen? Ah, da kommt er.

»Ich habe unsere Gläser zurückgebracht«, erklärt er mir direkt ins Ohr, weil ich ihn bei der Lautstärke nur so verstehen kann. »Damit ich mit dir tanzen kann«, fügt er hinzu.

Ich wende mich ihm zu und schüttle alle Bedenken ab, die mich zurückhalten. Das hier ist keine Kopfsache. Es ist Bauchgefühl. Dieser Mann hat es voll drauf. Die Geschmeidigkeit seines Körpers ist anbetungswürdig. Die Trommeln lassen mich in ein Art Trance geraten. Die Hitze. Ich spüre den Schweiß, der sich auf meiner Haut bildet. Es ist wie – ja, es ist beinahe wie Sex. Schmutziger, hemmungsloser Sex.

Hailey, du bist verrückt geworden! Zu viel Zucker!

Durch einen Stoß von hinten falle ich beinahe in Kals Arme. »Ups!« Ich löse mich wieder von seiner Brust, an die ich mich so gern schmiegen möchte.

Er nimmt meine Hände und zieht mich wieder zurück. Sanft legt er sie auf seine Schultern. Wir tanzen eng, obwohl es eigentlich gar nicht zum Takt passt. Als würden wir beide eine andere Art von Musik wahrnehmen. Unsere eigene Art von Musik. Vielleicht im Rhythmus des Schlagens unserer Herzen. Ich weiß es nicht.

Plötzlich tippt jemand Kal auf die Schulter. Es ist der Hummer-Typ aus dem Resort mit seiner Frau.

»Hey! Ihr seid auch hier?«, stellt er eine seltsame Frage.

»Wie man sieht«, antwortet Kal.

»Ist nicht so mein Ding, aber meine Beverly wollte unbedingt hierher«, sagt er. »Übrigens – ich bin Marty.«

»Kalvin«, stellt mein Boss sich vor. Warum darf der Typ ihn nicht Kal nennen? Ach ja, das dürfen nur seine Freunde.

»Ich tanze für mein Leben gern«, berichtet die zierliche Beverly, die ihre pinken Haare zu Zöpfen geflochten hat. Sie ist ein fast blind machender Eyecatcher in ihrem neongelben Top und Minirock.

Ich lächle verkrampft. Verdammt, sie haben diesen einzigartigen Moment zerstört! Ein Blick von Kal verrät mir, dass er ebenso empfindet. Doch das hilft uns nicht.

Beverly reißt die Arme hoch und tanzt jauchzend. Sie erinnert mich dabei an eine Cheerleaderin, der man die Pompons gestohlen hat. Marty ist plötzlich verschwunden.

Kal und ich geben uns wieder der Musik hin. Doch das, was wir vorhin hatten, kehrt nicht mehr zurück. Ich trauere der Situation nach. Was wäre gewesen, wenn sie nicht aufgetaucht wären? Wir waren uns so nah. Hätte es einen Kuss gegeben? Darüber kann ich nur spekulieren.

Ein paar Songs später kommt der Hüne mit vier Cocktailgläsern zurück, die er zwischen seinen gewaltigen Händen balanciert. »Hier, Leute, ich lade euch ein!«

»Danke«, sage ich, obwohl ich keinen Drink wollte.

Beverly nimmt ihren und gibt ihrem Schatz einen Kuss.

Kal bedankt sich und wir stoßen alle miteinander an.

Ich trinke einen Schluck. Bei dem wird es bleiben. Sonst schwitze ich noch mehr und verliere meinen restlichen Verstand.

Der Abend schreitet voran. Eine andere Band tritt auf, die den Feiernden noch mehr Feuer unter den Hintern macht. Oder unter den Fußsohlen. Ich nippe nur an meinem Drink und schütte den Rest in Kals Glas, das schon fast leer ist. Er bemerkt es nicht. Etwas später grinst er mich an und sein Körper folgt den Vibes. Doch nach dem Trinken werden seine Augen so glasig wie Murmeln. Als wäre dies nicht genug, bringt Marty noch mal Nachschub. Die gute Beverly steckt den Alkohol weg, als würde sie Wasser trinken. Solche Leute gibts. Ich gehöre nicht dazu. Deshalb wandert der Inhalt meines Glases auch wieder verstohlen in das von Kal. Langsam bekomme ich ein schlechtes Gewissen. Nein, mehr als das. Großer Gott, ich fühle mich beinahe wie eine Giftmörderin.

»Lass uns gehen«, fordere ich Kal auf, als immer mehr Umstehende nur noch wanken und grölen. Er reagiert nicht. Ich zupfe an seinem Hemd.

»Ja?«, fragt er unwirsch.

»Gehen wir!«

»Du bist eine Spaßbremse«, säuselt er und wedelt mit dem Finger vor meiner Nase herum.

Energisch greife ich nach seiner Hand und ziehe ihn aus der Menge. Seine weiteren gefluchten Proteste ignoriere ich dabei. Kal ist nicht mehr gut zu Fuß und wankt dermaßen, dass er fast in die Büsche abdriftet. Ich befehle ihm, auf einem Felsbrocken Platz zu nehmen und krame einen Prospekt des Resorts aus meiner Tasche. Schnell rufe ich die darauf stehende Nummer der Rezeption an, um einen Wagen zu bestellen. Während wir warten, bleibe ich vor ihm stehen und stütze ihn ab, damit er nicht nach vorn kippt. Heilige Scheiße! Was wird das? Er murmelt etwas Unverständliches, umarmt mich und schmiegt sich an meine Taille. Hilflos klopfe ich ihm auf den Rücken, als hätte er sich verschluckt. So geht das eine gute halbe Stunde. Irgendwie scheint das Warten kein Ende zu nehmen.

Dann nähert sich ein Wagen. Ich erkenne das Emblem des Resorts an der Autotür und winke ihn heran. Charmant bitte ich den Fahrer, mir beim Verfrachten von Kal auf den hinteren Sitz zu helfen, was er höflich übernimmt. Ich bete, dass wir die Fahrt gut über die Bühne bringen, was auch geschieht. Im Resort angekommen, stecke ich dem Fahrer einige Scheinchen zu und bitte ihn, uns zur Suite zu begleiten. Er bietet meinem Begleiter an, sich auf seiner Schulter abzustützen, und führt uns zu unserer Unterkunft. Kal findet das urkomisch und lacht sich schlapp.

In der Suite versuche ich, Kal direkt ins Bett zu bringen. Schwerfällig wie ein nasser Sack fällt er hinein. Ich ziehe ihm die Schuhe aus.

Was ist mit der Hose, Hailey? Und dem Hemd?

Ach, was solls! Ich öffne seinen Gürtel.

»Ja, Baby«, raunt er und vergräbt seine Finger wollüstig in meinen Haaren.

Besoffen und ein Blowjob? Das geht gar nicht.

»So nicht, Freundchen!« Ich streife ihm die Hose ab und irgendwie gelingt es mir, ihn auch aus dem Hemd zu schälen.

Vom Bettende aus betrachte ich ihn. Das ist also mein neuer Boss. Grundgütiger! Er liegt auf dem Rücken, den Kopf zur Seite geneigt, ein Bein leicht angewinkelt, und ist bereits ins Land der Träume abgetaucht.

Mein schlafender Prinz.

Habe ich das gerade wirklich gedacht?

11

KALVIN

Am nächsten Morgen …

Fuck! Mein Kopf fühlt sich schwer an, als ich erwache. Was ist passiert? Aus den Tiefen meines vernebelten Hirns dringen Bilder an die Oberfläche. Ich sehe tanzende Menschen und höre *Soca*. Dieses verdammte Volksfest. Die Drinks haben mich umgehauen. Träge öffne ich die Lider.

Verdammter Mist! Was ist das? Was habe ich getan?

Das kann nicht sein. Vollkommen unmöglich. Hailey liegt neben mir. Ihr Gesicht ist mir zugewandt. Die blonden Haare schimmern im Licht der aufgehenden Sonne. Sie ist so schön. Ihre vollen, rosigen Lippen. Ein sündhafter Männertraum. Ihr Atem geht gleichmäßig, sie scheint also tief und fest zu schlummern. Die Bettdecke hat sie zur Seite geschoben. Sie trägt ein Top und Shorts. Bedeutet das, es ist nichts passiert? Sonst wäre sie definitiv nackt. Noch mal *Fuck*! Ich klopfe mir gegen die Stirn, als könne ich so nachhelfen, mich zu erinnern. Zeig mir irgendwelche heißen Szenen, die sich letzte Nacht abgespielt haben, verfluchtes Hirn!

Meine Morgenlatte drückt gegen die Boxershorts.

Los! Ran an die Lady!

Jetzt spricht mein Schwanz auch noch mit mir. Dieser elende Restalkohol!

Aber irgendwie hat er ja recht. Diese Chance ist einmalig. Ehe ich meinen Gelüsten nachgeben kann und mich ihr vorsichtig nähere, schiebt sie plötzlich einen ihrer Schenkel über meine Beine. Puh! Ich atme leise zischend aus. Diese sexy Pose ist zu viel für mich und meinen kleinen Freund. Er zuckt voller Verlangen.

Hey! Kleiner Freund? Habe ich richtig gehört? Was soll die Beleidigung?

O Mann! Das Ding spricht noch immer mit mir. Nie mehr Alkohol – mein neues Lebensmotto.

Ich schaue auf Haileys Schenkel. Zu gern würde ich ihn berühren. Ich möchte den Duft ihrer Haut und Haare inhalieren.

Sie seufzt wohlig, schlägt die Augenlider auf und schaut mich an. »Shit! Ich muss eingepennt sein.« Sie fasst sich an den Kopf und greift dann nach der Bettdecke. »Guten Morgen!«, fügt sie verschämt an.

»Ähm … Ja. Guten Morgen«, murmle ich mit gerunzelter Stirn. »Was machst du hier? Was machst du in meinem Bett?«

»Dir ging es nicht gut. Du warst ausgeknockt. Ich wollte nur auf Nummer sicher gehen, dass mit dir alles in Ordnung ist.« Sie schaut mich fast schon schüchtern an. »Nach einer Weile habe ich mich dazugelegt. Was sollte schon passieren. Und dann muss ich eingeschlafen sein.« Sie zieht ihr Bein weg und rückt ein Stück von mir ab.

»Hm«, brumme ich verwirrt. Bisher hat sich noch nie eine Lady zu mir ins Bett gelegt, weil sie sich sicher war, dass nichts passiert. Ganz im Gegenteil. Es geschah stets in Erwartung einer leidenschaftlichen Nacht.

»Der Abend war fantastisch. Die Musik. Das Tanzen.« Sie

schaut mich an. Ihre Augen schimmern heute Morgen eher grau als blau.

»Da ist nicht mehr allzu viel Erinnerung übrig. Die Drinks …«

»Die Drinks. Ja. Marty hat es zu gut gemeint und alles verdorben. Wie gehts dir heute Morgen?«

Es würde mir besser gehen, wenn ich dir deine Shorts herunterziehen und in dich eindringen könnte, Baby.

»Ganz okay.«

»Brauchst du Kopfschmerztabletten? Ich habe immer welche dabei und hole sie dir gern.«

»Nein. Es geht schon.«

»Okay. Wir sollten besser aufstehen und frühstücken. Ein paar Eier, Kaffee und frisch gepresster Orangensaft werden deine Lebensgeister wecken«, versucht sie, sich aus dieser seltsamen Situation zu retten.

Warum redet sie ausgerechnet von Eiern? Meine ziehen sich schmerzhaft zusammen.

»Ich habe keinen Hunger«, lehne ich ab und lege meine Finger unter ihr Kinn. »Außer auf dich.« So, jetzt ist es raus. Mein Herz hämmert. Wie wird sie reagieren? Schreiend aus dem Bett springen?

»O nein«, wiegelt sie mit einem Finger drohend ab. »Das ist keine gute Idee.« Doch sie zögert mit dem Aufstehen und beißt sich auf die Unterlippe.

Deine Nähe zu meinem Zauberstab ist auch keine gute Idee, Kleine.

»Du sagtest, ich hätte immer hervorragende Ideen«, versuche ich, sie mit ihren eigenen Worten zu schlagen. Ich muss jetzt kämpfen. Dies ist eine einmalige Gelegenheit. Diese heiße Lady wird mir wie auf einem Silbertablett serviert.

»Kal … Ich …«

»Denk nicht immer so viel nach. Folge deiner Eingebung

und tu, was du dir tief im Inneren wünschst. Du willst es doch auch, oder?« Ich streiche ihr eine Haarsträhne aus der Stirn und dann leicht über ihre Wange.

Sie nickt. »Was geschieht danach? Du bist mein Boss.«

Mir steht jetzt nicht der Sinn nach einer Diskussion, aber ich lächle. »Das bleibe ich auch – dein Boss. Trotzdem kann sich da doch etwas zwischen uns entwickeln …«

»Meinst du das wirklich?« Ihre Lippen kräuseln sich zu einem süßen Lächeln.

»Und wie ich das meine …«

Mit meinem Gesicht nähere ich mich langsam dem ihren. Ich will jede Sekunde von dem, was nun kommt, genießen. Unsere Lippen legen sich aufeinander. Sie fackelt nicht lange und taucht mit ihrer Zunge in meinen Mund ein. Dieses erotische Vorspiel lässt die Flammen meines Verlangens auflodern.

»Meine Zunge«, flüstere ich keuchend, »willst du sie auch woanders spüren?« Ich ziehe den einen Träger ihres Tops herunter, bis eine ihrer Brüste freiliegt. Ein sahnig weißer Hügel mit rosa Nippel. Ohne ihre Antwort abzuwarten, sauge ich an ihrer harten Knospe, die unter meiner Liebkosung anschwillt und hart wird.

Apropos hart. Ich bin auch noch da!, meldet sich erneut mein Schwanz.

»Sei still«, raune ich.

»Ich habe doch gar nichts gesagt«, erwidert Hailey.

Jetzt wird sie mich auch noch für einen Psycho halten.

»Dich meinte ich nicht.«

Scheiße! Wie dämlich klang das denn?

Zum Glück scheint sie meine Worte nicht richtig registriert zu haben, weil sie zu sehr im Rausch der Begierde gefangen ist. Ich streiche über ihre Hüfte weiter den Schenkel hinab. Während ich sie wieder küsse, stöhnt sie in meinen Mund. Ich schiebe meine Finger zwischen ihre

Schenkel. Der Stoff ist feucht. Ich wusste, dass sie bereit für mich ist. Es gelingt mir, ihn beiseitezuschieben, und so ertaste ich ihre Hitze und Nässe. Als ich mit einem Finger in sie eindringe, presst sie ihr Innerstes um ihn herum zusammen. Verflucht, ist sie eng! Ich wage kaum daran zu denken, was sie mit meinem Schwanz anstellen wird. Ein Mitspracherecht gebe ich ihm diesmal nicht. Brav hält er die Klappe.

Ich lasse meinen Körper tiefer gleiten und bedecke dabei ihren Hals mit Küssen, während ich auch den anderen Träger des Tops abstreife und ihn nach unten schiebe. Abwechselnd reize ich ihre Brustwarzen.

Am meisten stören mich ihre Shorts. Hailey hilft mir beim Ausziehen und schleudert sie durch den Raum. Ich presse mein Gesicht stöhnend in ihre Mitte und inhaliere ihren berauschenden Duft.

»Du machst mich wahnsinnig«, gestehe ich ihr. »Nun wird es Zeit, dass ich dich um den Verstand bringe. Wieder und wieder …« Meine Zunge flattert auf ihrer Perle, was Hailey ein Seufzen entlockt. Als ich anfange zu saugen, krallt sie ihre Finger ins Bettlaken und biegt den Rücken durch. Das ist es, was ich sehen will. Hemmungslose Lust. Ich will, dass sie kommt und später noch einmal, wenn ich in ihr bin.

Gierig lecke ich weiter und genieße ihr Stöhnen, das immer lauter wird. Ich spüre, dass sie so weit ist. Verzweifelt sucht sie mit ihren Händen Halt und findet meinen Kopf. Mit festem Griff drückt sie ihn an ihre Muschi.

»Ich komme!« Zuckend windet sie sich und gibt sich ihrem Höhepunkt hin. Ich gebe ihr Zeit und verlangsame mein Tun. Immer wieder stöhnt sie. Sie wird von ihrem Orgasmus überrollt.

Nachdem dieser abgeebbt ist, stehe ich auf und hole ein Kondom aus dem Bad, denn ich halte es selbst kaum noch aus.

Ich will sie. Hier. Jetzt. Sofort. Vor dem Bett stehend, ziehe ich es provokant über meinen harten Schwanz.

»Er ist so groß.« Sie deutet mit großen Augen auf meinen Schwanz. Erkenne ich in ihrem Blick Angst?

»Jetzt ist es zu spät«, erwidere ich geil. »Er wird dich gleich ordentlich ausfüllen.«

Mit einem Grinsen greife ich nach Haileys Fußknöcheln und ziehe sie an die Kante.

»Hey«, protestiert sie schwach. »Was machst du da?«

Ich denke, es war eine rhetorische Frage – denn sie lässt mich gewähren.

»Wir werden jetzt einen Gipfel erklimmen. Gemeinsam«, erkläre ich rau. »Wir werden fliegen und abstürzen. Und du wirst es genießen. Jeden Moment davon.«

Ich positioniere die Spitze meines Glieds an ihrem Eingang und dringe Zentimeter für Zentimeter in sie ein. Ihre heiße Enge ist überwältigend. Ich bewege mein Becken. Hailey wimmert und seufzt. Danach beißt sie sich auf die Unterlippe und schließt die Lider. Als ich den Rhythmus steigere, hebt sie voller Begehren ihre Hüften an. Sie will mehr. Und sie soll alles von mir bekommen. Entschlossen nehme ich ihre Beine und lege sie auf meine Schultern. Fuck! Ich explodiere gleich!

Hailey umfasst ihre Brüste und zieht mit Daumen und Zeigefingern an den harten Nippeln. Das ist zu viel für mich. Lange halte ich es nicht mehr aus.

Ihr scheint es genauso zu gehen, denn sie krallt ihre Finger plötzlich wieder ins Laken. »Ja, ja«, spornt sie mich keuchend an, ihr mit den letzten harten Stößen die ersehnte Erlösung zu verschaffen.

Meine Beinmuskeln zittern. Die Ekstase lässt mich in ungeahnte Höhen fliegen. Ich strecke meine Hände nach Haileys aus und sie ergreift sie. Wir halten uns fest. Beinahe schmerzhaft. So als könnten wir den anderen vor dem kommenden Fall retten.

Noch ein oder zwei klatschende Stöße in ihre Nässe. Als ich pulsierend komme, dringen tiefe Laute aus meiner Kehle und ich vernehme wie durch Watte Haileys Schreie.

Ich muss noch einen Moment verharren. Mir fehlt die Luft zum Atmen.

»Das war …« Auch Hailey japst nach Luft, »fantastisch. Du hast mir versprochen, ohne Angst zu fliegen. Und du hast Wort gehalten.« Langsam zieht sie ihre Beine zurück.

Ich streife das Kondom ab und werfe es auf den Boden. »Ich halte immer mein Wort. Immer.« Ich krieche zu ihr ins Bett und vergrabe mein Gesicht in ihrer Halsbeuge. Sie ist leicht verschwitzt und verströmt einen himmlischen Geruch. Vanille, Pfirsich und der ureigene Duft ihrer Haut. Niemals werde ich genug davon bekommen. Wie von allem an ihr.

Großer Gott! Was macht diese Frau mit mir? Ich hätte ihr niemals begegnen dürfen. Denn jetzt bin ich verloren.

12

HAILEY

Ich liege neben Kal, eine Hand auf seiner Brust, unter der ich sein Herz schlagen fühle. Wir haben das Unaussprechliche getan. Mein Boss und ich. Hätte mir das jemand vorher prophezeit, hätte ich ihn für verrückt erklärt. Aber das Leben hält immer wieder neue Überraschungen für mich bereit.

Unter normalen Umständen würde ich das jetzt ausdiskutieren. Ich würde quatschen wie ein Wasserfall. Doch es ist seltsam. Meine Lippen bleiben geschlossen. Wie die von Kal. Wir wollen beide nicht darüber reden. Aber das ist okay. Man kann Dinge auch kaputtreden.

Als ob nichts gewesen wäre, lässt Kal das Frühstück auf die Suite kommen und wir genießen es im Bett. Eine seltsame Szenerie. Wie ein altes Ehepaar hocken wir dort und lassen beim Essen den Abend Revue passieren.

»Wie sind wir eigentlich hierhergekommen?«, will er plötzlich wissen.

»In die Suite?« Er nickt. »Du erinnerst dich wohl an gar nichts mehr«, sage ich seufzend und beiße in das Croissant. Dann erzähle ich ihm von der kleinen Bestechung des Fahrers.

»Das nenn ich mal raffiniert.«

»So bin ich.«

Nachdem wir fertig gefrühstückt haben, begeben wir uns nacheinander ins Bad. Ich brauche etwas länger, da meine Gedanken unter der Dusche Karussell fahren.

Kal geht relativ nüchtern zur Tagesordnung über und möchte die Eindrücke dokumentieren, die er bisher vom Resort in seinem Kopf gespeichert hat. Ich schlüpfe hierfür wieder in die Rolle seiner Assistentin. Wir haben eine Menge Spaß dabei. Immer wieder kommt es zu erotischen Andeutungen und Küssen.

Obwohl mein Kopf arbeitet, lasse ich es geschehen. Ich genieße es sogar. Und noch mehr. Ich fühle mich wie im siebten Himmel.

Der Nachmittag bricht an. Wir fahren mit einem gemieteten Jeep zum Beach, um im Meer zu schwimmen, wie Kal es mir versprochen hat. Es ist traumhaft, wie auf einer Postkarte. Hinter uns wiegen sich die Palmen im Wind. Der feine helle Sand und das türkisfarbene Wasser. Darüber zeigt sich der Himmel, in dem ein paar zarte weiße Wolken tanzen, in einem tiefen Blau.

Ich kann es gar nicht abwarten, mich in die Fluten zu stürzen. Das Wasser, mein geliebtes Element. Unter meinem luftigen Kleid trage ich bereits einen knallroten Bikini, den Kal mir in der Boutique des Resorts gekauft hat. Er hat darauf bestanden. Männer sind so leicht zu durchschauen! Mein Retro-Badeanzug war ihm anscheinend zu züchtig.

Hand in Hand laufen wir in unseren Badesachen ins Wasser, jauchzend wie Kinder. Oder wie ein verliebtes Paar? Das Meer hat Untiefen, daher darf man nicht so weit hinausschwimmen, wie man möchte. Als Kal ernst andeutet, dass es jetzt in dieser Hitze genug ist, schwimme ich mit ihm ans Ufer. Gegenseitig trocknen wir uns mit den mitgebrachten Handtüchern ab und reiben uns mit Sonnenlotion ein.

»Was machst du?«, fragt er, als ich mit der Lotion etwas auf seinen Rücken zeichne.

»Ach, es ist albern«, sage ich und verwische das Herz.

»Wieso albern? Ich habe es an der Form erkannt. Es muss ein Herz gewesen sein.« Er dreht sich um, nimmt mein Gesicht in seine Hände und küsst mich.

Was für ein Kuss. Was für ein Mann. Darf ich so viel Glück haben? Ein neuer Job. Ein neuer Boss. Und der Boss ist plötzlich mein Geliebter. Ist das wirklich wahr? Am liebsten möchte ich mich kneifen. Nur um sicherzugehen, dass dies nicht ein verrückter Traum ist.

Wir breiten die Strandlaken aus und legen uns darauf. Es sind nicht mehr viele Menschen hier, die meisten Familien haben sich bereits zurückgezogen. Nur noch eine Gruppe von Jugendlichen ist da. Sie hören Musik und tanzen ein wenig. Lieber hätte ich nur das Meeresrauschen genossen, aber da kann man nichts machen. Ich drehe den Kopf zur Seite und blinzle. Das, was ich sehe, erfordert mehr als ein Blinzeln. Ich kann nicht genug bekommen von Kals Anblick. Sein Gesicht mit dem sexy Dreitagebart. Seine Schultern und die harten Bauchmuskeln. Zu gern möchte ich mit meinen Lippen über seine Stirn, seine Nase bis hinunter zu seinem Mund wandern und dann tiefer. Seine Brust, seinen Bauch und die verbotene Zone. Wie würde es sich anfühlen, wenn ich meine Lippen um seinen Penis legen und ihn auf diese Weise befriedigen würde? Wenn ich die Kontrolle über ihn hätte?

Plötzlich dreht er mir den Kopf zu und schaut mich grinsend an. Ich fühle mich ertappt, als könne er meine geheimsten Gedanken lesen.

»Ich habe gestern etwas Verbotenes getan«, gestehe ich ihm und beiße mir auf die Unterlippe. Es musste raus. Ich kann dieses Geheimnis nicht für mich behalten. Mein Gewissen nagt an mir wie ein Biber an einem Holzstamm. Es ist unerträglich.

»Ich weiß. Ich war dabei.« Sein Grinsen vertieft sich und wird von einem lüsternen Glitzern aus seinen grünen Augen begleitet.

»Das meinte ich nicht.«

Er dreht sich komplett auf die Seite und stützt seinen Kopf mit der Hand ab. »Jetzt machst du mich aber neugierig. Was hast du getan?«

»Ach, vergiss es«, winke ich ab, weil ich Angst vor meiner eigenen Courage bekomme. Was tue ich, wenn er wütend wegen der Sache wird?

»Komm schon! Zurückziehen gilt nicht.« Seine Hand wandert auf meinen Bauch. »Soll ich raten?«

»Das errätst du nie.«

»Vielleicht doch.« Er lässt seine Finger kreisen, was ein Prickeln auf meiner Haut auslöst, das bis ins Innerste vordringt. Sein Mund nähert sich meinem Ohr. »Hast du dich heute Morgen beim Duschen an einigen Stellen mit dem Wasserstrahl massiert?«, fragt er leise. »Du sahst so errötet aus, als du aus dem Bad kamst.«

Ich muss schlucken. »Nein … Ähm, das war das Wasser. Erst war es zu kalt, dann zu heiß.«

Enttäuscht verzieht er den Mund.

»Tut mir leid. Du hattest so sehr auf eine erotische Offenbarung gehofft«, erwidere ich seufzend. »Aber es hatte mit der Sache davor zu tun.«

»Davor? Was meinst du?« Er legt die Stirn in Falten.

»Ich habe meine Drinks in deinen Becher geschüttet.«

»Du hast *was* getan?«

»Ich wusste nicht, wohin damit. Ich vertrage doch nichts.« Beschämt schaue ich weg.

»Ach, deshalb wurde mein Becher nie leer. Ich hatte schon an ein magisches Füllhorn geglaubt.«

»Du bist nicht sauer?«

»Sauer? Ich finde es eher amüsant.« Er lacht laut.

»Ich sollte eine kleine Retourkutsche sein, denn ich bin mir sicher, dass du mir den Drink im Spa mit Absicht untergejubelt hast.«

Kal reibt sich übers Kinn. »Du hast recht. Ich wollte, dass du lockerer wirst. Tut mir leid, das war falsch.«

»Es ist so dumm, aber ich wollte mich irgendwie rächen.«

O Mann, ist das peinlich. Megapeinlich.

»Und dein böser Plan reifte heran.«

»Böser Plan. Das klingt wie ein Thriller.«

»Wahnsinn! Du hast mir heimlich deine Drinks eingeschenkt.«

»Sorry« hauche ich ihm entgegen. »Ich weiß echt nicht, was mich da geritten hat.«

Kal beugt sich über mich und streicht mit dem Zeigefinger über meine Lippen. »Das war nur Spaß. Wie könnte ich dir jemals böse sein? Ich bin eher stolz auf dich.«

»Stolz? Wieso?«, frage ich verwundert, als sein Finger auf meine Wange wandert.

»Du hast nicht nach den Regeln gespielt.«

»Habe ich nicht?«, piepse ich wie ein Mäuschen.

»Nein, hast du nicht.«

In einem Magazin habe ich letztens einen Artikel darüber gelesen, dass Superreiche rücksichtsloser agieren als normale Menschen. Geld ist Macht. Sie nehmen sich, was sie wollen. Färbt das schon auf mich ab?

Dann versiegelt er meine Lippen mit einem intensiven Kuss. Ich schließe meine Lider. Plötzlich höre ich ein Brummen und löse mich von ihm.

»Dein Handy ... Es brummt«, sage ich.

»Lass es brummen, so viel es will. Es gibt nichts, was so wichtig ist, dass es nicht warten kann.«

»Wie du meinst.« Ich rekle mich wohlig auf dem Badetuch

und genieße die angenehme Abendsonne, die inzwischen nicht mehr so auf der Haut brutzelt. Nach wenigen Sekunden meldet sich Kals Handy erneut. »Du solltest den Ton komplett abstellen oder rangehen«, rate ich Kal genervt. Gerade ist es so herrlich ruhig. Die Jugendlichen sind im Wasser.

»Du hast recht«, erwidert er seufzend, greift zum Handy und runzelt die Stirn. »Austin Price hat versucht, mich zu erreichen. Ungewöhnlich ...«

»Austin Price?« Ich runzle die Stirn.

»Du hast ihn auf der Hochzeit kennengelernt. Der Riese ...«

»Ah. Der Basketballprofi ...«

»Genau der ...«

»Hoffentlich ist nichts Schlimmes passiert.« Ich richte ruckartig meinen Oberkörper auf.

»Am besten, ich rufe ihn zurück. Du kannst mithören.« Er drückt den Kontakt. »Hey, Austin! Was ist los? Ich liege gerade am Strand auf Barbados.«

»Du verdammter Womanizer. Und, wie ist die Kleine?«

Meint er mich? Woher weiß er das mit Kal und mir? Es wird immer peinlicher.

»Scheiße! Was redest du da?«, fühlt auch Kal sich ertappt.

»War nur ein Witz. Du liegst auf Barbados. Du verstehst? Auf Barbados ...«

»Äh ... Ja. Irgendwie ...«

»Ist ja auch egal«, höre ich Austin sagen. »Blöde Idee, jetzt einen Witz zu reißen. Ich wollte dich warnen ...«

»Warnen? Wovor? Vor einem Hurrikan? Das hätte der Wetterbericht doch gemeldet.«

»Kumpel, die Lage ist ernst und gleicht einem Hurrikan. Ich habe vor Kurzem eine Journalistin kennengelernt, die für den *New York Pulse* arbeitet, Gwen Stout. Die Kleine steht auf mich.«

»Okay ... Ich verstehe trotzdem nicht ...«

»Sorry, ich bin abgeschweift. Sie hat mir nach ein paar

Drinks von der Arbeit erzählt. Irgendwann kam sie dann auf dich zu sprechen. Sie verriet mir, dass sie eine heiße Spur verfolgt, was dich und deine Wohltätigkeitsorganisation betrifft …«

»Eine heiße Spur? Was soll das heißen?«

»Sie ist da an irgendetwas dran, was dir schaden könnte. Es geht wohl um die Veruntreuung von Spendengeldern. Sie sagte, das würde einen wahnsinnigen Skandal geben.«

»Was? Das darf doch nicht wahr sein!«, brüllt Kal zornig ins Handy.

»Schon morgen wird in der Zeitung darüber berichtet. Mach dich auf etwas gefasst. Die werden dich in der Luft zerreißen.«

»Ich habe niemals Gelder veruntreut. Niemals! Wie kommt sie nur darauf?«, regt sich Kal so sehr auf, dass die Ader auf seiner Stirn anschwillt.

»Ich habe dann nachgehakt. Sie hat mir von einer E-Mail erzählt, die sie bekommen hat. In der wirst du der Veruntreuung bezichtigt. Ihre Quelle will sie natürlich nicht preisgeben.«

»Das ist absolut verrückt. Kann sie das Ganze nicht stoppen und mir Gelegenheit geben, alles aufzuklären?«

»Kal, sie ist Journalistin. Die warten nur auf so etwas. Keine Chance. Die Maschinerie ist längst in Gang gesetzt. Du weißt doch, wie das läuft …«

Für einen Augenblick sehe ich Kal sprachlos. Er reibt sich die Schläfe.

»Ich danke dir, dass du mich benachrichtigt hast. Ich werde gleich morgen nach New York zurückkehren, um die Sache zu bereinigen.«

»Das ist bestimmt das Beste. Ich drücke dir die Daumen.«

»Danke, Austin. Du bist ein echter Freund.«

»Dafür sind Freunde da. Und noch etwas – sie weiß, wo du bist. Also nimm dich am Flughafen in Acht. Das dürfte ein rauer Empfang werden.«

»Fuck! Woher zur Hölle weiß sie das?«

»Keine Ahnung. So tief konnte ich bei der Lady noch nicht graben ... Wenn du verstehst, was ich meine. Sie wird schnell misstrauisch. Aber vielleicht bekomme ich mehr heraus. Ich gebe mein Bestes«, beendet der Basketballer das Gespräch.

Kal wirft das Handy aufs Laken. Auf seinem Gesicht spiegeln sich Wut und Verzweiflung.

Ich lege meine Hand auf seinen Unterarm und versuche, ihn mit einem Lächeln aufzumuntern, was mir nicht gelingt. »Das wird sich aufklären. Du wirst sehen.«

»Selbstverständlich wird es sich aufklären«, antwortet er. »Denn es ist nicht wahr. Irgendwann kommt die Wahrheit immer ans Tageslicht. Aber es bleibt stets etwas von solchen Gerüchten zurück. Diese abscheulichen Schlagzeilen verschwinden nie wieder komplett. Weder aus dem Netz noch aus den Köpfen der Menschen.«

»Hast du eine Ahnung, wer dir schaden will? Von wem kann diese Behauptung denn stammen? Hast du Feinde?«

»Feinde? Ich? In meiner Position habe ich eine Menge Feinde. Es würde zu lange dauern, sie alle aufzuzählen«, meint er achselzuckend.

»Lass uns zurück ins Resort fahren. Ich helfe dir. Das Unternehmen kann keine schlechte Publicity gebrauchen. Zuerst buche ich uns den Rückflug. Und dann erarbeiten wir einen Schlachtplan.«

»Hailey, warte«, hält er mich zurück, als ich aufstehen will.

»Ja?«

»Du bist das Beste, was mir passieren konnte.«

»Ich habe meine Fähigkeiten doch noch gar nicht unter Beweis stellen können.«

»Das hast du auf eine Art schon.«

»Kal«, bitte ich ihn augenrollend. Immer diese Anspielungen, die mich rot werden lassen!

»Du glaubst mir doch? Oder?«

»Ich habe dich mit den Kids gesehen. Du würdest niemals etwas tun, was ihnen schaden könnte. Davon bin ich aus tiefstem Herzen überzeugt.«

Er zieht meinen Kopf zwischen seinen Händen sanft zu sich. Stirn an Stirn genießen wir einen innigen Moment, bevor wir unsere Gefühle in einem zärtlichen Kuss ausdrücken.

Dann packen wir unseren Kram zusammen und brechen zum Resort auf.

In der Suite angekommen, greift sich Kal an den Kopf. »Ich muss meinen Dad informieren, um ihn vorzuwarnen«, sagt er und nimmt sein Handy. »Er wird sonst einen Herzinfarkt bekommen, wenn er die Schlagzeilen liest.«

»Das ist bestimmt besser«, stimme ich ihm zu.

Er geht mit seinem Smartphone auf den Balkon. Ich bleibe extra drin, um ihm diese privaten Minuten zu gönnen, und vernehme nur ein paar Wortfetzen. Plötzlich wird Kal lauter, was meine Besorgnis erregt. Streiten die zwei sich etwa? Ich erhebe mich und trete auf den Balkon. Auf Kals Stirn haben sich Zornesfalten gelegt.

»Verdammt und das sagst du mir erst jetzt?«, herrscht er seinen Dad an.

»Alles in Ordnung?«, forme ich stumm mit den Lippen und Kal winkt ab.

Aufgeregt ziehe ich mich ins Zimmer zurück und tigere dort auf und ab.

»Scheiße!«, flucht er, als er hereinkommt und sein Handy weglegt, bevor er sich zu mir setzt, die Ellbogen auf die Oberschenkel stützt und den Kopf in den Händen vergräbt.

»Was ist los?« Ich streiche sacht über seinen Rücken.

»Du wirst es nicht glauben.« Er schaut mich an. Noch nie zuvor habe ich das Grün seiner Augen so matt gesehen. »Mein Dad hatte einen Unfall und mir nichts davon erzählt.«

»Du liebe Güte!«

»Er ist vor zwei Wochen eine Treppe hinuntergestürzt und hat sich den Fuß gebrochen. Das habe ich nur herausgefunden, weil er meinte, dass er mir zu gern beistehen und zu mir nach New York kommen würde, aber nicht fliegen könne.«

»Ein Unglück kommt selten allein. Das hat mein Grandpa auch immer gesagt, und es scheint sich zu bewahrheiten. Aber sonst geht es deinem Dad gut?«

»Eigentlich schon. Er hat einen komplizierten Bruch. Das wird aber wieder. Er lässt sich gut versorgen.«

»Was sagt er zu den schlimmen Anschuldigungen?«

»Er versteht die Welt nicht mehr und hat sich sehr aufgeregt. Irgendwie will er mich noch immer beschützen. Doch hierbei ist er genauso hilflos wie ich selbst. Ich habe ihm versichert, dass alles wieder in Ordnung kommt.« Er legt seine Hand auf mein Knie und gibt mir einen Kuss. »Deswegen muss ich jetzt meinen Anwalt anrufen. Mr. Frost wird zum Gegenschlag ausholen. Wir werden diese verdammte Zeitung verklagen.«

»Mr. Frost?«

»Ja. Das ist tatsächlich sein Name. Arthur Frost. Und wer sich mit ihm anlegt, muss sich ziemlich warm anziehen.«

13

KALVIN

A*m nächsten Nachmittag ...*

Unser Flieger ist in New York gelandet. Hailey hat den Flug tapfer hinter sich gebracht.

Der Gang durch das Terminal erweist sich als der reinste Spießrutenlauf. Überall an den Kiosken hängt der *New York Pulse* mit der Schlagzeile. Auch andere Zeitungen sind auf den Skandalzug aufgesprungen und präsentieren mich als das reinste Monster.

Hat er Spendengelder veruntreut? – Skandal um Milliardär Kalvin Thornton

Kalvin Thorntons ausschweifender Lebensstil bringt ihn zu Fall

Der Womanizer und das Geld. Er verprasste Millionen ...

Dazu immer die gleichen Fotos, die irgendwann mal auf der Jacht eines Freundes geschossen wurden. Ich, Champagner trinkend. Ich, mit einem leicht bekleideten Model im Arm. Die Situation wird bis zur Unerträglichkeit ausgeschlachtet.

Schnell ziehe ich die Baseballkappe tiefer ins Gesicht, damit mich niemand erkennt. »Ich wüsste zu gern, was da drinsteht«, gestehe ich Hailey meine Neugier.

»Ich hole schnell eine Zeitung«, entscheidet sie sich, läuft zu einem der Kioske, nimmt den *New York Pulse* vom Ständer, legt dem Verkäufer das Geld hin und kommt zu mir zurück. »Jetzt lass uns machen, dass wir hier wegkommen!«

Vor der Halle auf dem Parkplatz wartet bereits mein Chauffeur George neben einem kleinen, unauffälligen Wagen auf uns. Er trägt ebenfalls eine Kappe und eine Sonnenbrille. Ich nicke ihm zu, zum Zeichen, dass ich ihn erkannt habe, und bewege mich mit Hailey auf das Fahrzeug zu. Er öffnet den Kofferraum und verstaut unser Gepäck darin, während wir bereits im Fond des Wagens Platz nehmen. Kurz darauf setzt sich George auf den Fahrersitz und braust los.

Hailey und ich haben uns geeinigt, dass wir zu ihrer Wohnung fahren, weil wir dort relativ sicher sein dürften.

»Woher haben Sie denn die Karre?«, frage ich irritiert. In meinem Fuhrpark ist für so ein Vehikel kein Platz.

»Das ist der Wagen von Winston, meinem Schwager.«

»Schickes Auto«, schiebe ich nach.

»Es tut mir leid, was Ihnen da angelastet wird, Sir«, sagt mein Fahrer und dreht sich an der nächsten roten Ampel um.

»Danke, George«, freue ich mich über seinen Zuspruch.

»Eine Schweinerei ist so etwas«, ereifert er sich schnaubend. Die Ampel springt auf Grün und er fährt weiter.

Ich nehme die Zeitung an mich und deute auf die Fotos unter der Schlagzeile.

»Die Fotos …«

»Du brauchst mir nichts erklären«, unterbricht mich Hailey. »Du hattest ein Leben vor mir.«

Ich streichle ihr über die Hand, schlage die Zeitung auf und beginne zu lesen.

»Alles nur Mutmaßungen und dumme Verdächtigungen. Die haben gar nichts gegen mich in der Hand«, schimpfe ich. »Hier steht, ich wäre immer wieder für einige Zeit verschwunden. Ich würde mein Untertauchen vorbereiten. So ein

Schwachsinn! Ich baue in diesen Zeiten die Schule mit auf und mache mich vor Ort nützlich.«

»Das müssen die doch auch wissen.«

»Und wieder wird nur von meinen Verflossenen geschrieben. Was ich für einen Frauenverschleiß hätte und dass mein ganzes Vermögen für dieses Jetset-Leben draufgehen würde. Ich versuche doch nur, den Kids zu helfen.«

»Es ist grausam. Die wissen gar nicht, was sie dir und den Kindern damit antun«, mischt sich Hailey ein.

»O doch, das wissen sie ganz genau«, widerspreche ich. »Es geht nur ums Geld. Was glaubst du, wie sehr die Zeitungsauflagen durch so etwas in die Höhe schnellen?«

»Ich kann es mir vorstellen.«

Mein Handy vibriert. Es ist mein Anwalt.

»Hallo, Arthur«, sage ich und warte ab, was er mir mitzuteilen hat.

»Hallo, Kalvin. Ich habe noch gestern mit Graham Shaw gesprochen, dem Besitzer des *New York Pulse*. Ich kenne ihn von diversen Galas. Eigentlich ein anständiger Kerl. Er konnte den Bericht nicht mehr stoppen und sah, ehrlich gesagt, auch keine Veranlassung dazu. Hier greift die Pressefreiheit.«

»Das bedeutet, die Berichterstattungen gehen jetzt munter so weiter?«

»Mir sind die Hände gebunden. Bis zur Klärung wird es eine Hetzjagd geben. Ich könnte einige Verfügungen erlassen. Aber das Kind ist schon längst in den Brunnen gefallen. Uns bleibt nur, die Füße stillzuhalten und die Verantwortlichen später zur Rechenschaft zu ziehen. Im Moment sind es nur fiese Schlagzeilen. Keine offizielle Instanz geht der Sache bis jetzt nach. Allerdings wäre es schön zu wissen, was sie gegen dich in der Hand haben. In dem Bericht steht nichts Bemerkenswertes. Ich werde Graham Shaw noch mal auf den Zahn fühlen.«

»Das darf doch nicht wahr sein«, beklage ich mich lautstark. »Ich bin Ihnen trotzdem sehr dankbar, Arthur.«

»Tut mir leid, dass ich Ihnen keine besseren Nachrichten überbringen konnte.«

»Irgendwie habe ich damit gerechnet, wenn ich ehrlich bin.«

»Es wird sich alles aufklären. Es klärt sich immer alles auf«, spricht er mir Mut zu und beendet das Telefonat.

»Da vorn wohne ich«, sagt Hailey und deutet auf das Gebäude.

»Der Kerl da im Eingang. Der mit dem Handy und der E-Zigarette. Das könnte einer von denen sein. Ein Paparazzo«, sage ich aufgebracht.

»Das ist nur Lonny. Er wohnt ein Stockwerk über mir, unter dem Dach«, gibt Hailey Entwarnung.

Mein Fahrer lenkt den Wagen an den Straßenrand und hilft uns beim Ausladen des Gepäcks. »Alles Gute!«

»Danke, George.«

Hailey hat die Haustürschlüssel bereits aus der Tasche gezogen. »Hey, Lonny!«, grüßt sie den jungen Typen.

»Hey, Hailey! Wusste gar nicht, dass du verreist warst.«

»Das ist ... Ähm ... Mein Freund Michael«, stellt sie mich sicherheitshalber unter falschem Namen vor. Wahnsinn, woran sie alles denkt. Aber in der jetzigen Situation kann man nicht vorsichtig genug sein.

»Hallo!«, begrüße ich ihn freundlich. Täusche ich mich oder hebt er misstrauisch eine Braue, weil er mich erkannt hat? Ach was, ich sehe schon Gespenster!

»Einen schönen Abend noch«, sagt er, zieht an der E-Zigarette, bläst den fruchtigen Qualm in die Luft und starrt erneut auf sein Handy.

Hailey und ich betreten das Haus und steigen in den schmalen Aufzug, in den wir beide und unser Gepäck kaum hineinpassen. Sie drückt den Knopf für den dritten Stock.

Etwas rumpelnd fährt er nach oben. Kurz darauf stehen wir vor der Wohnungstür, die Hailey mit einem altmodischen Schlüssel öffnet. Wir gehen in die Wohnung und stellen das Gepäck ab.

»Fühl dich wie zu Hause.« Hailey führt mich in den Wohnbereich. »Obwohl das in meiner kleinen Bude schwer möglich sein wird für dich. Du bist andere Dimensionen und etwas Luxuriöseres gewohnt.«

»Ich bin dir sehr dankbar, dass du mir Unterschlupf gewährst.«

»Nimm Platz.« Sie deutet auf das blaue Zweiersofa mit den vielen hellen Kissen. »Ich hole uns etwas zu trinken. Auspacken können wir später.«

»Danke.« Ich setze mich und schaue mich um. Das Apartment ist gemütlich eingerichtet. Vor mir steht ein eckiger Glastisch, auf dem ein paar Bücher liegen. Es gibt einige Zimmerpflanzen vor dem Fenster. Im hinteren Bereich befindet sich die Küchenzeile, wo Hailey gerade den Kühlschrank öffnet und Eistee herausholt, den sie uns einschenkt. Auf der anderen Seite des Raumes steht das Bett, fein säuberlich mit einer Tagesdecke verhüllt. Die Vorhänge an den Fenstern dahinter sind zugezogen.

»Hier, bitte.« Sie überreicht mir das Getränk und setzt sich zu mir.

»Danke.« Ich trinke durstig und stelle das Glas auf dem Tisch ab.

»Was hast du nun vor?«, will Hailey wissen und umklammert mit beiden Händen das Glas in ihrem Schoß.

»Ich muss mich der Sache stellen. Das bedeutet, ich lese all die Gerüchte, die im Netz kursieren.«

»Willst du das wirklich tun?«

»Es wird hart, das ist mir bewusst. Aber mir bleibt nichts anderes übrig.«

Hailey nickt, stellt ihr Glas ab und holt ihren Laptop. »Dann lass uns den Sprung ins kalte Wasser wagen.«

Ich nicke. Jemanden in einer schweren Phase meines Lebens an meiner Seite zu wissen, ist ungewohnt für mich. Bisher musste ich immer alles allein durchstehen. Meine bisherigen Beziehungen waren sehr oberflächlich. Wir gingen auf Partys und Galas und amüsierten uns inmitten der High Society. Niemals zeigte eine meiner Liebschaften auch nur das geringste Interesse an meiner Arbeit für die Kids. Hailey ist ein ganz besonderer Mensch.

Sie schaltet den Computer an und tippt meinen Namen in die Suchmaske. Kurz darauf ploppen alle üblen Schlagzeilen auf.

»Mir wird schlecht«, sagt Hailey, als sie herunterscrollt.

»Was glaubst du, wie es mir geht? Das ganze Netz scheint voll davon zu sein.«

»Was sollen wir nur tun?« Schluchzend schlägt sie die Hände vors Gesicht.

Ich umarme sie und hauche einen Kuss auf ihre Schläfe. »Es tut mir leid, dass ich dich da mit hineingezogen habe. Es ist nicht dein Problem.«

»Du hast mich da nicht mit hineingezogen. Ich will dir helfen. Es ist unglaublich, was dir da gerade passiert …«

»Ich darf nicht zulassen, dass du mit mir untergehst.« Wütend haue ich mir mit der Faust gegen die Stirn. »Entschuldige«, sage ich, weil mein Handy vibriert, und schaue aufs Display. »Es ist Billy.« Ich nehme das Gespräch an. »Hallo!«

»Gütiger Himmel, Kal! Was ist denn da los? In der Presse, meine ich? Sind die vollkommen verrückt geworden? Gelder unterschlagen? Du? Wer will dir so etwas Perfides anlasten? Was gibt es für Beweise? Diese dreckigen Aasgeier«, überschlägt er sich mit seinen Worten.

Ich seufze. »Ihr habt es also auch schon gehört. Selbst in

Argentinien.«

»Wir lesen den *New York Pulse* täglich online. Jo möchte dich sprechen.«

»Okay. Gib sie mir.«

»Kal, es tut uns so leid. Wir packen sofort die Koffer und kehren zurück. Du musst das nicht allein durchstehen.«

»Schon gut, Jo. Mach dir um mich keine Sorgen. Ich bin nicht allein. Hailey hat mich erst mal bei sich aufgenommen. Bei mir wird es vor Presseheinis nur so wimmeln.«

»Das ist großartig. Ich meine, das mit Hailey. Aber wir werden trotzdem nach New York zurückkommen. Wir müssen dir doch irgendwie helfen.«

»Untersteht euch! Ihr werdet eure Flitterwochen auf keinen Fall abbrechen. Das würde ich mir niemals verzeihen.«

»Wie du meinst. Aber wir sind jederzeit für dich da. Tag und Nacht. Du kannst uns immer anrufen. Ach ja, Billy möchte dich noch mal haben.«

»Danke, Jo.«

»Wenn du nicht möchtest, dass wir zurückkommen, dann nimm wenigstens einen Tipp von mir an«, sagt mein Freund.

»Billy, ich schaffe das schon.« Mir steht jetzt nicht der Sinn nach Billys verrückten Tipps.

»Vertrau mir. Es gibt da einen Typ, der dir helfen könnte.«

»Was für ein Typ?«

»Ein Privatdetektiv, Mr. Green. Ich habe schon mal bei ihm vorgefühlt. Er sieht gute Chancen, dir zu helfen.«

»Das ist nicht dein Ernst! So ein Kerl, der Zigarre paffend hinter seinem alten Schreibtisch sitzt, die Hosenträger eng über den Bauch gespannt?«, konfrontiere ich ihn entsetzt mit meiner Vorstellung. War klar. Wieder so eine verrückte Idee von Billy.

»Herrgott, Kal! Du hast zu viele alte Filme geschaut. Er hat mal für uns gearbeitet, als es um gefälschte Kunstwerke im Millionenbereich ging.«

»Und wie soll er mir helfen?«

»Was hat es mit dem Gerücht auf sich, du hättest Spendengelder veruntreut? Wo sind die Beweise? Was sind die Fakten? Wie kommt diese Journalistin dazu, dies alles zu behaupten? Glaub mir, der Typ findet alles heraus. Wie er das macht, willst du lieber nicht wissen.«

»Okay. In dieser Angelegenheit müssen tatsächlich auch unkonventionelle Methoden erlaubt sein«, pflichte ich ihm bei.

»Unkonventionelle Methoden?« Billy lacht. »Es geht ein bisschen darüber hinaus.«

Ich seufze. »Okay. Bei mir gehts um alles. Um mein Leben. Mein Unternehmen. Um die Kids. Wie kann ich Kontakt zu ihm aufnehmen?«

»Mr. Green wird sich bei dir melden. Ich muss nur noch das Go geben.«

»Was soll das Versteckspiel?«

»Er ist ein wenig kompliziert. Ein Nerd eben.«

»Kann man ihm trauen?«, hake ich skeptisch nach.

»Hundertprozentig.«

»Wenn du das sagst.«

»Lass den Kopf nicht hängen! Die Sache wird schneller vorbei sein, als du denkst.«

»Dein Wort in Gottes Ohr!«

»Wir hören in den nächsten Tagen voneinander.«

»Ganz bestimmt. Wie läufts bei euch mit dem Tango?«, vergesse ich über meine eigenen Probleme hinaus nicht, nach dem Befinden meiner Freunde zu fragen.

»Wundervoll! Unser Tanzlehrer hat uns aufs nächste Level gebracht.«

»Das freut mich. Machts gut und sorgt euch nicht zu viel um mich.« Ich beende das Gespräch.

»Ein Privatdetektiv?«, will Hailey mit gerunzelter Stirn wissen.

»Du hast es ja gehört. Er könnte die Lösung sein.«

»Man greift nach jedem Strohhalm, nicht wahr?« Schulterzuckend macht Hailey deutlich, dass sie nicht allzu viel von der Sache hält.

Dann überlegen wir, was noch alles zu tun ist. Ich muss dringend meine Assistentin informieren. Auch Ted Reiner, meine rechte Hand im Unternehmen, muss in Kenntnis gesetzt werden.

Nach einigen langen und nervigen Telefonaten nimmt mich Hailey plötzlich in ihre Arme. »Jetzt ist Schluss.« Sie schaut mich an. »Hast du Hunger?«

»Nur damit wir uns richtig verstehen, du sprichst von Essen?«, frage ich vorsichtshalber nach.

»Selbstverständlich von Essen. Wovon denn sonst?«

»Willst du für uns kochen?«

»Ich fragte nur, ob du hungrig bist. Ich habe nicht vor, uns zu vergiften.«

»Solch eine schlechte Köchin bist du?«

»Miserabel.« Sie erhebt sich, nimmt einige Restaurantprospekte von der Pinnwand in ihrer Küche und wedelt damit herum. »Darf ich vorstellen? Meine Lebensretter. Da stehen Leute am Herd oder Ofen, die wirklich etwas davon verstehen. Italienisch, chinesisch oder japanisch?«

»Wähl du aus.«

»Mir wäre jetzt nach einer Pizza. Dazu ein alkoholfreies Bier. Wir brauchen einen klaren Kopf. Was hältst du davon?«

»Hört sich klasse an. Für mich eine Pizza mit Jalapeños, bitte.«

»Ah, der Herr liebt es scharf.«

»Das weißt du doch.«

»Unverbesserlich …«, säuselt sie, bevor sie zum Handy greift und die Bestellung aufgibt.

14

KALVIN

E*ine halbe Stunde später …*

Es klingelt an der Tür.

»Fuck! Das ging schnell«, wundere ich mich. Hailey und ich sitzen auf dem Sofa und überbrücken die Wartezeit mit heißen Küssen.

»Die Pizzeria ist gleich an der nächsten Ecke«, erwidert sie und ordnet ihre verwuschelten Haare notdürftig mit den Fingern. »Kann ich so aufmachen?«

»Du siehst verfickt aus. Obwohl wir noch gar nicht dazu gekommen sind …«

»Kal …« Ihr strafender Blick ist süß.

»Du siehst verfickt fabelhaft aus. Geh ruhig an die Tür. Ich kann leider nicht.« Ich deute auf meinen Schwanz, der wie eine Zeltstange den Stoff meiner Hose nach oben drückt.

Hailey spricht durch die Anlage und öffnet dem Pizzaboten die Haustür. Eine Minute später steht er schon vor der Wohnung.

»Guten Abend, *Signora*! Ihre Pizza! *Buon appetito*!«, sagt der Typ mit der tief ins Gesicht gezogenen weißen Kappe.

Ich winke ihm vom Sofa aus zu, ein Kissen auf meine Mitte gepresst.

»Danke. Das riecht himmlisch.« Hailey nimmt die zwei Kartons an sich, stellt sie auf der Kommode ab, reicht ihm das Geld und will die Tür schließen.

»Einen kleinen Moment noch«, bittet er.

Mein Blutdruck schnellt in die Höhe. Ich wittere Gefahr. Ein Paparazzo? Zum Glück hat sich mein Penis auf Normalgröße zurückgezogen. Ich erhebe mich und gehe zur Tür.

»Nein, das stimmt so. Der Rest ist Trinkgeld. Ich bin heute in Geberlaune«, erklärt Hailey naiv.

»Stimmt irgendetwas nicht?« Mit in die Seiten gestemmten Händen baue ich mich hinter ihr auf.

»Ich habe eine Frage …«

»Verschwinden Sie!« Wütend knalle ich ihm die Tür vor der Nase zu.

»Kal, was hast du getan?«

»Verstehst du denn nicht? Das ist einer von diesen Pressegeiern.«

Sie verschränkt die Arme. »Du spinnst ja! Das war der Pizzabote.«

Plötzlich wird ein Zettel unter der Tür durchgeschoben. Verdattert schauen Hailey und ich uns an. Ich hebe ihn auf und lese vor: »Sie wollen mich in einer wichtigen Angelegenheit sprechen. Ihr Mr. Green.« Ich schlage mit dem Zettel nervös auf meine Handfläche. »Das ist der Privatdetektiv.«

»Wie kann er so schnell hier sein? Woher hat er meine Adresse?«, flüstert sie und krallt ihre Finger in meinen Unterarm.

»Keine Ahnung. Ich habe Jo nur gesagt, dass ich bei dir bin.«

»Das macht mir Angst.«

»Diese ganze Angelegenheit macht einem Angst. Hailey, ich möchte noch immer, dass du dich da heraushältst.«

»Der Typ steht nun vor meiner Wohnung. Es ist zu spät ... Außerdem sagte ich dir bereits, dass ich dich niemals im Stich lasse«, zischt sie.

»Dauert die Unterhaltung noch lange?«, vernehmen wir Mr. Greens Stimme. »Ich steh mir hier die Beine in den Bauch.«

Schwungvoll öffne ich die Tür. »Hallo, Mr. Green! Mit Ihnen haben wir nicht gerechnet.«

»Soll ich wieder gehen?« Er deutet zum Aufzug.

»Nein! Auf keinen Fall! Kommen Sie rein«, sage ich höflich. Wenn dieser Mann meine letzte Rettung ist, darf ich ihn nicht verprellen.

»Ihre Freunde sagten Ihnen doch, ich würde mich melden.« Er nimmt seine Kappe ab und lockiges, blondes Haar fällt auf seine Schultern.

Wie ein Engel! Fuck, Kal! Du bist kurz davor, durchzudrehen.

Sein breites Grinsen gibt schneeweiße Zähne preis.

Eher der Typ Surferboy als verstaubter Privatschnüffler. Ja, Surferboy gefällt mir besser als Engel.

»Aber dass das so schnell passiert – darauf war ich nicht eingestellt,«, gestehe ich.

»Wir dürfen keine Zeit verlieren.«

»Da haben Sie recht.«

»Jo und Billy legen für Sie die Hand ins Feuer. Deshalb habe ich mich breitschlagen lassen, mich Ihrer Sache anzunehmen.«

»Nehmen Sie Platz. Darf ich Ihnen etwas anbieten? Ein alkoholfreies kühles Bier vielleicht? Und wir haben Pizza, wie sie wissen«, macht Hailey mit ihrem Charme und Witz das Beste aus der bizarren Situation.

»Das hört sich ganz nach meinem Geschmack an«, stimmt er zu und setzt sich.

»Sie heißen wirklich Mr. Green?«, will sie wissen.

Er lacht. »Nein. Was denken Sie denn? Ich habe den Namen nach dem Greenscreen bei Filmaufnahmen ausgesucht. Einige

Szenen werden vor einem grünen Hintergrund gedreht und hinterher wird die richtige Kulisse eingefügt. So sehe ich meine Arbeit. Alles ist vorerst nur eine nichtssagende grüne Wand. Erst später, nach meinen Recherchen, ergibt sich das korrekte Bild. Sie verstehen?«

»Hm.« Ich kratze mir übers Kinn. »Interessant.«

»Übrigens – ich bin Gabriel. Das ist mein richtiger Vorname.«

Doch ein vom Himmel gesandter Engel?

»Okay. Das ist Hailey.« Ich setze mich neben ihn und deute auf sie. »Ich bin Kal. Aber das weißt du ja schon längst.« Meine ganze Aufmerksamkeit gilt diesem seltsamen Mann. »Und du kennst bestimmt auch die Größe meiner Boxershorts«, schiebe ich einen Witz nach.

»Größe L., von der italienischen Luxusmarke Amariatti. Die gibt es nur in einem Laden in Chelsea.«

»Was? Wie kannst du das wissen?« Mir klappt die Kinnlade herunter. Der Typ ist mir unheimlich. Engel hin oder her. Wenn er jetzt noch die Flügel an seinem Rücken ausklappt und sich eine Fluppe anzündet, ist es aus mit mir. Dann lasse ich mich einweisen.

»Nein.« Er lacht. »Manchmal sind die Dinge nicht so kompliziert, wie sie scheinen. Deine Reisetasche im Flur stand offen und ich konnte einen Blick hineinwerfen. Die Shorts liegt obendrauf.«

Erleichtert atme ich durch.

Hailey stellt die Pizzakartons auf dem Couchtisch ab und öffnet die Deckel. Der herrliche aromatische Duft nach krossem Hefeteig, gebackenem Käse und Oregano entweicht. »Bedient euch!« Sie begibt sich zum Kühlschrank, holt drei Dosen Bier heraus und bringt sie mit. »Erst einmal *Cheers*!« Sie setzt sich in den Sessel.

»*Cheers*!« Gabriel hält die Dose hoch. »Der Job gefällt mir jetzt schon.«

»*Cheers*! Ich hoffe, du kannst helfen.« Ein wenig Hoffnung keimt in mir auf.

Unser Gast trinkt einen großzügigen Schluck. »Ich habe bisher noch nie einen Klienten enttäuscht.«

»Wie kommst du an deine Informationen? Was bist du? Ein Ex-Cop?«, prescht Hailey neugierig voran und stellt damit jene Fragen, die mir auch unter den Nägeln brennen.

Gabriel lächelt milde und legt einen Zeigefinger auf seine Lippen. »Es geht hier nicht um mich. Das tut nichts zur Sache.« Er kramt einen Laptop aus seiner schwarzen Umhängetasche. »Es geht um dich, Kal. Und dieses Schätzchen wird uns der Wahrheit näherbringen.« Er klappt den Laptop auf und schaltet ihn an.

»Diese Journalistin, Gwen Stout vom *New York Pulse* – sie hat per E-Mail einen Hinweis erhalten und alles ins Rollen gebracht«, teile ich ihm mit, was ich von Austin weiß.

»Das bedeutet nicht, dass man nicht herausfinden kann, wer es war. Jeder hinterlässt Spuren im Netz«, berichtet der Detektiv. »Es sei denn, er stellt sich außerordentlich geschickt an. So wie ich.« Seine Finger fliegen über die Tastatur, als er etwas eingibt. »Du bist für mich natürlich kein Unbekannter. Es gibt eine ganze Menge Ex-Freundinnen von dir. Oder, sagen wir besser, gebrochene Herzen.«

»Ja«, gebe ich mit einem verlegenen Räuspern zu. Dieses verfluchte Thema klebt an mir wie ein Kaugummi am Schuh.

»Ihr glaubt gar nicht, wozu verletzte Frauen fähig sind. Ich habe schon so manchen Rachefeldzug aufgedeckt«, äußert Gabriel seine Erfahrungswerte dazu.

»Meine Rede«, mischt sich Hailey ein. »Das vermute ich schon die ganze Zeit über.«

»Ich wüsste nicht, wer dermaßen sauer auf mich sein soll. Wir haben uns alle im Guten getrennt.«

Shit! Selbst für mich hört sich das verdammt dumm an.

»Trennt man sich wirklich immer so ganz im Guten?« Gabriel zieht skeptisch eine Braue hoch.

»Meistens tut man nur so. Einer bleibt immer verletzt zurück«, sagt Hailey und erhebt sich. »Ich lass euch allein und geh mal kurz an die frische Luft.«

Ich nicke. Das in ihrer Gegenwart durchzukauen, wäre mir gegen den Strich gegangen. Nachdem die Tür hinter ihr ins Schloss gefallen ist, gehen Gabriel und ich meine Verflossenen und deren etwaigen Motive durch. Er bittet mich dabei um absolute Ehrlichkeit. Manchmal sind es die kleinen Dinge, die ein Herz explodieren lassen.

»Was ist mit ihr? Dieser Cassidy Grey?«, fragt er und deutet auf den Bildschirm.

»Nein. Glücklich vergeben an eine alte Kartoffel.«

»*Was*?«

»Sorry. Sie ist mit einem fast hundertjährigen Immobilienmilliardär zusammen und bekommt ein Baby von ihm.«

»Echt jetzt?«

»Dass sich die Presse nicht auf dieses Liebesverhältnis gestürzt hat. Das müsste doch ein gefundenes Fressen für die Typen sein.« Ich hüstle provozierend. »Gelesen habe ich darüber noch nichts.«

»Wahrscheinlich hat der Kerl jemanden beauftragt, um ihn vor diesen Nachrichten zu schützen. Solche Leute, nennen wir sie Spezialisten, gibt es.«

»Wer käme sonst noch infrage? Was ist mit meiner Konkurrenz?«, überlege ich laut.

»Das wäre naheliegend. Aber um in diese Richtung nachzuforschen, benötige ich mehr Zeit. Viel mehr Zeit.«

Die Tür geht auf und Hailey kommt zurück. »Na, gibt es irgendeine heiße Spur?«, erkundigt sie sich.

»Im Moment noch nicht. Wir sind noch beim Brainstorming«, erklärt Gabriel ihr und greift beherzt nach der Pizza, die inzwischen kalt geworden ist.

Ich nehme mir auch ein Stück und Hailey ebenso. Lustlos kauen wir im Gegensatz zu unserem Gast darauf herum, obwohl sie hervorragend schmeckt.

»Das ist ein verdammt verzwickter Fall. Zu viele Verdächtige«, gibt der Detektiv zu. »Wir müssen deutlich tiefer graben.«

»Wie du meinst. Was sollen wir tun?«

»Wir gar nichts.« Gabriel holt tief Luft. »Ich gebe es nur ungern zu, aber ich werde Hilfe benötigen.«

»Großer Gott! Ich bin verloren …«, brumme ich vor mich hin. Wenn der so hochgelobte Detektiv schon nicht weiterweiß, wer soll mir dann noch helfen?

»Ich kenne da jemanden – ein Genie namens Lou.«

Noch ein Typ, den ich bezahlen muss. Nur weiter so.

»Okay. Kontaktiere, wen du brauchst. Hauptsache, wir bringen Licht in dieses Dunkel.«

»Das ist leider nicht unser einziges Problem.«

»Nicht?«, rufen Hailey und ich wie aus einem Munde.

»Wir müssen den Schuldigen finden. Schwieriges Unterfangen«, seufzt der Detektiv. »Sollten wir diese Person dann wirklich gefunden haben, müssen wir deinen Ruf wiederherstellen, Kal. Das wird dann der schwierigere Teil.«

»Fuck! Daran habe ich überhaupt nicht gedacht.«

»Das Netz vergisst nie«, wirft Gabriel ein. »Aber auch für dieses Problem werden wir Hilfe bekommen. Du wirst sehen, wir stellen dein Ansehen in der Öffentlichkeit wieder komplett her. All diese dummen Anschuldigungen werden wie von Geisterhand verschwinden. Hoffe ich …«

Na wunderbar! Der Typ macht mir wirklich Mut. Und noch jemand, den ich für seine Dienste reichlich belohnen muss. Dieser Mist wird mich ein Vermögen kosten.

»Nach meinen Erfahrungen bleibt es in den Köpfen der Menschen«, gebe ich traurig zu bedenken.

»Du hast dir nichts zuschulden kommen lassen. Das ist das Wichtigste. Ein reines Gewissen. Dies wirst du auf die Menschen übertragen, wenn du wieder in der Öffentlichkeit auftrittst«, spricht mir Hailey Mut zu.

»Aber vorerst ziehst du dich komplett zurück, bis die Sache geklärt ist, hörst du?«, ermahnt mich Gabriel.

»Das bedeutet, ich muss untertauchen? Hier bei Hailey?« Ein flaues Gefühl breitet sich in meinem Magen aus.

»Das wäre das Beste.«

»Du kannst selbstverständlich bleiben, so lange du willst«, gestattet sie mir.

»Danke.«

»Es gibt viel zu tun«, sagt Gabriel und erhebt sich. »Wir hören voneinander.«

»Wie kann ich dich erreichen?«

»Ich melde mich.«

»Aber jag uns nicht wieder so einen Höllenschrecken ein wie vorhin«, bittet Hailey.

»Wieso? Ich war doch nur der Pizzabote.« Er lächelt unschuldig.

»Was ist eigentlich mit dem echten Pizzaboten?«, will sie wissen.

»Dem habe ich eins übergebraten und ihn in den Keller geschleift.« Er biegt sich vor Lachen, als er unsere verdutzten Gesichter sieht. »Was denkt ihr von mir? Ich habe ihm ein paar Scheinchen zugesteckt. Mit Geld lässt sich heutzutage alles regeln.« Gabriel schnipst auf dem Weg zur Tür mit den Fingern und dreht sich um. »Wir haben noch gar nicht über meine Bezahlung gesprochen …«

»Stimmt.« Ich lege den Kopf schief. Er weiß, dass ich mit dem Rücken zur Wand stehe und er jeden Preis für seine

Dienste verlangen kann. Die Presse hat mich verwundet und er kann mir nun einen Dolch zum Todesstoß ins Herz jagen.

»Keine Bange. Ich werde dich schon nicht zu einem armen Mann machen«, versichert Gabriel mir. »Allerdings will ich mir demnächst eine Segeljacht kaufen. Mit mindestens vier Kabinen. Für meine Freunde.« Abermals lacht er über unsere verdutzten Gesichter. »Nur Spaß! So viele Freunde habe ich gar nicht. Die wichtigste Regel lautet: Niemals den Humor verlieren.«

Befreit lachen wir mit.

»Wie wäre es erst mal mit einem Hunderter zur Deckung meiner Spesen?«, schlägt Gabriel vor. »Ich muss ja auch von etwas leben.«

»Klar!« Ich ziehe einen passenden Schein aus meiner Geldbörse und überreiche ihm diesen.

Er bedankt sich. Wir begleiten ihn zur Tür.

»Was war das denn für ein Auftritt?«, fragt Hailey, als er weg ist.

»Das war absolut crazy.« Ich schüttle den Kopf. »Aber was soll ich in meiner Situation machen? Ich brauche ihn …«

»Definitiv.«

Am Abend …

Kurz nachdem unser seltsamer Besucher verschwunden ist, haben wir unsere Koffer ausgepackt und geduscht. Nun sitzen wir aneinandergeschmiegt auf dem Sofa und haben die Beine auf den Glastisch gelegt. Im Fernsehen läuft ein alter Film, auf den Hailey sehr steht, wie sie mir verriet. Doch diesmal interessiert er sie nicht wirklich. Ich kann sie verstehen. Zu sehr sind unsere Gedanken in den Geschehnissen gefangen. Aber sich nah zu sein, ist ein wunderschönes Gefühl. Wir verflechten unsere Finger ineinander und tauschen Blicke aus, die mehr als

Worte sagen. Langsam löse ich eine Hand, hebe ihr Kinn an, schaue ihr in die blaugrauen Gewitterwolken-Augen, die ich so sehr liebe, und gebe ihr einen Kuss. »Wir haben heute Nachmittag etwas angefangen, was wir nicht zu Ende geführt haben. Was hältst du davon, wenn wir da weitermachen, wo wir aufgehört haben?«

»Das ist die beste Idee des Tages …« Sie streicht über meine Wangen und legt ihre Hände auf meine Brust.

Mein Herz rast in einem ganz besonderen Rhythmus, wie ein schnell eingestelltes Metronom. So fühlt es sich an, wenn man verliebt ist. Wirklich verliebt. Ich habe lange auf dieses Gefühl gewartet. Erst mit Mitte dreißig hat es mich gepackt. Besser spät als nie, denke ich mit einem Grinsen.

»Wir sollten es uns gemütlich machen«, mache ich Hailey einen Vorschlag und deute auf das Bett.

Sie nickt lächelnd.

Unsere Schritte dahin sind fast wie ein Tanz. Wir entkleiden uns keuchend. Hailey drückt mich hinunter auf die Matratze. Mit keckem Powackeln geht sie zu dem kleinen Schrank neben dem Bett und stöbert in einer der Schubladen. Triumphierend hält sie ein schwarzes Päckchen hoch und wirft es mir zu. Geschickt fange ich es auf und lege es neben mich.

Meine kühnsten Träume werden wahr, als sie ihre Hände auf meine Knie legt und meine Beine auseinanderschiebt. Ihr lasziver Blick, als sie mit den Fingernägeln leicht über die Innenseiten meiner Oberschenkel kratzt, macht mich verrückt. Von ihrem Tun ziehen sich außerdem meine Hoden zusammen. Als sie sich wildkatzengleich geschmeidig vorbeugt, ignoriert sie jedoch mein bereits hartes und pochendes Glied. Stattdessen küsst Hailey meinen Bauch. Dabei berühren ihre Brüste meinen Penis. Auch nicht schlecht. Die festen Nippel reizen meinen Schaft und meine Eichel.

Ihre Lippen erreichen meinen Brustkorb und reizen mich

auch dort. Gezielt eingesetzte kleine Bisse lassen mich aufstöhnen. Dann gleitet sie herab und widmet sich meinem besten Stück. Zuerst mit einem zarten Lecken über die Eichel, wobei sie mich anschaut, und meine Reaktion beobachtet. Ihre Lippen öffnen sich weiter und spannen sich um meinen Schwanz, während sie ihn tiefer und tiefer in sich aufnimmt. Mein Stöhnen wird lauter, steigt aus meiner Kehle auf. Mit den Händen knetet sie meine Hoden, was einen zusätzlichen Kick gibt. Meine Schenkel beginnen zu zittern. Das Ganze ist geil, aber ich will in ihr sein, sie komplett spüren, ausfüllen.

»Komm her zu mir«, fordere ich sie mit kratziger Stimme auf.

Sie lässt meinen Penis aus ihrem Mund gleiten und lächelt. Geschickt befreit sie das Kondom aus der Glitzerfolie und streift es mir über. Ich reiche ihr beide Hände und sie verhakt ihre Finger in meinen, während sie sich auf meine gespreizten Oberschenkel setzt. Kurz lässt sie mit einer Hand los, um mein Glied an ihrem Eingang zu positionieren, dann senkt sie ihr Becken ein wenig herab und verflechtet wieder unsere Finger ineinander. Langsam gleitet ihr Körper auf mein pochendes Glied, bis sie es ganz in sich aufgenommen hat. Dann beißt sie sich auf die Unterlippe und schließt die Lider, während sie sich in einen Rhythmus schaukelt, der ihr und mir die höchste Lust bereitet. Nachdem ich meine Hände von ihren gelöst habe, gleite ich mit meinen Fingern ihre Wirbelsäule entlang. Als sie die Lider wieder aufschlägt und wir uns in die Augen sehen, erreicht die Intensität unseres Tuns ein Ausmaß, das über körperliche Lust hinausgeht. Wir dringen in die Seele des anderen ein und spüren eine Verbundenheit, die uns in höhere Sphären trägt.

Explosionsartig kommt der Höhepunkt über mich und ich versinke in einer Schwärze und einem anschließenden bunten Regen von Leuchtraketen.

15

HAILEY

Zwei Tage später …

»Wir haben ja schon besprochen, dass ich von hier aus arbeiten kann, aber ich habe eine andere Idee«, teile ich Kal mit, als wir gerade frühstücken. Im kleinen Supermarkt um die Ecke habe ich frische Eier besorgt und uns in die Pfanne gehauen. Die Spiegeleier sind fast verbrannt, aber Kal behauptet, er mag es kross.

»Lass hören.«

»Ich möchte gern ins Büro.«

»Warum?«

»Wir kommen hier doch nicht weiter. Es wäre sinnvoll, wenn ich mich unter die Leute mische und die Stimmung im Unternehmen auffange. Was denken deine Angestellten über die ganze Sache? Gibt es Stimmen für oder gegen dich?«

Kal legt die Gabel weg. »Du willst als Spionin für mich fungieren?« Amüsiert zieht er seine Brauen nach oben.

»Genau.«

»Ich bin mir sicher, dass meine Mitarbeiter loyal sind.«

»Das denkst du …«

»Warum so kritisch? Ich tue eine Menge für meine Angestellten. Mein Motto ist: Zufriedene Mitarbeiter brennen für ihre Firma, arbeiten daher effizienter und produktiver.«

»Du weißt trotzdem nicht, was die Menschen wirklich über dich denken«, hole ich meinen Mr. CEO auf den Boden der Tatsachen zurück.

»Verstehe. Hinter dem Rücken wird viel getuschelt.«

»Ich werde herausfinden, was getuschelt wird.« Zufrieden mit meiner Idee, leere ich die Kaffeetasse. »Einige wissen, dass ich mit dir auf Barbados war«, kommt mir dann in den Sinn. »Ich darf mir nicht anmerken lassen, dass wir uns nähergekommen sind.«

Er grinst schelmisch. »Und wie nahe wir uns gekommen sind ...«

»Es bleibt unser süßes Geheimnis ...«

»Ein heißes Geheimnis ...«

»Ja.« Ich schüttle die Hand, als hätte ich mich verbrannt. »Du solltest in der Firma anrufen und Bescheid sagen, dass ich ins Büro komme.«

»Ich rufe Jade an und werde ihr sagen, dass sie dich einweisen soll.«

»Mach das.«

»Wenn du da bist, wirst du hauptsächlich auf den Marketingleiter Jordan Williams treffen. Meine rechte Hand, Ted Reiner ist zu einer Geschäftsreise aufgebrochen. Ihn wirst du also erst später kennenlernen.«

»O Gott! Ich bin so aufgeregt.«

»Du packst das.«

»Ich mach mich dann mal fertig, damit ich gleich loskann.«

»Okay. Ich werde hier derweil den Hausmann spielen.«

Ich lache laut. »Echt? Du wirst dich um die Wäsche kümmern und staubsaugen?«

»Dafür bin ich leider vollkommen unqualifiziert.«

»Geschickte Ausrede.« Ich erhebe mich und klopfe ihm auf die Schulter.

»Ich werde nicht untätig hier herumsitzen. Es ist zwar schwer, in all dem Dilemma einen klaren Kopf zu bewahren, aber es gibt immer etwas zu tun.«

»Es geht immer weiter. Indem man Stärke zeigt, trotzt man seinen Feinden.«

»Wahre Worte«, bestätigt er nickend und greift nach seinem Handy. »Ich bestelle dir einen Wagen, dann musst du nicht die U-Bahn nehmen. Sicher ist sicher.«

»Danke, du bist ein Schatz. Dafür hast du noch einen Kuss verdient.«

Eine Stunde später treffe ich in der Firma ein. Meine Schlagader am Hals pocht heftig vor Aufregung. Werde ich beide Sachen unter einen Hut bekommen? Meinen Job und das Aushorchen der Mitarbeiter?

Nachdem ich mit dem Aufzug hochgefahren bin, gehe ich zu Jade.

Sie empfängt mich topgestylt und mit einem Lächeln auf den perfekt geschminkten Lippen. »Guten Morgen! Mr. Thornton wünscht, dass ich dir deine Abteilung zeige. Übrigens – hier herrscht eine lockere Atmosphäre. Wir nennen uns alle beim Vornamen. Außer den Boss. Das dürfen nur einige, die ihm besonders nahestehen.«

»Ich bin Hailey. Aber das weißt du ja, Jade.«

Sie nickt. »Komm bitte mit!«

Ich folge ihr über den Gang. Mit dem Aufzug fahren wir ein Stockwerk tiefer.

»Wie war es auf Barbados?«, fragt sie mich plötzlich.

»Das Resort war erstklassig«, antworte ich geschäftsmäßig und muss mich zusammenreißen, um nicht ins Schwärmen zu geraten. Das karibische Flair. Die gemeinsame Nacht mit Kal. Meine Lippen müssen versiegelt sein.

»Das freut mich. Dann hat sich die Reise gelohnt.«

»O ja.«

Jade schaut mich verwundert an. Ihre Stirn bleibt dabei allerdings so unbewegt wie bei einer Wachsfigur.

Habe ich mich verraten? War das gehauchte »o ja« bereits ein Tick zu viel?

Reiß dich zusammen, Hailey!

»Da sind wir. Ted Reiner, Mr. Thorntons Stellvertreter, ist leider nicht im Hause. Er hätte dich sicher gern begrüßt, aber er musste eine mehrtägige Geschäftsreise antreten. Ihn wirst du daher erst später kennenlernen.«

»Mr. Thornton hat mich telefonisch darüber informiert.« Das war ein schlauer Schachzug.

»Aber ich stelle dir gern die anderen Kollegen vor. Das ist Jordan, der Leiter der Marketingabteilung.« Sie deutet zu mir. »Das ist Hailey.«

Der braun gebrannte Typ mit den dunklen, an den Seiten ergrauten Haaren und der eckigen Brille, durch die seine eisblauen Augen blitzen, streckt mir freundlich die Hand entgegen. »Schön, dass du unser Team jetzt bereicherst, Hailey. Wir brauchen dringend Verstärkung.«

»Danke.« Ich ergreife seine Hand und freue mich über seine warmen Worte.

»Ich überlasse dich dann Jordan«, beschließt Jade.

»In Ordnung.«

»Leute, kommt mal her!«, trommelt mein Vorgesetzter alle zusammen und stellt uns einander vor.

So viele unbekannte Gesichter. Mir schwirrt der Kopf. Die Namen werde ich nicht alle behalten.

»Ich habe Geburtstag und lasse am Abend Sushis vom Japaner kommen«, sagt Jordan. »Ich hoffe, du hast noch nichts anderes vor.«

»Herzlichen Glückwunsch! Nein, ich habe nichts anderes vor.«

»Prima.« Jordan zeigt mir meinen Platz. Solch ein Glück. Er liegt nicht inmitten des Raums und auch nicht am Fenster, sondern ganz hinten, in einer Ecke. Das verleiht mir ein wenig mehr Privatsphäre und einen besseren Überblick. Begeistert von dem Schreibtisch mit dem ultramodernen Computer setze ich mich. Nun habe ich mein Ziel erreicht. Ich befinde mich an meinem Arbeitsplatz bei *T-Travel*.

Jordan holt seinen Stuhl, setzt sich zu mir und gibt mir meine PIN zum Einloggen. Als das Logo des Unternehmens auf dem Display aufleuchtet, packt mich der Ehrgeiz. Ich will beweisen, was ich kann. Jordan weist mich in die Abläufe ein und findet immer wieder ein Lob für mich. Das tut gut.

»Ich merke, du kommst klar«, stellt er nach einiger Zeit fest. »Wenn du Fragen hast – du weißt, wo du mich findest.«

»Alles klar.«

Jordan rollt den Stuhl zu seinem Platz zurück.

Ich begebe mich an die Arbeit. Mein Handy vibriert in der Tasche. Ich hole es heraus und schaue aufs Display. Eine Nachricht von Kal. Von wem sonst? Er will wissen, wie es mir geht und ob mich alle gut behandeln.

»Na, du bist ja ein toller Boss – störst mich bei der Arbeit«, tippe ich mit einem zwinkernden Smiley dahinter ein.

Er antwortet mit einem lachenden Gesicht.

»Etwas von Gabriel gehört?«, frage ich.

»Nein, noch nicht.«

»Ach ja, ich komme später nach Hause. Jordan lässt Sushis vom Japaner kommen. Er hat Geburtstag.«

»Mist, ich verpasse eine Party.«

»Sushi ist doch sowieso nichts für dich.«

»Stimmt. Das würden mir meine schuppigen Freunde übel nehmen.«

Ich schicke ein Tränen lachendes Gesicht. »Die Feier ist die ideale Gelegenheit, um mehr herauszufinden.«

»Stimmt. Aber ich werde dich heute Abend vermissen. Dann muss ich wohl allein essen.«

»Du wirst nicht verhungern. Nimm dir einen der Prospekte von der Pinwand und bestell dir etwas.«

»Gute Idee. Bis nachher. Ich schätze, es wird spät. Nimm dir einen Wagen zurück und fahr nicht mit der U-Bahn.«

Ich lächle, weil er sich um mich sorgt. »Mach ich.«

Gerade als ich das Handy neben meinem Computer ablege, lugt ein schmales blasses Gesicht, umrahmt von dunklen Locken um die Ecke.

»Huch!«, erschrecke ich mich. »Gary, stimmts?«

»So ähnlich. Jerry.« Er lacht. »Kaffee?«

»Kaffee geht immer.«

»Ich bin süchtig nach der schwarzen Brühe. Komm mit. Ich zeige dir die Maschine in der Büroküche.«

Ich folge dem schlaksigen Typen.

»Der Boss spendiert uns immer die neuesten Geräte«, sagt er und erläutert mir die Bedienung. »Ist kinderleicht.«

Nachdem er mir einen Cappuccino mit Milchschaum gebraut hat, übernehme ich die Zubereitung eines doppelten Espresso für ihn.

Ich gebe Süßstoff in meine Tasse und rühre um, bis er von der Temperatur her trinkbar ist. »Erzähl mal, wie lange bist du schon bei *T-Travel*?«

»Zwei Jahre. Es ist cool hier. Der Boss. Die Kollegen.«

»Üble Sache, das mit den Schlagzeilen über Mr. Thornton«, nutze ich die Gelegenheit.

»Verdammt übel. Ich hoffe, dass es der Firma nicht schadet. Sicherheitshalber habe ich meine Fühler bereits ausgestreckt, um mich woanders zu bewerben, falls es hier den Bach runtergeht.«

Ich verschlucke mich fast und huste. So ernst ist die Lage? »Aber du glaubst doch nicht, dass da etwas Wahres dran ist?«

»Nein. Ich selbst glaube es nicht. Kal hat da zu viel Herzblut hineingesteckt. Er würde das den Kids niemals antun. Aber viele andere in der Firma sind verunsichert. Du weißt doch, was man sagt: Vielleicht steckt ein Körnchen Wahrheit drin ...«

Nun schmeckt mir der Cappuccino nicht mehr. Ich schütte den Rest in den Ausguss und stelle die Tasse in die Spülmaschine. »Sorry, ich muss mich ranhalten«, entschuldige ich mich bei Jerry. An meinem Platz angekommen, drehe ich mich in meinem Bürostuhl hin und her. Am liebsten würde ich Kal gleich darüber in Kenntnis setzen, was sich hier tut. Doch das muss bis heute Abend warten. Bis dahin werde ich bestimmt noch mehr erfahren.

Ich zwinge mich zur Konzentration und setze meine Arbeit fort. Die Kampagne geht mir hervorragend von der Hand. Es ist, als hätte ich nie etwas anderes getan. Kurz vor Feierabend bespreche ich alles mit Jordan. Wieder lobt er mich für meine großartige Leistung.

»So, meine Lieben!«, wendet er sich dann an die gesamte Belegschaft. »Ich hole schon mal den Champagner. Das Essen wird gleich geliefert.« Er verschwindet in der Büroküche. Jerry begleitet ihn. Hektisch spannen zwei Kolleginnen eine Girlande mit *Happy Birthday* auf. Die beiden kommen mit Gläsern und dem Schampus zurück. Gekonnt öffnet Jordan die Flasche mit einem leisen Zischen und schenkt uns das Edelgetränk ein. »Ich wollte euch sagen, dass ihr mittlerweile wie eine Familie für mich seid«, ergreift er das Wort, als alle ihre Gläser in den Händen halten. »Deshalb gibt es nichts Besseres, als meinen Geburtstag heute mit euch zu feiern. Lasst uns Spaß haben!«

»Auf Jordan!«, ruft Jerry.

»Er lebe hoch!«, mischt eine weibliche Stimme mit und ein Gewirr von vielen Glückwünschen folgt.

»Hey! Hättet ihr nicht auf mich warten können?«, protestiert Jade, die sich zu uns gesellt.

»Oh! Entschuldige«, sagt Jordan.

»Alles Gute zum Geburtstag! Wir haben für dich gesammelt.« Sie überreicht ihm einen Kaffeebecher mit dem Logo der Firma.

»Mann, da habt ihr euch ja gewaltig ins Zeug gelegt«, erwidert er lachend.

»Tja, du scheinst nicht besonders beliebt zu sein.« Jerry klopft ihm auf die Schulter.

»Die dämliche Tasse ist natürlich nicht alles. Ich habe hier noch etwas für dich.« Jade überreicht ihm lächelnd einen Umschlag, den er sofort öffnet.

»Wow! Eine Eintrittskarte für den nächsten Gig meiner Lieblingsband. Ich danke euch!«

»Guten Abend! Ah, hier sind wir richtig!«, sagt ein junger Mann und deutet auf die Girlande. »Ihr bestelltes Büfett.«

»Das sind Sie!«, bestätigt Jordan und winkt ihn und seine zwei Mitarbeiter heran. »Da hinten auf dem langen Tisch können Sie alles aufbauen.«

Der Mann nickt. Seine Helfer sind ein weiterer Mann und eine junge Frau mit feuerrot leuchtenden kurzen Haaren. Während wir den Champagner genießen, packen sie das Büfett aus.

Als alles fertig ist, bestaune ich das Kunstwerk. Auf Schiefertafeln sind die unterschiedlichsten Sushi-Köstlichkeiten angerichtet. Dazu gibt es verschiedene Dips und Soßen. Die Entscheidung fällt schwer, daher lasse ich den anderen den Vortritt. Es ist genug da. Verhungern wird keiner.

»Wie wäre es mit einem Sake?«, fragt die hübsche Rothaarige mich und deutet auf die edle Flasche mit den japanischen Schriftzeichen. Mein Blick fällt auf die Tattoos, die sich über ihre zartgliedrigen Hände mit den dunkel lackierten Nägeln ziehen. Wahrscheinlich hat sie ganz viele davon, vermute ich. Doch diese sind unter ihrer züchtigen Kleidung, einer schwarzen Hose und hochgeschlossenen weißen Bluse, verborgen.

»Gern.« Ich lasse mir von ihr einen einschenken und trinke den Reiswein auf ex. Nach diesem aufregenden Tag tut es gut.

»Ist es nicht verdammt schwer, den Leuten zuzusehen, während sie all diese Köstlichkeiten verspeisen?«, frage ich und gebe ihr das Gläschen zurück.

»Ich mach mir nichts aus Fisch«, antwortet sie. »Und aus Sake auch nicht. Ein kühles Bier wäre eher etwas für mich. Dazu die Beine hochlegen und ein Footballspiel anschauen. Mein Traum von einem perfekten Abend.«

»Die Beine hochlegen ... Das würde ich auch gern.« Ich schließe kurz die Lider und reibe darüber. Nicht nur meine Augen sind müde, sondern ich bin es auch. Mein Magen knurrt leise und erinnert mich an die Delikatessen vor meiner Nase. Ich nehme mir einen Teller und packe mir eine Auswahl darauf. Damit stelle ich mich zu Jade, die sich gerade geschickt eine Sushirolle mit Essstäbchen in den Mund schiebt.

»Na, wie war dein erster Arbeitstag?«, hakt sie nach, als sie aufgegessen hat.

»Großartig! Jordan war sehr zufrieden mit mir.«

»Nun muss nur noch der oberste Boss mit dir zufrieden sein. Aber das dürfte kein Problem sein. Bei deiner Qualifikation ...«

Ich ziehe eine Braue hoch. Für die leisen Zwischentöne besitze ich feine Antennen. Was meint sie damit? War das eine Anspielung, dass da etwas zwischen ihm und mir gelaufen sein könnte?

»Das wird er«, weiche ich cool aus und unterdrücke den emotionalen Wirbelsturm, den ihre Bemerkung in mir ausgelöst hat.

»Du bist knackig braun geworden auf Barbados«, plappert Jade weiter, nachdem sie sich einen Sake genehmigt hat.

»Ja. Die Strahlung ist heftig. Ich habe mich täglich mit gefühlt einer halben Flasche Sonnenmilch eingerieben und trotzdem Farbe bekommen.« Ich schiebe mir eine weitere Köstlichkeit in den Mund.

»Ich weiß. Ich war mal mit Mr. Thornton dort.«

Der verfluchte Sushi-Reis bleibt mir vor Schreck am Gaumen kleben. Ich ringe nach Atem. Warum zum Teufel hat er mir das verschwiegen?

»Alles in Ordnung?«, fragt Jade besorgt und klopft mir auf den Rücken.

Ich winke ab. Tränen steigen mir in die Augen, während ich weiter nach Luft japse wie ein Koi-Karpfen auf dem Trockenen.

Die aufmerksame tätowierte Servicemitarbeiterin eilt mit einem Glas Wasser herbei.

»Geht schon wieder«, gebe ich nach einem Schluck Entwarnung. »Danke. Sie sind meine Lebensretterin.«

»Keine Ursache. So will niemand sterben. Ich meine, mit rohem Fisch im Rachen.« Sie grinst und begibt sich zurück hinters Büfett.

Ich muss lachen, denn ich mag ihren schrägen Humor. »Wo waren wir stehen geblieben? Du warst mit Mr. Thornton auf Barbados?«, frage ich Jade.

»Ja, es ging um ein Hotel und gleichzeitig um die Einweihung seines Hilfsprojekts.«

»Das hat er mir auch gezeigt.«

»Ist es nicht süß, wie er mit den Kids umgeht?«, wispert sie verträumt.

»O ja«, antworte ich besorgt. Bei mir schrillen die Alarmglocken. Das klingt, als wäre sie in ihn verliebt. Hat sie etwas mit der Sache zu tun? Ein Motiv hätte sie auf jeden Fall: Eifersucht.

»Entschuldige mich. Ich muss mal für kleine Königstigerinnen«, entzieht sie sich einem weiteren Nachbohren von mir und stellt den Teller weg.

Verdattert schaue ich Jade nach. Das verlangt nach einem Sake! Wo ist meine Retterin von vorhin? Vielleicht gerade am selben Ort. Suchend recke ich den Hals. Wo ist Jordan? Ich entdecke ihn nirgends. Aber der Kaffeejunkie Jerry steht einsam in der Ecke und lächelt mich an.

Ich gehe auf ihn zu. »Hey! Du bist kein großer Fan von Sushi?«, starte ich einen Small Talk, denn ein angebissenes Sushistückchen liegt auf seinem Teller.

»Nee. Ich steh nicht so auf rohen Fisch. Ein kühles Bier auf dem Sofa und ein Footballspiel im TV wären mir jetzt ohnehin lieber ...«

O mein Gott! Die Tattoo-Lady und Jerry sind Seelenverwandte! Ich sollte sie verkuppeln! Wo bleibt sie nur?

»Bist du single?«, frage ich ihn aufgeregt.

»Eine sehr offensive Art, mich anzubaggern, junge Lady.«

»Ich frage nicht meinetwegen.«

»Ach«, erwidert er enttäuscht.

»Ich hoffe, ich habe dein Herz jetzt nicht gebrochen«, sage ich charmant. »Du und Jordan ... ihr wirkt nicht gerade wie beste Freunde«, lenke ich dann ab.

»Könnte man so sagen. Er hat mir seit Monaten versprochen, dass ich befördert werde. Aber immer, wenn ich ihn darauf anspreche, weicht er aus.«

»Was sagt Mr. Thornton dazu? Hast du ihn schon mal gefragt?«

»Ja. Er sagt, es liegt in Jordans Verantwortung.«

»Verstehe. Entschuldige, ich muss mal ein gewisses Örtchen aufsuchen ...« Ich begebe mich in Richtung der Toiletten. Im Vorraum mustere ich mein Spiegelbild. Mist! Beim Reiben über die Lider habe ich die Wimperntusche ringförmig verschmiert. Von wegen wischfest. Ich sehe aus wie ein Pandabär. Den Patzer werde ich gleich versuchen zu korrigieren. Erst einmal muss ich eine Kabine aufsuchen.

Was ist das für ein Geräusch? Ein keuchendes Atmen. Oje – ist da jemandem schlecht geworden? Vielleicht Jade, die zu viel Sake hatte?

»Alles in Ordnung?«, rufe ich.

Absolute Stille.

»Ja, alles okay«, quäkt Jade dann.

Klingt nach akuter Verstopfung. Da kann ich ihr nicht helfen. Ich begebe mich in eine der Kabinen. Da ist es wieder, dieses keuchende Atmen. Jade sollte echt mal einen Arzt aufsuchen.

Ich verlasse die Kabine kurze Zeit später, wasche mir die Hände und wische mir mit einem Feuchttuch aus dem Körbchen die Tusche weg, die sich um meine Augen abgesetzt hat. Schon wieder diese Geräusche. Diesmal lauter. Sie steigern sich zu einem leicht erstickten Schrei.

Gütiger Himmel! Soll ich einen Krankenwagen rufen?

Endlich geht mir ein Licht auf.

Hailey, du bist ja so dumm! Jade geht da drin mit jemandem zur Sache.

Ich überlege. Wahrscheinlich ist es Jordan. Sie sind beinahe zeitgleich verschwunden. Ha! Von wegen Verstopfung. Jade wurde selbst gestopft. Von Jordans Dingdong.

Hilfe! Spucktütenalarm!

Ich schleiche mich hinaus und kehre zur Party zurück.

Die nette Servicemitarbeiterin steht wieder hinter dem Büfett.

»Alles im grünen Bereich bei Ihnen?«, erkundigt sie sich. »Sie sehen aus, als hätten Sie ein Gespenst gesehen.«

»Viel schlimmer.«

»Einen Sake?«

»Lieber nicht«, winke ich ab und bitte sie um ein Wasser. Mit dem Glas in der Hand stelle ich mich ans Fenster. Da kommt Jade zurück. Sie glaubt, alle Spuren ihres Tuns beseitigt zu haben, aber ihr Rock hängt ein wenig schief. Eine Minute später kommt Jordan in den Raum, als wäre nichts gewesen, und erheitert die Partymeute mit einem schmutzigen Witz.

Doch ich lache nicht mit. Am liebsten möchte ich nach Hause, aber das würde negativ auffallen. Die Feier ist noch nicht einmal auf dem Siedepunkt angekommen, da geht noch was.

16

KALVIN

Erst weit nach Mitternacht hat Hailey ankündigt, dass sie nach Hause kommt. Ich bin erleichtert, als ich sie an der Haustür höre, und gehe hin, um sie in Empfang zu nehmen. Ich habe sie wahnsinnig vermisst und bin in der Wohnung mehr auf und ab getigert als alles andere.

»Hey! Wie gehts meiner Undercover-Agentin?«, frage ich und gebe ihr einen Kuss.

»Der Einsatz war anstrengend«, gesteht sie, legt ihre Tasche beiseite und zieht die Schuhe aus.

»Du siehst geschafft aus.« Ich streiche ihr eine Haarsträhne nach hinten. »Willst du mir lieber morgen früh alles erzählen?«

»Nein. Ich kann bestimmt erst schlafen, wenn ich diese ganzen Dinge aus dem Kopf habe.«

»Willst du etwas trinken?«

»Ja. Einen Eistee, wenn du so lieb bist.« Sie setzt sich aufs Sofa.

Ich hole ihr das Getränk. »Hier, bitte.«

»Danke.« Durstig leert sie es fast ganz. »Warum hast du mir eigentlich nichts davon erzählt, dass du mal mit Jade auf Barbados warst?«, fragt sie mit einem vorwurfsvollen Blick.

Ich streiche mir übers Kinn. »Tja ... Vermutlich, weil ich es nicht für wichtig hielt.«

»Nicht wichtig?«, kiekst sie. »In dieser Situation, in der man wissen muss, wer Freund oder Feind ist?«

»Sie hat mich als meine Assistentin auf eine Geschäftsreise begleitet. Was ist schon dabei?«

»Lief da was zwischen euch?«, hakt Hailey weiter nach.

»Nein! Natürlich nicht.«

»*Natürlich nicht?* Bist du dir sicher?«

»Siehst du, es bleibt immer etwas hängen ...«

»Sorry. Das ist nur gerade alles ein bisschen viel für mich.«

»Verstehe.« Resigniert starre ich Hailey an.

»Vielleicht sah sie in dir mehr als nur ihren Boss. Und hat sich in dich verliebt.«

»Wie kommst du nur auf so etwas?«

»Sie schwärmte davon, wie süß du mit den Kids umgehst.«

»Das bedeutet doch nicht, dass sie in mich verknallt ist.«

Hailey stellt das Glas ab. »Es ist doch gar nicht so abwegig.«

»Da kann man nichts machen. Ich bin ein wahrer Frauenmagnet«, sage ich mit der nötigen Portion Selbstironie, damit es nicht überheblich klingt.

Hailey verdreht die Augen, kann sich dann aber ein Grinsen nicht verkneifen. »Jetzt mal ernsthaft. Das Eifersuchtsthema stand wieder im Raum. Eventuell fühlte Jade sich zurückgewiesen und verletzt, weil du mich auf die Reise mitgenommen hast, und hat daher diese Nachricht an die Journalistin verschickt. Das wäre möglich. Dieser Gedanke verfestigte sich immer mehr, doch dann wendete sich das Blatt ...«

»Was meinst du damit? Was ist passiert?«

Sie erzählt mir von der eigenartigen Situation auf der Toilette und wen sie in flagranti erwischt hat.

»Jade und Jordan?«, wundere ich mich kopfschüttelnd. »Das kann ich mir gar nicht vorstellen.«

»Hast du nicht mitbekommen, dass zwischen den beiden etwas läuft?«

»Nein. Offenbar haben sie es gut verborgen.« Ich zucke mit den Schultern. »Komm, leg dich hin.« Ich rücke an den Rand des Sofas und Hailey positioniert ihren Kopf auf meinem Schoß. Dann erzählt sie mir von Jerry und seinen Plänen und was sie sonst noch in Erfahrung gebracht hat. Und auch, dass ihr eine tätowierte, rothaarige Service-Lady das Leben gerettet hat. »Verdammt! Da passt man mal nicht auf dich auf und schon passiert so etwas!«

»Du hast dir also vorgenommen, auf mich aufzupassen?« Sie lächelt ein wenig belustigt.

»Immer.« Ich beuge mich hinunter, um ihre Wangen und ihre Lippen mit unzähligen Küssen zu bedecken.

»Ich würde mir wünschen, dass alles bald aufhört.«

»Es wird bald aufhören.« Ich streiche ihr über die Stirn. »Ich muss dir allerdings noch ein Geständnis machen.«

»O Gott! Was kommt jetzt?«

»Ich wollte dich entlasten, deshalb habe ich unten im Keller die Wäsche in die Maschine gepackt. Deine zuerst. Sorry, ich wusste nicht, dass man die nach Farben und weiß trennt. Einige von den Sachen sind jetzt knallrosa. Und einige sind auch irgendwie geschrumpft.«

»Du willst mich veräppeln.«

»Nein. Das ist mein Ernst.«

Ruckartig schnellt ihr Oberkörper hoch und sie schwingt die Beine vom Sofa. »Lass mich sehen.«

»Gehen wir runter.« Ich erhebe mich und greife zum Schlüsselbund.

Im Wäschekeller präsentiere ich Hailey das Ausmaß des Desasters. Fein säuberlich habe ich die Wäsche an der Leine aufgehängt. Ein leuchtendes Mahnmal, das mein Unvermögen für die alltäglichen Dinge dokumentiert.

Sie schlägt die Hände vors Gesicht. »Meine Shirts – alle rosa und eingelaufen«, wispert sie, als sie sich wieder gefangen hat.

»Sagte ich doch«, gebe ich unter verlegenem Kopfkratzen zu.

»Du solltest sie trotzdem verwahren. Vielleicht bekommen wir irgendwann mal ein kleines Mädchen, das sie tragen kann«, versuche ich, das Ganze aufzulockern. »Die Klamotten sehen irgendwie schick aus.«

Hailey lacht in einer Mischung aus echtem Lachen und verstörter Verzweiflung.

Ich ziehe sie an meine Brust. »Selbstverständlich kaufe ich dir neue Sachen.«

»Hast du das eben ernst gemeint? Das mit dem kleinen Mädchen, meine ich?« Sie blickt mit großen, fragenden Augen zu mir auf. »Hast du dir tatsächlich schon Gedanken über Kinder gemacht?«

»Ich weiß, eigentlich ist es dafür noch zu früh. Immerhin kennen wir uns erst seit wenigen Tagen. Doch wir haben schon so viel erlebt. Das reicht mir, um zu wissen, dass du die Frau bist, mit der ich Kinder haben will. Als ich dich mit den Kids auf Barbados spielen sah, wurde mir alles klar.«

»Dieser Gedanke hat sich merkwürdigerweise dabei auch ständig in meine Gedanken geschlichen, als ich dich mit den Kindern sah. Ich stellte mir vor, wie es wäre, wenn eigene um uns herumtoben. Wenn du der Vater meiner Kinder wärst … Wenn wir eine kleine Familie wären. Ist das verrückt?«

»Nein, das ist nicht verrückt. Dieses Gefühl, dass man glaubt, den anderen schon seit ewiger Zeit zu kennen, diese unerklärliche Vertrautheit – das nennt man wohl Liebe auf den ersten Blick.«

»Wir sind so unterschiedlich und doch gehören wir zusammen.«

Ich streiche mit dem Finger über ihre Wange. »Das tun wir.

Ich liebe dich«, spreche ich jene bedeutungsvollen Worte aus, die man niemals leichtfertig sagen sollte.

»Kannst du das wiederholen? Nur damit ich sicher bin?«, fragt sie.

»Ich. Liebe. Dich.«

»Ich dich auch.«

»Bitte sag es langsam, so wie ich.«

»Ich. Liebe. Dich«, lässt Hailey die Worte wie in Zeitlupe über ihre Zunge rollen, umschlingt mich und wir verlieren uns in einem begierigen Kuss. Ihre Finger krabbeln unter mein Shirt, auf meine nackte Haut. Das könnte ein äußerst heißer Quickie werden. Ich hebe sie auf die Waschmaschine, knöpfe ihre Bluse auf und schiebe den BH unter ihre Brüste.

»Wenn jemand kommt«, wispert sie, als meine Lippen einen ihrer Nippel reizen.

»Wer soll schon kommen? Um diese Zeit?« Meine Hand wandert unter ihren Rock. »Höchstens du, meine Süße.« Meine Finger sind schnell von ihrem Saft benetzt und spielen mit ihrer harten Perle. Ein verlässliches Mittel, um aus ihr ein Stöhnen hervorzulocken. Dann dringe ich mit zwei Fingern vorsichtig in sie ein und treibe sie mit rhythmischen Bewegungen auf den Höhepunkt zu. Ihr lauter werdendes Flehen darf sie dabei gern an meiner Halsbeuge ersticken, während sie sich an meinen Schultern festkrallt. Unter Zuckungen kommt sie heftig und ich spüre ihren Atem auf meiner Haut. »Am liebsten würde ich jetzt … du weißt schon was … Aber wir haben nichts, um …«, stammle ich, denn sie törnt mich dermaßen an, dass mein Sprachzentrum fast außer Gefecht gesetzt wird.

»Ich kann etwas tun, was dir auch ziemlichen Spaß bringen wird.« Sie hüpft von der Waschmaschine, öffnet meinen Gürtel und den Knopf meiner Jeans, zieht den Reißverschluss herunter und streicht mit ihrer kleinen Hand provokant über die Beule in meinen Boxershorts.

»Wir sollten uns beeilen, bevor das Ding da explodiert«, warne ich sie und streife die Jeans mit den Shorts nach unten.

»Und wie er explodieren wird.« Sie leckt sich über die Lippen und wackelt mit ihrer Zunge. Dann beugt sie sich hinunter und nimmt meine Eichel in ihren Mund. Sie saugt daran und nimmt meinen Schaft tiefer auf. Ihr dauerhaftes nach oben und unten Gleiten ist ein Reiz, den ich nicht lange aushalten werde.

»Fuck!«, stoße ich hervor. Mir schwinden die Sinne. Meine Oberschenkel spannen sich an und ich schließe die Lider. Ein Knurren entweicht meiner Kehle, als der Orgasmus mich ins Sternengewitter des Alls schickt. »Das müssen wir unbedingt mal wiederholen«, schlage ich atemlos keuchend vor.

»Dann sitzt du aber auf der Waschmaschine«, meint sie, richtet ihren BH und knöpft sich die Bluse zu. »Im Schleudergang gibt das einen zusätzlichen Kick. Und wir sollten überall Kondome dabeihaben … Am besten, wir kaufen demnächst eine Großpackung.«

Wir müssen beide lachen. Ich ziehe meine Hosen hoch und schließe die Jeans.

Gerade als sie ihren Rock in Ordnung bringt, geht die Tür quietschend auf und Lonny kommt herein.

»Scheiße! Ihr seid es bloß. Ich bin eben nach Hause gekommen und hab Geräusche aus dem Keller gehört.«

»*Yep*! Wir sind es nur.« Hailey lächelt ihn an. »Da war irgendwas mit dem Schlauch …«

»… der Waschmaschine«, ergänze ich so ernst wie möglich.

»Gemeinsam haben wir das Problem gelöst.«

O Baby! Und wie wir das Problem gelöst haben!

»Ah, verstehe.« Lonny reibt sich übers Kinn. Entweder ist er so naiv und hat es nicht geschnallt oder er will uns nicht in Verlegenheit bringen.

»Komm! Die Arbeit ist erledigt. Gehen wir wieder hoch«, sage ich zu ihr und lege den Arm um ihre Schulter.

Lonny folgt uns. Wir quetschen uns in den Aufzug.

»Gute Nacht!«, sagt er, als wir eine Etage vor ihm aussteigen.

»Gute Nacht!«, flötet Hailey mit einem Winken und ich wünsche dasselbe.

»Das hätte ins Auge gehen können«, sagt Hailey, als wir in ihrer Wohnung sind, und lehnt sich mit dem Rücken gegen die geschlossene Tür.

»Ja. Beinahe hätte er uns erwischt. Aber nun besteht keine Gefahr mehr. Wir können es überall treiben, wo du willst«, mache ich ihr meine Lust auf eine zweite Runde deutlich.

»Ich bin sicher, wir werden einen Platz finden.«

17

HAILEY

D*rei Tage später …*

Die letzten Tage habe ich damit verbracht, Informationen zu sammeln. Etwas Handfestes ist dabei nicht herausgekommen. Kal arbeitet von zu Hause aus. Gestern hatte er eine Videokonferenz mit Jade und hat ihr jede Menge Aufträge gegeben, die sie mit einem breiten Grinsen an mich weitergegeben hat. *Shit happens!*

Am frühen Morgen steige ich tapfer in die U-Bahn, um zur Arbeit zu gelangen. Ich habe es tatsächlich geschafft, mich auf dieses Monster einzulassen. Dank Kal. Er hat beim Frühstück genau aufgeschrieben, welche Bahn ich nehmen und wo ich umsteigen muss. Das heißt, er hat sich einen Spaß daraus gemacht und mir eine Zeichnung angefertigt. Überschrift: U-Bahnfahren für Dummies. Mit einem Strichmännchen, dessen Haare verzweifelt zu Berge stehen und das einen Schirm in der Hand hält. Die Ähnlichkeit mit mir ist nicht zu übersehen.

Es ist so wichtig, auch in schwierigen Zeiten den Humor nicht zu verlieren. Ich habe sehr gelacht.

Mit einer Portion Glück ergattere ich einen Sitzplatz. Da hat jemand eine Zeitung liegen lassen. Ich greife danach. Es ist der

New York Pulse von heute. Was soll ich damit machen? Mir auf der Toilette den Hintern damit abwischen? Das hätte das Schmierblatt zweifellos verdient. Die Schlagzeilen haben mir auf dem Weg an den Kiosken von überall entgegengeleuchtet. Immer noch ist Kal für diese Aasgeier interessant. Ich beschließe, mich trotzdem dem widerlichen Geschreibsel zu stellen, und nehme die Zeitung zur Hand.

Milliardär Kalvin Thornton abgetaucht. Führt er sein Luxusleben nach dem Skandal in einem anderen Land weiter?

»Ist das nicht furchtbar?« Meine Sitznachbarin hat den Kopf aufdringlich zur Seite geneigt, sodass sie mitlesen kann.

»Was meinen Sie?«

»Die armen Kinder! Dieser Kerl hat die Spendengelder veruntreut – unfassbar! In den Knast gehört der, wenn Sie mich fragen.«

»Das sind doch nur Gerüchte!«, verteidige ich Kal.

»Diese Superreichen bekommen den Hals nicht voll!«, mischt sich nun ein ungepflegter Typ ein, der sich an einer Haltestange festhält und mitgehört hat.

Das ist der Gipfel! Ich klappe die Zeitung zu und schnaube vor Wut. Es fehlt nicht viel und mir entweichen kleine Dampfwölkchen aus den Nasenlöchern.

»Ja. Ab ins Gefängnis«, poltert ein älterer Mann los.

»Eine Sauerei ist das!«, pflichtet eine Frau in einem eleganten Kostüm den anderen bei.

Das wilde Gemurmel verdichtet sich. Ich höre gar nicht mehr hin. Sonst muss ich im Strahl kotzen! Als die U-Bahn das nächste Mal anhält, steigen die Leute Gott sei Dank aus.

Das gibts doch nicht. Die junge Frau da vorn, die gerade eingestiegen ist – das ist die Tattoo-Lady vom Catering. So jemanden wie sie vergisst man nie. Sie trägt eine schwarze Jeansjacke mit Nieten. An einer Hand baumelt ein kleiner Rucksack. Zwischen ihren dunkel geschminkten Lippen erscheint plötzlich eine Kaugummiblase, die immer größer wird und kurz darauf platzt.

Sie lächelt und setzt sich neben mich.

»Hey! Wir kennen uns doch!«, sage ich.

»Ja, von der Party bei *T-Travel*.«

»Sind Sie auch auf dem Weg zur Arbeit?«, frage ich.

»Wie man es nimmt.«

Mit ihrer Antwort weiß ich nichts anzufangen. Aber es gibt Menschen, die gern alles kryptisch verpacken. Sie gehört offenbar dazu.

»Macht Ihnen die Arbeit beim Catering Spaß?«, nehme ich das Gespräch wieder auf.

»Ach, das war nur eine einmalige Sache«, erwidert sie und kaut mit großer Freude weiter. Süßlicher Erdbeergeruch entweicht aus ihrem Mund. »Wollen Sie auch einen? Kaugummi, meine ich?«

»Gern.«

Sie zieht den Reißverschluss ihres Rucksacks auf, holt die Packung heraus und gibt mir einen.

»Danke.« Ich wickle ihn aus und stecke ihn in den Mund. Meine Lieblingsmarke. Sie erinnert mich daran, wie ich als Kind mit dem Fahrrad zum Laden geradelt bin und mir von meinem Taschengeld Süßigkeiten gekauft habe. Süße, heile Kinderwelt.

»Ich habe da noch etwas für Sie.« Etwas umständlich kramt die junge Frau im Rucksack und holt einen Umschlag hervor.

»Was ist das?«

»Sorry, ich vergaß, mich vorzustellen. Nenn mich einfach Lou.«

»Okay. Hailey.«

»Gabriel hat dir von mir erzählt«, flüstert sie mir zu.

Mein Hirn muss diese Info erst ein paar Sekunden lang

verarbeiten. »Du bist Lou?«, frage ich ebenso leise. »Bist du auch ein Privatdetektiv?«

»Nun, eher eine Detektivin. Obwohl meine Möpse nicht allzu groß sind.« Sie lacht selbstironisch. »Eigentlich heiße ich Louisa.«

Ich inspiziere die neuen Fahrgäste. Vorwiegend junge Leute, welche durch Stöpsel in den Ohren ganz auf ihre Musik oder Hörbücher fokussiert sind oder was auch immer sie da treiben. »Mit dir habe ich gar nicht gerechnet.«

»Ich halte es da wie Gabriel. Pizzabote, Servicekraft … Solche kleinen Auftritte bereiten uns enorm Spaß. Hier, wichtige Infos für dich und Mr. Thornton.« Sie reicht mir den Umschlag.

»Darf ich ihn aufmachen?«

»Laut Gabriel besitzt du Mr. Thorntons volles Vertrauen.«

Neugierig ziehe ich ein paar Blätter hervor. »Gütiger Himmel! Das sind E-Mail-Verläufe von Jade«, stelle ich fassungslos fest. »Woher hast du …« Mir erstirbt das Wort im Munde. Natürlich, Dummchen! Sie muss es an dem Abend der Party gemacht haben! Deshalb war sie kurz verschwunden – um sich an Jades Computer zu schleichen.

»Glaub mir, es war keine Zauberei …« Sie zwinkert mir zu. »Als mich Gabriel kontaktierte, habe ich mich direkt an die Arbeit gemacht. Mein Interesse galt der ominösen Mail. Ich wollte wissen, woher sie kam.« Lou strahlt übers ganze Gesicht. »Ich habe herausgefunden, dass die Mail von Mr. Thorntons Firma gesendet wurde. Deshalb musste ich mich vor Ort nicht umständlich ins System hacken«, erklärt Lou, als wäre dies so simpel, wie sich die Fingernägel zu lackieren.

»Und das Passwort von Jade?«

Lou gähnt demonstrativ und schaut mich müde lächelnd an. »So einfach zu knacken wie eine Dose Aufbackbrötchen.« Sie tippt auf die Blätter. »Du solltest genau hinsehen. Das sind heiße Neuigkeiten.«

»O mein Gott! Jade hat ... Sie hat ...«, stammle ich, »Gwen Stout kontaktiert.«

»Scheint so.« Lou erhebt sich. »Du musst hier aussteigen«, erinnert sie mich. »Ich komme mit. Lass uns kurz ins Café gegenüber von *T-Travel* gehen.«

Wenige Minuten später sitzen wir dort mit zwei dampfenden Tassen Kaffee an einem Tisch.

»Ich hatte Jade ebenfalls im Verdacht«, berichte ich von meiner heißen Spur. »Sie war mit Kal – ich meine natürlich Mr. Thornton – mal beruflich auf Barbados und hat sich anscheinend in ihn verliebt. Deshalb dachte ich, es wäre Eifersucht im Spiel ...«

»Flattern hier gerade Schmetterlinge herum? Sie ist wohl nicht die Einzige, die sich verliebt hat.«

»Da läuft nichts zwischen uns«, wehre ich ihre Bemerkung sofort ab. »Er ist mein Boss.«

Schlagartig beginnt mein Gesicht zu glühen. Hailey, du bist eine schlechte Lügnerin.

»Du legst dich für deinen Boss aber ganz schön ins Zeug.«

»Er ist nicht nur mein Boss, er ist auch ein guter Mensch. Kal hat es verdient, dass man ihm hilft.«

»Okay. Du hast also auch bereits ermittelt«, stellt Lou mit amüsiert hochgezogener Braue fest. »Starke Konkurrenz.«

Ich lächle. »Ich konnte nicht einfach untätig herumsitzen. Deshalb bin ich ins Büro gegangen. Die Geburtstagsparty kam mir gerade recht. Ein paar Drinks lockerten Jades Zunge und sie plauderte die Sache mit Kal aus. Später habe ich sie dann mit Jordan Williams auf der Toilette erwischt.«

»Ich habe die beiden heimlich darin verschwinden sehen«, berichtet mir Lou von der gleichen Entdeckung. »Doch irgendetwas stört mich an der Sache.«

»Was meinst du?«

»Die Kleine ist so einfältig. Und sie scheint in diesen Jordan mächtig verschossen zu sein. Warum sollte sie sich die ganze Mühe machen, ihren Boss zu verunglimpfen? Das wirbelt doch nur unnötigen Staub auf.«

»Das stimmt. Was denkst du?«

»Jemand könnte eine falsche Spur gelegt haben. Die Mail wurde gelöscht – aber nicht aus dem Papierkorb. Warum sollte sie so dumm sein und Beweise hinterlassen?«

Ich lehne mich im Stuhl zurück und streiche mir über die Stirn. »Das nimmt ja immer brisantere Dimensionen an. Ich muss Mr. Thornton informieren.« Ich zwinkere ihr zu.

»Das solltest du tun! Aber geh danach sofort ins Büro. Du musst weiterhin die Augen und Ohren offen halten.«

»Ich bleibe dran. Danke, Lou.«

Sie trinkt ihren Kaffee aus, erhebt sich und schultert den Rucksack. »Danke mir erst, wenn wir den Fall geklärt haben.«

»Wie bleiben wir in Kontakt?«, frage ich und winke dann ab. »Versteh schon. Du wirst uns überraschen.«

»Den Spaß musst du mir gönnen.« Sie formt die Hand zu einer Pistole, zielt damit auf mich und schnalzt mit der Zunge. Dann verschwindet sie wie ein Geist in der Menschenmenge.

18

KALVIN

Am Abend erwarte ich Hailey bereits sehnsüchtig mit einem für meine Verhältnisse perfekt gedeckten Tisch. Ich habe sogar eine Kerze gefunden und diese angezündet, weil sie angekündigt hat, sie wäre bereits unterwegs. Auch zwei Sektgläser habe ich poliert. Ein exquisites Sternemenü inklusive Champagner ist bestellt. Es müsste gleich geliefert werden.

Nachdem sie mir von der Sache mit Lou und deren Entdeckung berichtet hat, war ich außer mir vor Wut. Jade? Ausgerechnet Jade? Warum nur? Ich kann es nicht glauben, doch die Beweise sind erdrückend. Sie hat die Mail an Gwen Stout gesendet.

Wer sollte sonst ein Interesse daran haben, mir zu schaden? Und es bleibt immer die Frage nach dem Warum. Ich habe mir stundenlang das Hirn zermartert. Selbstverständlich kenne ich nicht alle Mitarbeiter persönlich. Selbst wenn es Jade nicht war, muss es jemand aus meinem nahen Umfeld sein. Umso enttäuschender ist die Sache für mich.

Ich höre sie an der Tür und stürme in den Flur. »Da bist du ja!«

Sie gibt mir einen Kuss und legt ihre Hand auf meine Brust. »Es muss schrecklich für dich sein, nicht herausgehen zu dürfen. Du fühlst dich bestimmt wie ein Gefangener.«

»Allmählich fällt mir wirklich die Decke auf den Kopf.«

»Aber Finger weg von der Wäsche«, warnt sie mich.

»Gilt das auch für die Wäsche, die du am Leib trägst?«, raune ich und nestle an ihrer Bluse.

Sie gibt mir einen spielerischen Klaps auf die Finger. »Für diese gilt das nicht. Aber du musst noch ein wenig warten.«

»Du siehst müde aus.«

»Es ist so zermürbend. Ich habe nichts weiter herausgefunden«, eröffnet sie mir. »Alle sind total lieb und reden so gut über dich. Ich verstehe das nicht.«

Das Klingeln an der Tür unterbricht uns.

»Wer kann das sein?«, fragt Hailey.

»Ich habe uns etwas zu essen bestellt. Du müsstest gleich deine Kreditkarte zücken. Ich darf mit meiner ja nicht zahlen.« Ich versuche, mein smartestes Lächeln hinzubekommen.

»Schon gut. Lass mich raten, wer es liefert. Gabriel. Oder Lou«, meint sie und begibt sich zur Tür.

Ich ziehe mich ins Bad zurück. Sicher ist sicher. Niemand soll mich hier zu Gesicht bekommen. Neugierig lausche ich. Eine fremde Stimme. Hailey weist den Angestellten an, das Essen auf dem Tisch abzustellen. Als die Tür wieder ins Schloss fällt, luge ich heraus. »Ist die Luft rein?«

»Es war tatsächlich nur ein Kellner vom Restaurant.« Stirnrunzelnd checkt sie die Rechnung. »Du liebe Güte, was hast du da bestellt? Essbare Goldnuggets?«

»Ich wollte dir etwas Gutes tun und habe das Menü in einem Sternerestaurant geordert.«

»Der Lieferwagen könnte uns verraten.«

»Was meinst du?«

»Meine Nachbarn wissen, dass ich nur eine kleine Angestellte bin. Wie sollte ich mir das leisten können?«

»Du hattest diesem Lonny doch erzählt, ich wäre dein Freund …«

»Und?«

»Dann hast du eben einen reichen Freund. Wie hieß ich gleich noch? Ah, Michael.«

»Das klingt logisch.«

»Und dein Freund will heute mit dir feiern.«

»Haben wir denn etwas zu feiern?«

»Für mich gibt es immer etwas zu feiern. Denn ich habe dich.«

»Hattest du Langeweile und einen Komplimente-Ratgeber im Netz studiert?«, neckt sie mich.

»Die Komplimente sprudeln einfach nur so aus mir heraus, wenn ich dich sehe. Apropos sprudeln. Wie wäre es mit Champagner?«

»Ja. Lass uns anstoßen.«

»Erst ein Kuss.« Nachdem ich diesen bekommen habe, öffne ich die Flasche und schenke uns ein. Wir prosten uns zu und läuten den gemeinsamen Abend mit dem prickelnden Getränk ein.

19

HAILEY

A*m nächsten Vormittag ...*

Unkonzentriert sitze ich seit ein paar Stunden am Schreibtisch meines Büros. Irgendwie lassen sich keine neuen Ideen aus meinem Kopf saugen. Ich habe eine Blockade und brauche einen Kaffee. Auf in die Büroküche! Dort treffe ich Jordan, der einen Kaffeebecher in der einen und sein Smartphone in der anderen Hand hält.

»Hey!«, sagt er lächelnd und steckt sein Handy weg, als er mich sieht.

»Mein Hirn schreit nach Koffein.« Ich stelle eine Tasse unter die Maschine und wähle einen Cappuccino.

»Geht mir genauso. Unsere Jobs erfordern eine Menge Kreativität. Das läuft nicht auf Knopfdruck wie bei einer Kaffeemaschine.«

Ich nicke zustimmend. »Was mir jedoch viel mehr Sorgen bereitet, ist diese Hetzkampagne gegen Mr. Thornton. Sie schadet dem ganzen Unternehmen.«

Jordan zuckt mit den Schultern und stellt seine geleerte Tasse in die Spülmaschine. »Wir können nichts tun. Der Boss muss sich da selbst hinausmanövrieren.«

»Wir sitzen alle in einem Boot. Im Zweifelsfall werden wir gemeinsam untergehen.« Ich deute mit der Hand ein in den Wellen versinkendes Boot an. »Sollten wir daher nicht versuchen, zur Aufklärung beizutragen?«, provoziere ich ihn leicht.

»Wie gesagt – seine Sache. Der schafft das schon.« Jordan geht an mir vorbei und verlässt die Büroküche.

Enttäuscht bleibe ich zurück und nippe an meinem Cappuccino, als Jerry hereinkommt.

»Na, Hailey«, sagt er und braut sich einen Kaffee. »Du hast dich ja schon gut eingelebt.«

»Ja. Ich liebe den Job. Aber was ist denn mit Jordan los? Ihm scheint eine elefantengroße Laus über die Leber gelaufen zu sein.«

»Jordan ist ein launischer Typ. Das kennen wir alle schon. Sorry, ich muss zurück an den Schreibtisch. Die Arbeit macht sich nicht von allein …«

Ich nicke und trinke in Ruhe meinen Cappuccino. In meinem Unterleib spüre ich leichte Krämpfe. Oje, meine Tage haben eingesetzt. Ich stelle meine geleerte Tasse in die Spülmaschine und gehe zur Toilette. Ich brauche eine Schmerztablette. Bestimmt kann Jade mir weiterhelfen. Ich begebe mich zu ihrem Büro. Im hinteren Bereich des Raumes werkelt gerade ein Handwerker an der Klimaanlage herum.

»Hallo, Hailey! Was gibts?«, fragt sie. Ihre Erscheinung ist puppenhaft wie immer. Als hätte sie einen Filter über ihr Äußeres gelegt. Wie schafft sie das nur?

»Hi!« Der junge Arbeiter zwinkert mir smart zu.

»Hallo! Ich habe … « Verlegen räuspere ich mich, weil ein Mann im Raum ist. Wie soll ich es nur anfangen? »Ich habe die Maler im Keller«, versuche ich, ihr zu verklickern. Als Frau wird sie das kapieren.

»Oh! Es ist schwer, heutzutage gute Handwerker zu finden.«

Ihre frisch manikürten Finger fliegen über die Tastatur ihres Laptops.

Jades Einfältigkeit ist unglaublich. Sie kennt den gängigen Ausdruck nicht. Neuer Anlauf.

»Ich habe Besuch von der roten Lola«, teile ich ihr mit.

»Auch das noch! Die Maler im Haus und gleichzeitig Besuch. Das ist purer Stress«, bleibt sie begriffsstutzig.

Unruhig trete ich von einem Bein aufs andere. »Ich brauche eine Tablette. Gegen du weißt schon was …«

»Ah – sag das doch gleich!« Sie öffnet ihre Schreibtischschublade, zieht eine Packung hervor und reißt mir vom Blister zwei Tabletten ab. »Hier, bitte. Die sind super und helfen sofort.«

»Vielen Dank«, ächze ich erleichtert und kehre an meinen Platz zurück, wo ich direkt eine mit einem Glas Wasser schlucke. Bis die Wirkung eintritt, dauert es tatsächlich nicht lange. Ich kann ungehindert mit der Arbeit fortfahren. Am frühen Nachmittag ploppt eine Nachricht von einem unbekannten Absender auf meinem Handy auf.

»Du solltest eine Pause einlegen und dir am Eiswagen im Park eine Erfrischung gönnen. Lou.«

»Okay!«, antworte ich knapp. Das ist megaaufregend. Sie hat bestimmt Neuigkeiten.

Ich erhebe mich und schultere meine Tasche. »Ich muss kurz an die frische Luft«, erkläre ich Jordan, obwohl ich mich nicht abmelden muss. Wann, wie und wo man seine Pause verbringt, ist hier jedem selbst überlassen. Theoretisch kann man auch zum Waxing gehen.

»Aber klar doch.« Er nickt mir zu.

Ich mache mich auf den Weg zum Park. In der Mitte befindet sich eine gepflegte Rasenfläche, umgeben von Schatten spendenden Bäumen. Viele Menschen sitzen auf den Stühlen, die über der Wiese verteilt sind, genießen die Sonne und lauschen der Musik eines Gitarristen, der gängige Popsongs zum Besten gibt.

Wo ist der Eiswagen? Ich gehe ein paar Schritte, dann entdecke ich ihn. Ein weißer Van mit einer ausgefahrenen gestreiften Markise, unter der einige Kinder warten. Ich reihe mich ein und studiere die bunte Tafel mit den Softeissorten. Wo zum Teufel bleibt Lou? Ich kann sie nirgends entdecken. Vielleicht springt sie gleich aus dem Gebüsch und erschreckt mich.

Das gibts doch nicht! Zuerst vernehme ich ihre etwas kratzige Stimme, dann sehe ich sie. Mit einem weißen Häubchen auf dem Kopf und einer roten Schürze spielt sie die Eisverkäuferin und bedient fröhlich die Kids.

»Hallo!«, sage ich, als ich dran bin. »Neuer Job?«

Sie lacht. »Was darfs sein?«

»Schokoladensofteis. Pur«, entscheide ich schnell, denn Zuckerstreusel und Soße sind unnötiger Kram. »Ich nehme an, du hast Neuigkeiten für mich«, sage ich leiser.

»Eigentlich nicht. Gabriel bat mich um Hilfe bei einem anderen Fall. Beschattung eines untreuen Ehemannes. Normalerweise mache ich so etwas nicht, aber ich schulde ihm einen Gefallen. Weil ich in der Nähe bin, dachte ich mir, ich spendiere dir ein Eis.« Sie reicht mir das Hörnchen herüber.

»Danke.« Meine Mundwinkel verziehen sich nach unten. Das Eis sieht köstlich aus, aber ich hätte mir gewünscht, dass sie mir Positives zu berichten hat.

»Ich bin an eurer Sache dran. Sie hat Priorität«, versichert Lou mir und bedient den nächsten Kunden.

Ich setze mich mit meinem Eis auf die nächste freie Bank und fange an zu schlecken, bevor es schmilzt. Das passiert bei Softeis ratzfatz. Dann entdecke ich Jordan. Braucht er auch eine Verschnaufpause? Ich kann ihn gut verstehen. So perfekt die Büroräume auch klimatisiert sind – einen Augenblick draußen zu verbringen, ist notwendig zum Auftanken. Moment mal –

was macht er da? Er winkt heftig und beschleunigt seine Schritte. Ich vergesse vor Spannung mein Eis. Er bleibt vor einer Frau stehen, die ein weites Sommerkleid und einen Hut sowie eine Sonnenbrille trägt. Er umarmt sie. Was läuft da? Als sie sich wieder voneinander lösen, beobachte ich, wie er seine Hand auf ihren Bauch legt. Großer Gott, sie ist schwanger! Aber er hat doch was mit Jade.

Halt, Hailey! Nur weil sie sich die Seele aus dem Leib poppen, bedeutet das nicht, dass sie sich innig lieben. Das ist deine romantisch verklärte Welt. Vielleicht hat der Kerl mehrere Eisen im Feuer.

Wohin gehen die beiden? Verdammt, wo ist Lou, wenn man sie braucht? Sie steckt in einem verfluchten Eiswagen und bespaßt Kids. Nun muss ich wieder selbst die Detektivin spielen. Unauffällig folge ich den beiden. Jordan hat inzwischen vertraulich den Arm um sie gelegt.

Das Eis läuft mir in der Hitze inzwischen wie braune Brühe über die Hand. Bäh! Ich sehe aus, als hätte ich ins Klo gegriffen.

Ich werfe das restliche Eis weg und wische mir mit einem Papiertaschentuch die Hand sauber. Das war ein Fehler. Jetzt habe ich die Turteltauben aus den Augen verloren. Wütend stampfe ich mit dem Fuß auf und schaue mich hektisch um. Nein, da sind sie ja! Sie haben sich unter den Sonnenschirm eines Cafés gesetzt. Die Frau nimmt den Hut ab. Ihre wasserstoffblonden Haare leuchten im Licht wie die einer Hollywood-Diva. Mir stockt der Atem. Als sie dann noch ihre Sonnenbrille abnimmt, wird es Gewissheit. Das ist Cassidy. Die Ex von Kal. Das Kartoffel-Milliardärs-Flittchen. Sie und Jordan? Diese explosive Entdeckung lässt mein Herz stolpern. Warum hat er ihr über den Bauch gestreichelt, als sei er der Vater? Was treiben die beiden für ein Spiel? Die arme Kartoffel.

Hm. Was geht es mich an? Kal sollte es jedoch wissen. Ich muss es ihm persönlich sagen. Irgendwie ist mir nicht gut. Das ist alles zu viel für mich, mein Körper macht schlapp. Ich nehme mein Handy aus der Tasche und rufe Jade an.

»Hey, hier ist Hailey. Mir gehts nicht gut. Die Tabletten haben nur kurzfristig geholfen. Ich bin zum Luft schnappen gerade im Park. Am besten, ich fahre nach Hause und lege mich hin.«

»Kein Thema. Gute Besserung«, wünscht sie mir.

»Danke.« Die Ahnungslose. Wie wird sie sich fühlen, wenn sie es irgendwann erfährt? Ich stecke mein Handy weg und gehe zum Eiswagen. Lou bedient ein junges Paar mit Kindern und fragt mich anschließend, was los ist. »Das erkläre ich dir lieber unter vier Augen.«

»Okay. Komm bitte nach hinten.« Kurz entschlossen schließt sie das Verkaufsfenster, hängt das »Geschlossen-Schild« daran und fährt die Markise ein.

Ich betrete den Wagen und berichte Lou von meiner Beobachtung.

»Sehr interessant«, murmelt sie. »Was das allerdings für den Fall bedeuten könnte, weiß ich noch nicht.«

»Vielleicht gar nichts. Aber es ist ein starkes Stück. So oder so.«

»Jordan kann sie von damals kennen, als sie im Unternehmen noch ein und aus gegangen ist.«

»Da ist etwas Wahres dran …«

»Ich werde die beiden noch mal gründlich durchleuchten. Nicht röntgen. Du weißt schon …«

»Ich bin zwar ein bisschen verpeilt, aber so blöd dann doch nicht.«

»Gut. Hast du Lust auf eine Spritztour mit einem Eiswagen?«

»Mich kann nichts mehr erschüttern.«

»Ha! Du siehst das alles zu negativ. Ich fahre dich nach Hause.«

»In Ordnung. Ich sage Kal Bescheid, dass ich unterwegs bin.

Er wird aus allen Wolken fallen, wenn ich ihm erzähle, was ich eben erlebt habe.«

»Setz dich auf den Beifahrersitz«, fordert Lou mich auf, nimmt ihr Hütchen sowie die Schürze ab und begibt sich hinter das Steuer. »Schnall dich an!«

»Geht klar.« Ich folge ihrem Befehl. Bestimmt hat die taffe Tattoo-Lady einen rasanten Fahrstil. Langsam tuckernd fährt sie los und fädelt sich auf der Straße in den Verkehr ein. Auch da beschleunigt sie nur auf ein Mindestmaß an Geschwindigkeit. Verdammt, klemmt das Gaspedal etwa? Ich habe mich getäuscht. An ihr ist wahrlich keine Rennfahrerin verloren gegangen. Da wäre ich zu Fuß schneller.

20

KALVIN

Ich sitze auf dem Sofa, als Hailey die Wohnung betritt. Sie zieht ihre Schuhe aus und stellt ihre Handtasche auf den kleinen Schrank im Flur. Dann kommt sie zu mir, setzt sich neben mich und gibt mir einen innigen Kuss.

»Ich habe die ganze Zeit aus dem Fenster geschaut. Warum bist du von einem Eiswagen hergebracht worden?«, will ich wissen, obwohl mich in dieser verrückten Zeit gar nichts mehr wundert.

»Das war Lou. Ich erzähl dir gleich alles.« Sie streichelt mir über die Wange. »Du bist ganz blass. Das Ganze nimmt dich stärker mit, als du zugeben willst.«

»Ich halte das hier nicht mehr aus! Mein Unternehmen kann ich nicht mehr aus dieser Bude leiten. Ich muss wieder in mein Büro und mich den Dingen stellen«, fahre ich wütend aus der Haut.

»Das ist für dich eine Bude?« Hailey starrt mich mit eisigen Augen an. »Ist das dein Ernst?«

O Mann! Erst überlegen – dann sprechen. Am besten zwischendurch noch mal überlegen.

»Sorry!«

»Dein billiges *sorry* kannst du dir sparen. Da draußen laufen Leute herum, darunter übrigens auch ich, die sich für dich den Arsch aufreißen.« Aufgebracht springt Hailey auf. »Ich kenne dich erst kurze Zeit. Wir haben Sex. Jede Menge Sex. Wirklich guten Sex. Du kommst in eine Notsituation und ich helfe dir, indem ich dir meine Wohnung als Schutzzone überlasse.«

»Bis dahin perfekt wiedergegeben«, witzle ich mit der Vorahnung, dass es gleich noch schlimmer kommt.

»Sei still.« Hailey fährt sich durchs Haar. Das ist sexy. Ich mag es, wenn sie sich so aufregt. »Und dann nennst du meine Wohnung eine Bude?«

»Aus deinem Mund klingt das viel negativer, als ich es damit ausdrücken wollte.«

»Kalvin Thornton!«, brüllt sie mich an. »Da ist die Tür! Du darfst gern in deine verschissene Glamourwelt zurückkehren.«

»Nun beruhig dich doch.« Ich gehe zu ihr und nehme sie in den Arm. »Ich halte es wirklich nicht mehr aus.«

»Ich verstehe dich. Aber lass deine Wut nicht an mir aus.«

»Das war falsch. Das stimmt. Allerdings habe ich heute eine Mail vom Teammanager der *Meteors* bekommen. Er bat mich darum, von meinem Sponsoring zurückzutreten. Sie wollen den Schritt vermeiden, mich rausschmeißen zu müssen.«

»Das ist ja furchtbar. O mein Gott, Kal!«

»Es kommt noch besser. Mehrere Hotelketten haben sich gemeldet und möchten nicht mehr mit *T-Travel* zusammenarbeiten. Sie befürchten schlechte Publicity.«

»Ich weiß nicht, was ich sagen soll.«

»Sag besser nichts. Ich muss jetzt etwas tun. Irgendetwas …«

»Halte durch! Lou verfolgt eine Spur. Wir trinken jetzt erst mal einen Beruhigungstee. Dann berichte ich dir alles.«

»Okay«, gebe ich klein bei. Was habe ich auch für Möglichkeiten?

»Wenn wir Glück haben, findet der Schlamassel bald ein

Ende.« Hailey schaltet den Wasserkocher an, um den Tee aufzubrühen. Wenige Minuten später sitzen wir mit unseren Bechern am kleinen Küchentisch. Sie berichtet mir alles in Ruhe und bis ins letzte Detail, was heute vorgefallen ist.

Ich schließe kurz die Lider und reibe mir darüber. Diese Story nimmt Dimensionen an, die jenseits meiner Vorstellungskraft liegen. »So wie es aussieht, schickt Jade diese verrückte Mail an die Journalistin. Jordan vögelt Jade und trifft sich im Park mit Cassidy. Wie und wo haben die beiden sich denn kennengelernt? Und was spielt die alte Kartoffel Ross Waterman für eine Rolle?«

»Lou will Cassidy und Jordan noch mal checken. Sicher wird sie bald mehr herausfinden.«

»Ich suche immer noch nach einem Motiv. Aber mir will nichts einfallen …«

Am nächsten Morgen …

Durch das Klingeln eines Handys wachen Hailey und ich auf. Es ist meins.

»Wie viel Uhr ist es?«, fragt Hailey müde.

Ich sehe auf das Display. »Verdammter Mist! Wir haben verschlafen. Es ist schon neun Uhr.«

»Das darf nicht wahr sein«, beschwert sie sich und klettert aus dem Bett.

»Unbekannter Anrufer«, sage ich zu ihr. »Ich stelle auf Mithören.«

»Hier ist Lou«, vernehmen wir eine weibliche Stimme. »Hallo, Mr. Thornton. Wir kennen uns leider noch nicht persönlich.«

»Aber ich habe bereits eine Menge von Ihnen gehört.«

»Nur Verrücktes, hoffe ich.«

»Na ja. Einiges war schon dabei.«

Sie lacht. »Weshalb ich anrufe. Ich habe gute Neuigkeiten.«

»Sie haben etwas herausgefunden?«

»Ich würde sagen, dass ich stichhaltige Beweise habe.«

Ich springe aus dem Bett und balle eine Hand zur Faust. *Yes*!

»Das ist fantastisch«, ruft Hailey und tigert im Raum herum.

»Verlassen Sie in fünfzehn Minuten das Haus. Auf dem Parkplatz davor wird ein schwarzer Van mit dem Logo einer Alarmanlagenfirma stehen. Öffnen Sie die Seitentür und steigen Sie ein.«

»Schon klar, dass da noch etwas Abgedrehtes kommen muss.«

»Es ist Ihre Wahl. Nach fünfzehn Minuten wird der Van sich wieder in den Verkehr einfädeln und für immer verschwinden.«

»Ich bin auf dem Weg.« Schnell stecke ich das Handy in meine Hosentasche und umarme Hailey. »Wir haben es geschafft, Baby.« Ich drücke ihr unzählige Küsse auf den Scheitel. »Der Albtraum geht zu Ende.«

21

KALVIN

Drei Tage später …

In einem dunklen Anzug sitze ich am Konferenztisch im Saal eines luxuriösen New Yorker Hotels und falte die Hände wie zu einem Gebet. Äußerlich mag ich gefasst wirken, aber in mir zieht ein Tornado auf. Nur die Frau an meiner Seite kann verhindern, dass dieser eine Verwüstung anrichtet. Wie immer ist es Hailey, mein Engel. Sanft legt sie ihre leicht kühle Hand auf meine und lächelt mir zu. In ihrem hellen Kostüm und mit den hochgesteckten Haaren sieht sie so zart aus, so zerbrechlich. Doch sie ist mit mir unerschütterlich durch den Sumpf aller Anschuldigungen gewatet. Sie ist eine starke Frau. Ich liebe sie mehr, als Worte es je ausdrücken könnten.

Die Tür geht auf und Jordan kommt herein, in einem schicken hellblauen Designeranzug und einem weißen Hemd, das er aufgeknöpft trägt.

»Hi, Jordan! Setz dich doch bitte.« Ich deute auf einen der Stühle uns gegenüber.

»Was ist denn los?«, fragt Jordan ohne Begrüßung und nimmt Platz. Seine eisblauen Augen heften sich auf mich. »Kal, du bestellst mich in dieses Hotel. Was soll das? Und was macht Hailey hier?«

»Das wirst du gleich erfahren«, antworte ich.

»Dann leg los!« Neugierig starrt Jordan mich an.

»Wir warten noch auf jemanden«, sagt Hailey.

»Was hast du denn hier für eine Funktion?«, will er wissen.

»Heute bin ich die Assistentin von Mr. Thornton.«

»Auf wen warten wir?« Jordan trommelt mit den Fingern auf die Tischplatte.

Ich hasse diese nervige Geste und mahle warnend mit dem Kiefer.

Die Tür geht mit Schwung auf und Gabriel betritt ungewöhnlich seriös in einem dunklen Anzug und straff zurückgebundenen Haaren den Raum. Er legt einen Aktenkoffer auf den Tisch, setzt sich und öffnet die Schnallen mit einem gleichzeitigen Klicken. Was wird er hinausbefördern? Wir halten alle die Luft an.

Es ist eine verschissene Thermoskanne.

»Entschuldigung. Ich bevorzuge meinen eigenen Tee«, sagt er und schenkt sich in Seelenruhe welchen ein.

Hailey schaut mich mit großen Augen an. Ihre Lippen formen lautlos: »Was macht er da?« Ich zucke mit den Schultern.

»Wer ist denn der Typ?«, fragt Jordan.

»Ein Freund, der mich in einer Notsituation unterstützt hat.«

Jordan legt den Kopf schief.

Als Gabriel getrunken hat, geht ein weiteres Mal die Tür auf. Ross Waterman tippelt langsam am Stock herein. Er sieht noch krummer aus als bei unserer letzten Begegnung.

»Und wer ist das jetzt?« Jordan deutet auf den Milliardär.

»Nun tu doch nicht so, als würdest du ihn nicht kennen«, erwidere ich. Das ist der Gipfel! Aber er spielt sein Spiel perfekt, das muss man ihm lassen.

Der alte Herr setzt sich ächzend. »Ich denke, Sie wissen sehr genau, wer ich bin, Mr. Williams. Aber der Höflichkeit halber will ich mich trotzdem vorstellen. Ross Waterman.«

»Ich verstehe immer noch nicht, was das Ganze soll«, fährt Jordan mit einem Pokerface fort.

»Das wollen wir Ihnen gern erklären, Mr. Williams. Deshalb sind wir hier«, ergreift Gabriel das Wort. »Doch leider sind wir immer noch nicht vollzählig.«

»Frauen. Sie verspäten sich immer«, meint Mr. Waterman kopfschüttelnd.

Die Tür öffnet sich und Cassidy tritt ein. Verwirrt bleibt sie stehen und schaut in die Runde. »Darling, du sagtest, ich solle herkommen. Du hättest eine Überraschung für mich«, mault sie ihren betagten Lover an. »Was ist das für eine Überraschung?«, kiekst sie dann ein wenig ängstlich. Langsam dämmert es ihr, dass die Ansammlung von uns allen nichts Gutes bedeuten kann. Vor allem, weil auch ihr Lover Nummer zwei anwesend ist.

»Setz dich«, weist Mr. Waterman sie streng an und deutet auf den Stuhl neben sich. »Deinen Ex kennst du ja. Die junge Lady neben ihm ebenfalls. Der andere Kerl ist ein Privatschnüffler. Und Mr. Williams sollte dir auch nicht unbekannt sein.«

»Schatz, wovon redest du?«

»Sei still und hör zu.«

»Mr. Williams, in welcher Beziehung stehen Sie zu Ms. Cassidy Grey?«, stellt Gabriel Jordan mit ernstem Gesicht eine Frage.

»In gar keiner«, prustet er.

»Was unterstellen Sie uns da?«, echauffiert sich Cassidy. »Das ist unglaublich!«

»Diese Bilder sagen da etwas ganz anderes«, meint Gabriel, holt bedeutungsvoll einen Satz Fotos aus der Mappe und legt sie ihm sowie Cassidy vor. »Mr. Waterman, haben Sie sich nicht gewundert, warum Ms. Grey oft mittags für eine Stunde verschwunden ist?«

Die Fotos zeigen Cassidy und Jordan, die sich fast täglich im Park getroffen haben und in ein Café gegangen sind. Sie haben sich innig geküsst und Jordan hat immer wieder die Hand auf ihren Bauch gelegt, wie es nur ein werdender Vater tun würde.

»Und du sagtest mir immer, du würdest dich mit deinen Freundinnen zum Shoppen treffen.« Vorwurfsvoll schaut Mr. Waterman Cassidy an.

»Ich habe mich ab und zu mit Jordan im Park getroffen, das ist richtig«, mischt sich Cassidy ein. »Wir sind aber nur Freunde.«

»Woher haben Sie die?«, fragt Jordan Gabriel und hebt eins der Fotos hoch, um es genauer zu betrachten. Seine Hand zittert leicht.

»Wie Mr. Waterman beschrieben hat, bin ich ein Privatschnüffler. Ich bevorzuge allerdings den Begriff Privatdetektiv. Eine Kollegin und ich sind Ihnen einige Tage gefolgt.«

»Wie Ms. Grey sagt, wir sind nur Freunde«, erwidert Jordan.

»Das ist noch lange nicht alles«, trumpft Gabriel auf und zieht einige Unterlagen hervor. »Hier ist eine Liste mit den Anrufen, die Sie von Ihrem Smartphone aus getätigt haben. Sie haben häufig mit Ms. Grey telefoniert. Und das sind Auszüge aus Ihren Chatverläufen, wodurch sogar bewiesen wird, dass Sie der Vater des Kindes sind. Wollen Sie jetzt noch immer behaupten, dass Sie nur Freunde wären?«

»Ist das nicht illegal?«, ruft Jordan erzürnt.

»Sie haben Mr. Thornton beinahe wirtschaftlich vernichtet. Das sollte das geringste Problem darstellen«, antwortet Gabriel.

»Nur Freunde?«, wird es Mr. Waterman nun auch zu bunt. »Schätzchen, ich war blind vor Liebe. Ich hätte dir alles gegeben. Sogar ein Kind. Als es mit dem Baby klappte, war ich überglücklich. Ich hatte keine Zweifel, dass es meins war. Dass du mich so enttäuschen würdest, hätte ich nie gedacht.« Er zieht ein Taschentuch aus der Innentasche seines Sakkos und tupft sich die Tränen weg.

Er tut mir aufrichtig leid. Mit Geld kann man sich so vieles erkaufen, nur die Liebe nicht. Diese Weisheit gilt für alle Zeiten.

Cassidy läuft rot an und presst ihre aufgespritzten Lippen aufeinander.

»Ihr solltet endlich die Karten auf den Tisch legen«, gebe ich ihnen eine letzte Chance.

Jordan reibt sich übers Gesicht. »Also gut«, zeigt er sich einsichtig, als er erkennt, dass es keinen Ausweg gibt.

»Schieß los! Wie habt ihr euch kennengelernt?«, frage ich.

»Ich habe Cassidy im Aufzug der Firma getroffen, als du gerade mit ihr Schluss gemacht hast.«

»Wir hatten gemeinsam beschlossen, dass es aus ist«, korrigiere ich.

»Cassidy war in Tränen aufgelöst und erzählte mir etwas anderes. Sie sagte, du hättest sie weggeworfen wie eine nutzlose Puppe.«

»Das stimmt nicht. Wir passten nicht zusammen. Für eine Beziehung hat es nicht gereicht.«

»Jedenfalls habe ich sie auf einen Kaffee eingeladen. Nun – sie ist heiß. Ich ergriff die Gelegenheit, um sie zu trösten und sie dann ins Bett zu kriegen.«

»Du ... Du wolltest mich nur ins Bett kriegen? Das war nur eine Masche?« Cassidys Unterlippe bebt.

»Spiel hier nicht das Unschuldslamm. Du warst nur des Geldes wegen mit mir zusammen«, wirft Mr. Waterman ein. »Du bist eine großartige Schauspielerin, Cassidy. Es wundert mich, dass du in dem Bereich nicht längst Karriere gemacht hast.«

»Ross – ich fühlte mich von dir angezogen«, versucht sie krampfhaft, etwas zu retten, was nicht zu retten ist.

»Ich habe einen Spiegel zu Hause, Schätzchen. Meine Augen

mögen zwar nicht mehr die besten sein, aber ich erkenne, wer ich mittlerweile bin. Ein Greis. Du siehst, ich bin nicht mehr verblendet. Diese Sache hat mir die Augen geöffnet.«

»Wie lange wollten Sie Mr. Waterman diese Schmierenkomödie denn noch vorgaukeln?«, will Gabriel wissen. »Wollten Sie auf seine Kosten Ihren ausschweifenden Lebensstil finanzieren? Der Anzug, den Mr. Williams trägt, kostet zweitausend Dollar. Und die goldene Uhr an seinem Handgelenk ist ein Geschenk von Ihnen, Ms. Grey. Der Juwelier verlangt für dieses Teil über zehntausend Dollar.«

»Du hast ihm eine Armbanduhr gekauft? Von meinem Geld?« Mr. Waterman tupft sich die Schweißperlen auf seiner Stirn mit demselben Taschentuch ab, das er eben für seine Tränen benutzt hat. »Ich muss hier raus!« Mr. Waterman erhebt sich wütend. »Du wirst sofort aus meiner Villa verschwinden. Deine Sachen lasse ich zusammenpacken und dir nachschicken. Ich will dich nie mehr wieder sehen!« Der alte Herr verlässt schlurfend den Raum.

»Ross, das kannst du mir doch nicht antun!«, ruft sie ihm hinterher. Doch dann fällt die Tür schon ins Schloss.

»Ms. Grey, Mr. Williams ist der Vater des Kindes und wird für Sie sorgen.« Gabriel blickt Jordan an und legt den Kopf schief. »Oder haben Sie eher Interesse an Jade Noack, Mr. Williams?«

»Wer soll das sein? Jordan, los, sag etwas!«, fordert Cassidy ihn auf.

»Jade Noack ist meine Assistentin«, kläre ich sie auf. »Den Rest muss dein Liebster dir beichten«, überlasse ich ihm das Feld. Vor dieser Aufgabe kann er nicht den Schwanz einziehen.

»Es war nur Sex«, sagt er augenrollend. »Eine kleine, unbedeutende Büroaffäre. Du hast ja plötzlich keine Lust mehr, seitdem du schwanger bist ...«

Cassidy erhebt sich so abrupt von ihrem Stuhl, dass dieser

krachend umfällt. »Du verdammtes Schwein!«, schreit sie. »Wie konntest du nur?«

»Beruhigen Sie sich und nehmen Sie wieder Platz«, bittet Gabriel sie und macht eine beschwichtigende Geste. »Wir wollen Ihre Gesundheit und die Ihres Babys nicht gefährden. Aber Sie müssen sich dieser Sache stellen.«

Cassidy setzt sich und schnieft in ein Papiertaschentuch.

»Mr. Williams, kommen wir zum eigentlichen Zweck unseres Meetings. Es gibt da noch etwas aufzuklären«, erinnert Gabriel ihn. »Sie haben von Jades Computer in der Firma aus eine Nachricht an Ms. Gwen Stout geschickt, einer Journalistin des *New York Pulse*. In diesem Schreiben wird behauptet, aus sicherer Quelle zu wissen, dass Mr. Thornton Spendengelder unterschlagen habe. Warum haben Sie das getan?«

»Woher wollen Sie wissen, dass ich es getan habe?«, hakt er lauernd nach.

»Auch da haben wir stichhaltige Beweise, Mr. Williams.« Gabriel tippt mit dem Zeigefinger auf die Tischplatte.

Jordan lehnt sich mit verengten Lidern über den Tisch. »Wenn das so ist – dann legen Sie mir diese Beweise doch vor.«

»Kein Problem.« Gabriel tippt etwas in sein Handy und wenig später geht die Tür auf.

»Guten Tag«, grüßt Jade in einem für ihre Verhältnisse zurückhaltenden Kostüm und nimmt Platz.

»Ms. Noack – Sie haben mit eigenen Augen gesehen, wie Mr. Williams sich an Ihrem Computer zu schaffen gemacht hat«, wendet Gabriel sich an sie.

»Ja, das habe ich gesehen. Ich wollte kurz auf die Toilette. Als ich zurückkehrte, wunderte ich mich darüber, was er dort trieb. Doch er redete sich damit heraus, dass er sich in meinem Büro aufhielt, weil er mich zum Lunch einladen wollte. Das fand ich so süß, dass ich nicht weiter nachgehakt habe.«

»Das alles geschah zu der besagten Zeit?« Gabriel nennt ein Datum und eine Uhrzeit.

Jade nickt. »Das weiß ich noch so genau, weil ich im Vorraum der Toilette ein Video mit meinem neuen Lippenstift für meinen Social-Media-Account gedreht und hochgeladen habe«, bestätigt sie. »Das Licht ist dort einmalig.«

»Dies ist genau der Zeitpunkt, an dem die Mail an die Journalistin rausging. Mr. Williams wollte diese dann löschen, damit Sie nichts merken. Doch durch Ihr plötzliches Erscheinen hat er einen Fehler gemacht und die Mail nur in den Papierkorb verschoben.«

Jordan schaut zu Boden, als er registriert, dass das Spiel endgültig aus ist.

»Warum hast du das getan?«, frage ich ihn.

»Cassidy hat mich angestachelt. Immer wieder. Sie gab keine Ruhe und wollte sich an dir rächen. Und du weißt ja, wenn sie etwas will, lässt sie nicht locker, bis sie es bekommt.«

»Ich habe gedacht, es erscheint nur ein kleiner Artikel in der Zeitung«, versucht sie, uns aufzutischen. »Eine Meldung, die dich ärgert, Kal.«

»Das glaubst du doch wohl selbst nicht!«, rufe ich aus. »Bist du dir überhaupt bewusst, was du angerichtet hast? Du hast mir geschadet. Der Hilfsorganisation und letztendlich auch dem Unternehmen.«

»Was passiert nun?« Jordan wird unter seiner künstlichen Bräune bleich.

»Viel wichtiger ist, was aus mir wird!«, jammert Cassidy. »Hättest du die ganze Schuld nicht auf dich nehmen können? Schließlich trage ich dein Kind unter dem Herzen.«

»Ich mache euch folgenden Vorschlag. Jordan wird gleich morgen seine Kündigung einreichen. Noch heute werdet ihr Graham Shaw vom *New York Pulse* ein Schuldbekenntnis zukommen lassen, indem ihr eure Lügengeschichte ausführlich darstellt. Abschließend werdet ihr der Hilfsorganisation eine Spende zukommen lassen. Seid nicht zu geizig. Zur Not verkauf deine Luxusuhr, Jordan.«

»Kal, das kannst du doch nicht verlangen«, fleht er. »Außerdem waren eure Methoden bestimmt nicht legal.«

»Das Risiko nehme ich in Kauf. Ich werde das ganze Beweismaterial meinem Anwalt übergeben. Dann sehen wir weiter. Das wird mit Sicherheit große Wellen schlagen.«

»Du bist eine falsche Schlange. Hätte ich nur nicht auf dich gehört!«, beschimpft Jordan Cassidy.

»Und du bist ein miserabler Schuft!«

»Ms. Grey! Mr. Williams! Klären Sie das bitte unter sich«, ruft Gabriel die zwei zur Räson, bevor der Streit eskaliert. »Gehen Sie auf den Vorschlag von Mr. Thornton ein?«

Beide nicken stumm.

»Dann können Sie jetzt gehen.« Gabriel erhebt sich und führt die beiden zur Tür. Cassidy wirft mir einen letzten giftigen Blick zu. Dann verlassen sie und Jordan den Raum und verschwinden wie ein böser Spuk.

Gabriel kommt zum Konferenztisch zurück. »Jetzt müssen wir nur noch deinen Ruf wiederherstellen«, erklärt er.

»Vor allem tut es mir für die Kids leid«, sage ich. »Die Spendenbereitschaft ist enorm eingebrochen.«

»Das wird schon. Bald wird die Organisation ja eine großzügige Spende erhalten.« Er zwinkert mir zu.

»Wir schaffen das schon.« Hailey schmiegt ihren Kopf an meinen Arm. »Ich bin so froh, dass das alles vorbei ist«, gesteht sie erleichtert.

»Ich habe jemanden kontaktiert«, wartet Gabriel mit großartigen Neuigkeiten auf. »Du kannst die Lady in ihrem Büro aufsuchen.« Er reicht mir eine Visitenkarte. »Es ist gleich um die Ecke. Du solltest keine Zeit verlieren. Mrs. Crown erwartet dich bereits.«

»Wenn das so ist …« Ich erhebe mich und Gabriel ebenfalls. Wir schütteln uns kräftig die Hände. »Danke. Ohne dich hätte ich das alles nicht geschafft.«

Er lächelt. »Und ohne Lou. Aber vor allem niemals ohne die Lady an deiner Seite.« Gabriel verschließt seine Thermoskanne und packt sie in seinen Koffer.

»Ohne Hailey wäre ich nichts. Weniger als ein Staubkorn im Wind.«

Gabriel nickt und verlässt den Raum.

Dann küsse ich Hailey. In diesem Kuss liegen Erleichterung und die Hoffnung auf eine unbeschwerte Zukunft. Auch wenn der Kampf noch nicht komplett zu Ende ist. Gemeinsam sind wir so stark, dass uns nichts und niemand etwas anhaben kann.

22

KALVIN

E*inige Tage später …*

Hailey hat uns zum Frühstück frische Bagels geholt und den *New York Pulse*. Heute soll nach unseren Informationen die Stellungnahme der Zeitung erscheinen. Natürlich wollen wir das schwarz auf weiß lesen. Ich habe bereits Kaffee gekocht, der dampfend in den Bechern auf dem Tisch steht.

»Lies den Artikel vor!«, bittet sie mich.

»*Milliardär Kalvin Thornton zu Unrecht beschuldigt!*«, koste ich die fette Schlagzeile aus und mache eine Pause. »Die Ermittlungen haben ergeben, dass ein Mitarbeiter seiner eigenen Firma die infame Lüge in die Welt gesetzt hat, der CEO habe Spendengelder für seine Wohltätigkeitsorganisation *Changes & Chances* veruntreut«, lese ich feierlich und mit fester Stimme vor. »Er wurde von Mr. Thorntons Ex-Geliebter dazu angestiftet. Cassidy G. und Jordan W. haben die Schuld auf sich genommen und der Hilfsorganisation eine großzügige Spende zukommen lassen. Mr. Thornton hat daraufhin von weiteren Schritten abgesehen.«

Hailey atmet erleichtert durch. »Endlich ist es vorbei.«

»Gott sei Dank! Es war die schlimmste Phase meines Lebens.«

»Der wahre Horror.«

»Nachdem wir heute im Unternehmen waren, wird es Zeit, dass ich wieder in mein Loft zurückkehre. Du musst unbedingt Lionel, Stanley und Samantha kennenlernen.«

»Hast du sie sehr vermisst?«

Ich lache. »Irgendwie schon. Dass sie mich vermisst haben, wage ich allerdings zu bezweifeln.«

»Wer weiß?« Hailey lacht mit. »Fische haben auch Gefühle. Das haben viele Zeichentrickfilme bewiesen.«

»Absolut«, bestätige ich immer noch lachend. »Pack ein paar Sachen ein. Ich denke, wir werden dann erst mal bei mir bleiben. In meiner *Bude* haben wir ein bisschen mehr Platz.«

»Das mache ich.« Hailey blickt zur Uhr. »Es wird Zeit. Der Boss sollte nie zu spät kommen.« Sie grinst frech.

»Richtig. Deshalb nehmen wir standesgemäß die U-Bahn«, scherze ich und wir erheben uns.

»Hey, kannst du mir helfen? Ich muss zum *Financial District*«, wiederholt sie den ersten Satz unserer Begegnung.

»Genau meine Richtung«, sage ich. »Schließ dich mir einfach an.«

»Du hast da etwas übersprungen«, tadelt sie mich.

»Was?«

»Den unfreundlichen Part.«

»Es gab einen unfreundlichen Part?« Übertrieben ziehe ich eine Braue hoch. »Das kann nicht sein.«

Sie lacht und kneift mir kurz ins Kinn, bevor sie mir einen Kuss gibt.

Eine Stunde später …

Hailey klammert sich im Aufzug an meinen Arm. Wir sind allein. »Der CEO ist wieder im Haus«, sagt sie flötend.

»Ja, das ist er.« Zuversichtlich lächle ich sie an.

»Wie werden deine Mitarbeiter reagieren?«

Ahnungslos zucke ich mit den Schultern. »Jedenfalls erwarte ich keinen Konfettiregen.«

Wir steigen aus dem Aufzug. Hailey wird mir wenige Minuten später folgen, um kein Aufsehen zu erregen. Das mit uns jetzt schon publik zu machen, wäre zu viel des Guten. Wir wollen uns nicht in den Mittelpunkt stellen und etwas Gras über die Angelegenheit wachsen lassen.

»Was ist hier los?«, frage ich laut, als ich das Großraumbüro betrete, denn es ist niemand zu sehen.

Plötzlich springen ein paar Leute in die Luft und reißen die Arme hoch.

»Heilige Scheiße! Wollt ihr, dass ich einen Herzinfarkt bekomme?« Ich lege eine Hand auf meinen pumpenden Brustkorb.

»*Yeah*, Boss! Sie sind wieder am Start!«, ruft Jerry und alle applaudieren.

»Wir haben Sie vermisst«, meint dann auch Jade etwas zurückhaltend. Sie weicht meinem Blick aus. Ihr scheint die Affäre mit Jordan sehr unangenehm zu sein.

»Was für eine furchtbare Sache. Es hat uns so leidgetan«, versichert eine andere Angestellte, während ich durch die Reihe gehe und mich bei jeder einzelnen Person mit einem Handschlag bedanke. Ich bin gerührt, muss aber auch die erforderliche Stärke zeigen.

Hailey kommt in den Raum und stellt sich zu den anderen. Sie lächelt. Es erfordert große Selbstbeherrschung, uns nicht durch Blicke zu verraten.

Ich positioniere mich am Ende des Raums und bitte um Ruhe. »Ihr habt hier tapfer die Stellung gehalten und für das

Unternehmen gekämpft. Es ist schwer für mich, nach diesem Albtraum einfach zum Alltag überzugehen. Ich hielt Jordan für einen Freund. Er hat nicht nur mir und den Kids der Organisation geschadet, sondern auch euch. Lasst uns neu anfangen! *T-Travel* wird größer denn je! Das verspreche ich.«

Alle klatschen erneut und jubeln mir zu.

»Wir feiern das ein andermal! Lasst uns an die Arbeit gehen«, fordere ich alle auf und reibe mir tatendurstig die Hände.

Es fällt mir schwer, Hailey kein Lächeln zu schenken, als ich an ihrem Schreibtisch vorbeigehe. Mit strammen Schritten begebe ich mich in mein Büro.

Am Abend ...

Ich schließe die Tür zu meinem Loft auf und bitte Hailey, einzutreten. Sie stellt ihre Tasche ab und schaut sich anschließend so interessiert um, als wäre sie in einer Ausstellung. Kein Wunder. Meine Wohnung ist mit Erinnerungsstücken aus aller Welt dekoriert.

»Gefällt es dir?«

Sie nickt. »Sehr abenteuerlich.« Dann deutet sie auf ein gerahmtes Foto an der Wand. »Ist das dein Dad?«

»Ja. Das ist letztes Jahr in der Sportarena bei einem Spiel der *Meteors* aufgenommen worden.«

Hailey stellt sich ganz dicht davor. »Die Ähnlichkeit ist echt verblüffend.«

»Ja. So kann ich mich schon mal darauf einstellen, wie ich aussehe, wenn ich in seinem Alter bin.«

»Sind das alles Souvenirs von deinen Reisen?«

»Genau.« Während sie fasziniert ein Gemälde betrachtet, nutze ich die Gelegenheit, mir eine Maske überzuziehen. Sie wurde aus regenbogenfarbiger Wolle gestrickt und hat zwei

Hörner, einen Schnurrbart und ein spitzes Kinn. So verkleidet, trete ich neben sie.

»Verdammt, Kal! Du hast mich erschreckt. Das Ding ist gruselig.«

»Entschuldige«, sage ich schuldbewusst und ziehe sie ab. »Das ist eine folkloristische Maske aus Peru.«

»Aber die da sind wunderschön.« Verzückt streicht sie über die Pferdeskulpturen aus Bronze.

»Ich habe sie aus Indien mitgebracht. Sie stammen aus dem 19. Jahrhundert und man sagt ihnen magische Kräfte nach. Stell dir vor, es heißt, sie könnten Wünsche erfüllen.« Ich umarme Hailey von hinten, küsse ihren Scheitel und inhaliere dabei den Duft ihres Shampoos.

»Funktioniert es?«

»Ich weiß nicht. Wahrscheinlich schon. Da war dieser tiefe Wunsch in meinem Inneren, dich zu finden …«

Hailey dreht sich zu mir um, legt ihre Hände auf meine Brust und küsst mich. Wir verlieren uns in dem einzigartigen Gefühl, was einem nur die echte Liebe bringt. Das Gefühl, dass sich wie eine Kuppel über einen stülpt, in der nur wir beide existieren.

»Du wolltest mir jemanden vorstellen«, erinnert sie mich.

»Ach ja.« Ich führe sie zum riesigen Aquarium, das von einem Profi mit Pflanzen und Steinen zu einer fantastischen Unterwasserwelt hergerichtet wurde und sanft beleuchtet ist. »Das da vorn ist Samantha.«

»Woher weißt du, dass es ein weiblicher Fisch ist?«

»Solche Lippen kann nur eine Lady haben. Nein, im Ernst. Samantha könnte auch ein Kerl sein. Ich habe keine Ahnung. Die Namen gefielen mir einfach. Da hinten schwimmt Lionel. Stanley ist mal wieder ein bisschen schüchtern und hat sich versteckt. Ah, hier vorne ist er.«

»Hast du schon mal über ein etwas kuschligeres Haustier nachgedacht?«

»Eine Bartagame würde mich reizen.«

»Eine *was*?«

»Das ist eine Echsenart.«

Hailey verdreht die Augen. »Ich sagte kuschelig. Mit Fell.«

»Du meinst eine Katze oder einen Hund?«

»Genau.«

Ich nehme auf dem Sofa Platz und Hailey setzt sich zu mir. »Aufgrund meiner Reisen bisher nicht. Obwohl alle Tiere bei meiner Haushälterin in den besten Händen wären. Aber in Zukunft werde ich das Reisen etwas drosseln und jemanden zum Abchecken der Locations einstellen. Ich habe eine Menge von der Welt gesehen. Diese innere Rastlosigkeit hat mich anscheinend nur überkommen, weil ich Ablenkung suchte und nicht die richtige Frau an meiner Seite hatte. Alles war irgendwie sinnlos ohne dich.«

Hailey lässt meine Worte so im Raum stehen und klettert auf meinen Schoß. Mit ihren zarten Händen umfasst sie mein Gesicht. Während sie mich küsst, lässt sie eine Hand tiefer wandern und öffnet die Knöpfe meines Hemdes. »Die Reise in unsere eigene Welt ist immer die schönste«, flüstert sie mir ins Ohr.

»Ja«, keuche ich. Die Welt der Lust. Sie und ich. Und sonst nichts.

»Lass uns fliegen.«

23

HAILEY

A*m nächsten Morgen …*

»Puh«, stöhne ich und starre auf dem Rücken liegend wie ein Schneeengel an die Decke, wo der riesige Ventilator über dem Kingsizebett surrt und mit seinem kühlenden Luftstrom einen herrlich erfrischenden Effekt auf meiner verschwitzten Haut erzeugt.

»Du machst mich fertig«, sagt Kal. Sein Brustkorb geht nach unserem Liebesspiel, das wir uns trotz der leidenschaftlichen Nacht nicht verkneifen konnten, heftig auf und ab.

»Und das ist der erste Tag des Wochenendes. Mach dich auf etwas gefasst.«

»Perfekt. Wir können die ganze Zeit im Bett verbringen.«

»Das schlägst ausgerechnet du vor, einer der größten Abenteurer unter dem Sternenhimmel?«

»Die Dinge ändern sich. Mit dir im Bett zu sein, ist der Jackpot.«

»Wie siehts mit dem Frühstück aus? Leider sind wir nicht im Hotel und bekommen es serviert.«

»Du hast recht. Also müssen wir die Arbeit selbst übernehmen. Eier und Milch habe ich im Kühlschrank schon gesehen. Gott sei Dank hat meine Haushälterin gestern noch eingekauft.«

»Kannst du Pancakes zubereiten?«

Er legt den Kopf schief, als wolle er fragen, ob ich ihn verarsche. »Ich kann Pancakes essen, aber nicht zubereiten.«

»Meine Grandma hat mir wundervolle Pancakes gemacht, als ich klein war. Ihr Rezept habe ich im Kopf abgespeichert. Es ist das Einzige, was ich in der Küche zustande bringe. Außer Kaffee und halb verbrannten Spiegeleiern.«

»Selbst schuld, dass du mir das verraten hast. Nun musst du deinen süßen knackigen Hintern aus dem Bett schwingen, denn du hast mir Appetit gemacht.«

»Habe ich das?«

»Das tust du immer. In jeglicher Hinsicht.«

»Starrst du mir etwa auf den Hintern?«, frage ich, nachdem ich aufgestanden bin.

»Die beste Aussicht, die ich je hatte«, erwidert er machohaft grinsend, mit verschränkten Armen hinter dem Kopf.

Ich schlüpfe in sein T-Shirt, das er achtlos auf den Boden geworfen hat. Es ist viel zu groß, schlabbert um meinen Body herum und bedeckt locker meinen Po.

»Hm. Sexy«, raunt Kal.

»Echt jetzt?«

»Schärfer als Reizwäsche«, betont er mit laszivem Blick.

»Das sagst du ja nur, damit ich deine Kreditkarte nicht in irgendeinem exklusiven Dessousgeschäft ausreize«, necke ich ihn mit einem provokanten Blick über meine Schulter.

»Nein. Es ist scharf, dass du mein Shirt trägst. Komm wieder ins Bett.« Er klopft auffordernd auf die Matratze.

»Wir haben das ganze Wochenende Zeit, uns dort weiter zu vergnügen. Steh auf! Ich habe nicht behauptet, dass ich die Pancakes allein zubereite.«

»Ich dachte, du bringst sie mir ans Bett.«

»Träum weiter.«

Theatralisch ächzend kämpft er sich aus den Federn und zieht seine Boxershorts an.

»Ich hole schon mal Eier und Milch aus dem Kühlschrank. Außerdem brauche ich noch Mehl, Backpulver und eine Prise Salz. Eine Pfanne mit etwas Öl wäre auch nicht schlecht.«

Er kratzt sich am Kopf. »Da hast du mir einen richtigen Suchauftrag erteilt.«

»Du kennst dich in deiner eigenen Küche nicht aus?«

»Ich weiß, wo die Kaffeemaschine steht. Das hat mir bisher gereicht.«

»Dann suchen wir gemeinsam.«

Wenig später habe ich alles zusammen, bereite den Teig zu und brate die Pancakes. Kal beobachtet mich dabei genau. Als wir einen Stapel zusammenhaben und die Teigschüssel leer ist, setzen wir uns an die stylishe Küchenbar und essen. Kal ertränkt seine Pancakes in Sirup, was mich sehr amüsiert. Wie dieser Mann sich sein Sixpack erhält, ist eine Frage, welche die Wissenschaft niemals lösen wird.

»Die sind gut. Wirklich gut«, sagt er und haut mit großem Appetit rein.

»Danke.« Echtes Soulfood. Mit jedem Bissen fühle ich mich in unbeschwerte Kindheitsstunden zurückversetzt.

»Ich muss mal eben meine Mails checken und nach der Post sehen.« Kal zieht sich Jeans und T-Shirt über und verschwindet aus der Tür.

Während er dies tut, räume ich das Geschirr in die Spülmaschine.

»Gute oder schlechte Neuigkeiten?«, frage ich, als er wenig später mit gerunzelter Stirn und einem Brief in der Hand zurückkehrt.

»Eine Mail vom Management der *Meteors*. Sie bitten mich

offiziell um Entschuldigung und fragen, ob ich das Sponsoring fortsetzen möchte.«

»Und? Wirst du es tun?«

»Sie bieten mir ein Benefizspiel für die Hilfsorganisation an. Eine versöhnliche Geste, die ich nicht ausschlagen kann. Das bringt eine Menge gute Publicity. Die können wir hervorragend gebrauchen.«

Ich nicke zustimmend. »Was ist das?« Ich deute auf den Brief in seiner Hand.

»Ich ahne da etwas … Der Absender sind die Vanderbilts. Ob ich richtigliege, werden wir gleich wissen.« Er öffnet den Umschlag und zieht eine edle Karte heraus. »Wie ich annahm – eine Einladung zum *Maze Run*.«

»Was zum Teufel ist der *Maze Run*?«

»Ein Wettlauf durch ein Labyrinth aus Mais. Er findet jährlich Ende September in Long Valley statt.«

»Ich weiß, wann der Mais hochsteht. Vergiss nicht, ich bin ein Mädchen vom Land. Musst du unbedingt zu diesem Jetset-Vergnügen gehen?«

»Es ist mehr als das. Viel mehr. Nathan hat ein großartiges Charity-Event auf die Beine gestellt. Wenn man das Spendenherz in der Mitte des Labyrinths gefunden hat, wirft man einen Scheck dort ein. Der Gastgeber verdoppelt die Summe des Gewinners dieses Jahr sogar. Es kommt zum einen Teil der Krebsforschung und zum anderen einer Kinderhilfsorganisation zugute. Es ist also eine Ehrensache, dort aufzutauchen. Ich kann das nicht absagen. Begleite mich doch.«

»O nein. Ein Labyrinth? Das ist nichts für mich. Du kennst meinen grausigen Orientierungssinn. Ich würde dich nur behindern.«

»Entspann dich – für den Run wird mir eine Mitstreiterin zugewiesen.«

»Dem Himmel sei Dank!«, rufe ich erleichtert aus.

Moment mal. Eine Mitstreiterin. Das bedeutet, er verschwindet mit einer attraktiven Lady der High Society in einem undurchsichtigen Labyrinth. Eifersüchtige Stiche durchlaufen mein Innerstes.

»Was ist los?«, will er wissen.

»Ach nichts.«

»Machst du dir Sorgen, was du anziehen sollst?«, deutet er meine bedrückte Mimik falsch. »Was das Kleid betrifft, darfst du selbstverständlich meine Kreditkarte zum Glühen bringen.« Er greift nach meiner Hand. »Ich liebe dich über alles. Du wirst die schönste und heißeste Lady des Events sein.«

Seine Worte, seine Geste und der warme Glanz in seinen Augen machen mir deutlich, wie viel ich ihm bedeute. Das zwischen uns lässt sich nicht so einfach zerstören. Meine Eifersucht ist unbegründet. Eine andere Frau ist keine Bedrohung.

»Glühen? Deine Kreditkarte wird brennen, Mister!«, erwidere ich und zwinkere.

Kal lacht. »Wir werden demnächst eine dieser vornehmen Designerboutiquen besuchen.«

»Du willst mich begleiten?«

»Klar! Ich setze mich in einen bequemen Sessel, schlürfe Schampus und schaue zu, wie du mir eine sexy Robe nach der anderen vorführst.«

»Das klingt, als würde es Spaß machen.«

»Wir haben also einen Deal?«

»Deal«, schlage ich mit *High Five* ein.

24

HAILEY

V*ier Wochen später ...*

Heute Abend findet das Basketball Benefizspiel im *Meteors Stadium* statt. Kal und ich sitzen bereits aufgeregt auf unseren Plätzen in der ersten Reihe. Dem Anlass gemäß lässig in Jeans, Sneakern und Sweatshirts. Natürlich mit den Basecaps der *Meteors*.

»Krass! Ich habe noch nie so weit vorn ein Spiel verfolgen dürfen«, sage ich.

»Ich hol mir noch ein Bier«, verkündet Lou, die inzwischen zu einer guten Freundin geworden und daher eingeladen ist. »Wollt ihr auch etwas?«

»Nein danke«, lehne ich ab, weil ich viel zu aufgeregt bin. Auch Kal möchte nichts.

»Vielleicht schieb ich mir auch noch einen Hotdog rein«, erwägt Lou. »Die sind hier legendär.«

»Beeil dich!«, warne ich sie. »Das Spiel fängt gleich an.«

»Du weißt doch, wie blitzschnell ich einen Hotdog verschlinge.«

»Wo bleiben Jo und Billy?«, frage ich meinen Liebsten, denn auch sie wollen das Spiel nicht verpassen.

»Da kommen sie!« Er winkt ihnen zu.

»Sorry! Der Verkehr ...«, entschuldigt sich Billy, umarmt uns kurz und setzt sich.

»Wow! Ist das riesig!«, staunt Jo und drückt uns ebenfalls.

»Warst du noch nie in einer Sportarena?«, fragt Kal erstaunt.

»Nein. Meine Welt sind die Museen und Galerien.«

Kal grinst. »Da wirst du dich heute Abend auf etwas mehr Action gefasst machen müssen.«

»Da ist Jerry!«, rufe ich und hebe die Hand.

»Sorry! Ich habe mir eben noch ein Bier und einen Hotdog reingepfiffen«, entschuldigt er sich. Ich stelle ihn unseren Freunden vor und er nimmt Platz.

Ein paar Minuten später kommt Lou zurück. »Hey! Eben war der Sitz neben mir noch nicht besetzt«, sagt sie zu Jerry. »Kennen wir uns nicht von irgendwoher?«

»Stimmt. Von der Geburtstagsparty bei *T-Travel,* wo du beim Catering warst«, erklärt er. »Alle Achtung! Du besitzt ein verdammt gutes Gedächtnis.«

Ich stupse Kal leicht mit der Schulter an. »Da geht noch was«, flüstere ich ihm zu. Diesen Verkupplungsversuch konnte ich mir nicht verkneifen. In meinen Augen sind sie das ideale Paar. Manchmal muss man dem Glück auf die Sprünge helfen.

Kal quittiert mein Vorhaben mit einem breiten Grinsen.

Die Musik hört auf und ein bekanntes Gesicht erscheint auf der Leinwand. Es ist Austin Price. Verletzungsbedingt noch immer nicht im Einsatz, lässt er es sich nicht nehmen, das Spiel anzukündigen.

»Guten Abend! Schön, dass ihr so zahlreich gekommen seid und die Arena zum Bersten bringt!«, begrüßt Kals Kumpel übers Mikro die Besucher. »Heute Abend sind wir aus einem besonderen Grund hier, der weit übers Sportliche hinausgeht. Meine Mannschaft, die *Brooklyn Meteors*, lassen es bei einem Benefizspiel gegen die *Boston Stormclouds* so richtig krachen! Der Erlös geht an die Hilfsorganisation *Changes & Chances* meines Freundes Kalvin Thornton, die auf Barbados Kinder und Jugendliche unterstützt und ihnen zu einem besseren Leben verhilft. Leider kann ich selbst noch nicht mitmischen, aber ich verspreche euch, das wird ein gigantisches Spiel!«

Seine Ansprache erntet tosenden Applaus und lässt mir einen wohligen Schauer über den Rücken jagen.

Die Musik dröhnt durch die Halle und die Spieler beider Mannschaften laufen in die Arena ein. Sie heben die Arme und winken ins Publikum. Alle Fans jubeln ihnen enthusiastisch zu. Jetzt wird es ernst. Die aufgestellten Spieler begeben sich aufs Feld. Der Schiedsrichter wirft den Basketball in Höhe der Mittellinie zwischen zwei Spielern in die Luft. Der Spieler der *Stormclouds* fängt ihn und wirft ihn an einen Mannschaftskameraden weiter. Doch die *Meteors* sind auf der Hut. Schnell übernimmt einer von ihnen den Ball und dribbelt zum Korb, wo er ihn einem Kameraden zuspielt, der diesen mit einem athletischen Sprung versenkt. Die Anzeigetafel zeigt die Punkte an, mit denen die *Meteors* in Führung gehen. Rasant geht es weiter. Noch nie war ich so hautnah dran, dass ich das Quietschen der Schuhsohlen auf dem Boden vernehmen konnte. Fiebrige Aufregung durchströmt meinen Körper.

Vor der ersten Pause liegen die *Stormclouds* in Führung. Das wird ein brisantes Spiel. Ein Viertel der Spielzeit ist um und es gibt eine Verschnaufpause von zwei Minuten.

»Oje, ob sie es noch drehen können?«, frage ich Kal nach seiner Meinung.

»Warten wir es ab«, wagt er, keine Prognose zu stellen.

Es geht weiter. Mit Schnappatmung verfolge ich den Spielverlauf und klammere mich mit kalten Händen an Kals Unterarm. Die *Stormclouds* lassen die *Meteors* alt aussehen. Nach dem zweiten Viertel liegen sie in Führung und werden von ihren Fans frenetisch bejubelt. Über uns und die anderen Fans der

Meteors legt sich ein Schatten der Enttäuschung. Zeit für eine Verschnaufpause. Viele Leute holen sich Getränke und Snacks, doch die meisten bleiben sitzen, weil ein lustiges Unterhaltungsprogramm geboten wird.

»Geh in Deckung, die *Kiss Cam* schwenkt herüber«, warnt mich Kal scherzhaft vor der berüchtigten Kamera, die eingefangene Paare zum Küssen auffordert.

»Inzwischen hat es doch jeder mitbekommen, dass wir zusammen sind«, sage ich zu ihm. »Das gibt keine Schlagzeilen mehr.«

»Das stimmt. Und ich bin stolz darauf. Allerdings genieße ich deine Küsse lieber allein.« Kal nimmt die Kappe ab und wischt sich imaginären Schweiß von der Stirn, als die Kamera auf die gegenüberliegende Seite schwenkt. Gespannt verfolgt er genau wie ich ihre Suche. Plötzlich verharrt sie und fängt eine grauhaarige Lady sowie einen älteren Herrn ein.

»Nein«, keucht Kal. »Das kann nicht sein!«

»Was ist denn?«, tue ich ahnungslos.

»Das ist mein Dad. Aber das ist nicht möglich.«

»Doch, es ist dein Dad«, bestätige ich.

Kal starrt mich erschrocken an. »Du bist nicht überrascht? Wusstest du etwa, dass er hier ist?«

Ich nicke. »Wir wollten dir eine besondere Freude bereiten und stecken alle unter einer Decke. Billy, Jo, Austin, dein Dad und ich.«

»Wer ist die Frau an seiner Seite?«

»Ich schätze mal, er wird sie dir nachher vorstellen.«

Die Leute fordern die beiden unter lautstarken Zurufen auf, sich endlich zu küssen.

Ich halte den Atem an und ergreife Kals Hand. Dann küssen sie sich. Langsam und zärtlich. Anschließend schauen sie einander in die Augen. Der Augenblick ist magisch. Das

Publikum lässt ihnen den Raum und beginnt erst Sekunden später zu klatschen.

»Das gibts doch nicht! Mein Dad ist verliebt. Warum hat er mir das nicht verraten?«

»So ist die Überraschung für dich umso schöner.«

Minuten später geht das Spiel weiter. Kal und ich können uns aber kaum noch darauf konzentrieren. Doch als ein Spieler der *Meteors* zu einem sensationellen Sprung ansetzt und den Ball eigenhändig und betont lässig durch den Korb fallen lässt, als wäre es die einfachste Sache der Welt, ist das Fieber wieder da. Die New Yorker Mannschaft läuft zur Höchstform auf. Ich zeige mit einer Hand voller Begeisterung auf den Punktestand. Kal jubelt vor lauter Freude. Nach diesem Viertel gibt es erneut eine kurze Pause.

Das Spiel geht weiter. Der gefährlichste Spieler der *Meteors* greift an. Der Ball knallt gegen das Brett und fällt durch den Korb. Ich balle die Hände zu Fäusten und lasse den Jubel lautstark heraus. »*Yeah*!«

Angefeuert von ihren Anhängern, erreichen die *Meteors* immer mehr Punkte. Die Spannung ist nervenzerfetzend, als die Zeit ausläuft. Ich halte den Atem an. Das Spiel ist aus.

»Gewonnen!« Ich springe auf und fast alle anderen Fans der *Meteors* ebenso. Meine Freude setzt so eine große Energie in mir frei, dass ich meinem Liebsten jubelnd in die Arme falle.

Austin erscheint mit einem breiten Grinsen und dem Mikro auf der Leinwand.

»So, Leute! Die *Meteors* haben das Spiel für sich entschieden. Aber ich möchte betonen, dass es heute Abend keine Verlierer gibt. Vor allem die Kids von *Changes & Chances* haben gewonnen! Und als Kirsche auf der Sahnehaube haben wir noch etwas vorbereitet.« Er zaubert einen Basketball hinter seinem Rücken hervor. »Hier drauf haben alle Spieler beider Mannschaften unterschrieben. Das Schätzchen wird zusätzlich für den guten Zweck versteigert.«

Die Halle bebt vor Applaus. Die Menschen stehen auf und jubeln anerkennend.

Dieser Zusammenhalt ist fantastisch. Alles in der Welt ist doch nicht schlecht. Das lässt mich hoffen.

Kal und ich dürfen in die Mannschaftskabinen, um den Spielern zu gratulieren und ihnen zu danken. Ein großer Moment für mich, so viele Berühmtheiten zu treffen. Eingeschüchtert schüttle ich die Hände der großen Sportler. Das werde ich nie vergessen.

Anschließend treffen wir uns mit unseren Freunden sowie Kals Dad nebst Freundin in der VIP-Lounge.

»Dad«, sagt Kal mit einer Umarmung. »Da hast du mich ja ganz schön zum Narren gehalten.«

»Ich habe mich schon auf dein überraschtes Gesicht gefreut, mein Junge.«

»Hallo, Rupert«, begrüße ich ihn ebenso herzlich. »Schön, dich in echt zu sehen. Bisher kennen wir uns nur von den heimlichen Videoanrufen.«

»Wer ist die schöne Lady an deiner Seite?«, will Kal wissen und lächelt die Lady mit dem flotten grauen Bob und den warmen braunen Augen an.

»Darf ich vorstellen? Das ist Alice. Sie besitzt ein kleines Delikatessengeschäft in der Nähe meines Weinguts und hat mich, nachdem ich den Unfall hatte, mit ihren Köstlichkeiten verwöhnt. Was für ein glücklicher Zufall, dass das Schicksal uns zusammengeführt hat.«

Alice lehnt sich leicht an ihn. »Als der Auslieferungsfahrer krank war, habe ich ihm die Sachen selbst gebracht. Da sprangen die ersten Funken über.«

»Alice und ich teilen die Leidenschaft für gutes Essen und guten Wein. Dadurch sind wir gleich ins Gespräch gekommen.«

»Scheint mir, dass da etwas mehr als ein Gespräch im Spiel war«, meint Kal zwinkernd.

»Die Liebe kann in jedem Alter wie ein Blitz einschlagen. Auch in ein graues Dach, pflegte meine Mutter zu sagen«, äußert sich Alice selbstbewusst dazu, was ich beeindruckend finde. Ich mag ihre unverblümte Art. Wir werden bestens miteinander klarkommen.

»Alice hat meinen Wein selbstverständlich sofort in ihr Angebot aufgenommen«, berichtet Rupert stolz.

»Es ist ein edler Tropfen«, lobt sie ihn mit verliebtem Blick.

»Wie gehts deinem Fuß?«, frage ich.

»Alte Knochen heilen langsamer, aber ich bin sehr zufrieden. Bald kann ich mit Alice durch meine Weinberge wandern.«

»Lasst uns auf diesen Abend anstoßen«, ergreift Kal das Wort und deutet auf die Champagnerflöten, die vom Servicepersonal hereingetragen werden.

Gerade rechtzeitig schneit Austin herein. »Hey, Leute, ihr wollt doch wohl nicht ohne mich feiern?«

»Niemals!«, sagt Kal und gibt seinem Freund *High Five.* »Danke. Deine Rede war großartig.«

»Sie hat uns alle emotional sehr berührt«, füge ich hinzu.

»Das freut mich!« Austin hebt sein Glas. »Auf die Freundschaft.«

»Auf die Freundschaft. Die Familie. Und die Liebe«, ergänzt Kal.

25

KALVIN

Inzwischen ist es Herbst geworden und der große Tag des *Maze Run* ist gekommen. Wir kleiden uns für das Event an. Ich kann es kaum erwarten, Hailey in ihrem Outfit zu sehen und sie in die High Society einzuführen.

Ich bin bereits angezogen, kämpfe aber seit Minuten vor dem Spiegel mit dem Anlegen der Fliege.

Hailey kommt aus dem Bad zu mir.

»Wow! Du siehst atemberaubend aus!« Mehr vermag ich nicht zu sagen, denn ich japse nach Luft. Ihre Haare sind hochgesteckt, aber nicht divenhaft steif. Ihr flotter Pony fällt ihr weit in die Stirn. Dazu flashen mich ihre dunkel betonten Augen und der rot geschminkte Mund. Das mitternachtsblaue Ensemble besteht aus einem langärmligen Oberteil und ist bis zum Hals geschlossen. Der Rock ist bodenlang. Die aufgestickten Kristalle lassen es funkeln, als wäre ein Sternenregen darauf gerieselt. An der Taille bleibt ein Streifen Haut frei, was es ein bisschen gewagt und ungemein sexy macht. Diese Lady ist ein Eyecatcher. Ich werde den ganzen Abend gut auf sie aufpassen müssen.

»Bravo! Der Smoking steht dir ausgezeichnet«, stellt sie fest und mustert mich von Kopf bis Fuß. »Sehr elegant.« Sie zupft an meiner Fliege. »So, jetzt sitzt sie perfekt.«

Ich gebe ihr einen zarten Kuss auf die Wange, um ihr Make-up nicht zu zerstören. »Bist du fertig?«

»Gleich. Es fehlen noch die Ohrringe.« Sie verdrängt mich vor dem Spiegel und steckt die quadratischen Schmuckstücke aus glitzernden Brillanten und einem Saphir in der Mitte an. Die Leihgabe eines befreundeten Juweliers. Selbst Stars machen das so. Dann greift sie zum Parfüm und sprüht ein paar verführerisch duftende Spritzer hinter ihre Ohren und auf die Handgelenke. Jasmin und Vanille mischen sich mit zarten Aromen von Johannisbeere. Ganz so ein olfaktorisches Genie bin ich im Erkennen der Nuancen nicht, aber die Verkäuferin der Parfümerie pries das exquisite Duftwässerchen so an.

»Unser Chauffeur ist da«, sage ich, als es klingelt. »Bereit?«

»So bereit, wie es mir möglich ist.«

Wir verlassen mein Loft und fahren mit dem Aufzug nach unten. Im Hof wartet die Limousine und George hält uns galant die Wagentüren auf.

»Ms. Davis, Sie sehen umwerfend aus. Wenn ich das so sagen darf«, äußert er zurückhaltend seine Meinung.

»Danke, George.« Sie freut sich lächelnd über sein Kompliment.

Wir steigen ein und los geht die Fahrt. Long Valley liegt nur knapp eine Autostunde von New York City entfernt. Es ist unfassbar, wie schnell man dem Trubel der City entfliehen kann.

»Was denkst du – wird der Skandal noch ein Thema auf dem Event sein?«, fragt Hailey mich.

»Nein. Es gab in der Zwischenzeit so viele andere Skandale. Das ist Schnee von gestern.«

»Dann bin ich beruhigt.«

»Du wirst sehen, wir werden einen unbeschwerten Abend verbringen.«

»Erzähl mir etwas vom Gastgeber«, bittet sie. »Dann habe ich das Gefühl, ihn schon ein bisschen zu kennen.«

»Gute Idee. Warum habe ich das nicht schon längst getan? Nathan Vanderbilt ist im Versicherungsbereich tätig. Du weißt schon, in ganz großem Stil. *Vanderbilt Insurance* gehört zu den größten Unternehmen der USA und ist weltweit vertreten. Selbst ich nehme seine Dienste in Anspruch.«

»Klingt nach einem interessanten Mann.«

»Das ist er. Und er sieht so aus, wie man sich einen Vanderbilt vorstellt. Irgendwie – wie soll ich sagen – aristokratisch.« Ich zeige ihr ein Handyfoto.

»Stimmt. Ich muss aufpassen, dass ich keinen Hofknicks vor ihm mache. In irgendein Fettnäpfchen werde ich vermutlich treten. Sag nicht, ich hätte dich nicht gewarnt.«

Um Hailey von ihrer Nervosität abzulenken, packe ich ein paar Anekdoten aus, die ich mit dem einen oder anderen Mitglied des Jetsets erlebt habe. Dadurch erheitere ich sie und die Fahrzeit vergeht wie im Flug.

Langsam steuert George den Wagen auf das imposante Gelände, wo der Kies bedeutungsvoll unter den Reifen knirscht. Hier öffnet sich die Pforte zur High Society. Nach einem kurzen Einblick in diese besondere Welt auf der Hochzeit von Jo und Billy werden durch das Anwesen der Vanderbilts sämtliche Dimensionen gesprengt.

Hailey greift nach meiner Hand und hyperventiliert fast. »Das wirkt sehr beeindruckend.«

»Ich hoffe, es wird eher lustig.« Ich lege meine zweite Hand beschützend über ihre. »Ich bin bei dir.«

Sie nickt und schenkt mir ein zauberhaftes Lächeln.

»Hey«, sage ich und lege meine Finger unter ihr Kinn. »Dieses Lächeln will ich heute Abend noch häufig sehen.«

»Das bekomme ich hin. Irgendwie …«

George hat sich bereits aus dem Wagen begeben und öffnet uns die Türen. Wir steigen aus und bedanken uns bei ihm.

»Einen schönen Abend«, wünscht er uns, bevor er die Limousine neben den anderen blitzeblanken Prachtkarossen abstellt. Für die wartenden Chauffeure wird in einem Nebengebäude mit Speis und Trank gesorgt.

Ich reiche der Lady meinen Arm. Der Untergrund aus den Kiessteinen ist nicht gerade vorteilhaft für High Heels. Sie hakt sich dankbar unter. Ich führe sie in das riesige weiße Zelt, wo der Gastgeber alle persönlich begrüßt. Wir lassen uns vom freundlichen Barkeeper die Drinks aufzählen. Hailey bittet um etwas Süffig-Fruchtiges und folgt seinem Rat. Ihr Crystallini wird in einem geschliffenen Kristallglas serviert, das auch auf einer königlichen Tafel Platz finden könnte. Die Vanderbilts hatten schon immer Stil.

Ich bitte um einen Weißwein und er empfiehlt mir einen *Château Mouton Vanderbilt.* Hätte mich auch gewundert, wenn die feinen Herrschaften kein eigenes Weingut besitzen.

Hailey und ich genießen unsere Getränke und lassen die Atmosphäre auf uns wirken. Selten sieht man derart prächtige Roben, Juwelen und Luxusuhren auf einem Fleck.

»Meine Güte, ich fühle mich wie in einem Film«, flüstert Hailey.

»Ist es ein guter Film? Gibt es ein Happy End?«

»Ich denke, schon.«

Der Gastgeber schreitet elegant wie ein Lord in seinen blankgewienerten Schuhen auf uns zu. »Guten Abend, Kal«, sagt er mit einem gewinnenden Lächeln, das nicht durchblicken lässt, wie anstrengend so eine Festlichkeit mit unzähligen Small Talks sein muss.

»Guten Abend, Nathan«, erwidere ich ein wenig genervt. Er wird wissen, dass ich es nicht mag, wenn mich jemand so nennt außer meinen engsten Freunden. »Ich bin Kalvin Thornton«, richte ich mich an die hübsche Lady an seiner Seite. Man muss aufpassen, dass man nicht von ihrem zweiten Augenpaar abgelenkt wird, das zwei straffen, hochgepushten Bällen ähnelt, nur von etwas Spitze bedeckt. Nicht dass mich die Bälle von anderen Ladys noch interessieren würden, aber das dunkelgrüne Kleid bietet tiefe Einblicke. Bewusst schaue ich ihr ins Gesicht. Die braunen, halb hochgesteckten Haare mit einem leichten Kupferstich betonen ihre klassische Schönheit. Hätte sie in einer früheren Epoche gelebt, wäre sie von einem Maler in Öl verewigt worden und würde nun als weltbekanntes Gemälde im Louvre hängen. Da bin ich mir sicher.

»Darf ich vorstellen? Harper Gibson«, macht er uns kurz und bündig mit ihr bekannt. Dass sie seine Freundin ist, erwähnt er nicht. »Solltest du jemals in eurer Start-up-Phase Zeit gehabt haben, Urlaub zu machen, bist du vermutlich nicht an Kals Online-Reiseportal vorbeigekommen. Es ist eins der größten der USA. Er hat auch eine eigene Kinderhilfsorganisation, die sich auf Barbados für Kinder und Jugendliche einsetzt.«

»Hailey Davis«, stellt meine Begleiterin sich selbst vor und reicht beiden die Hand.

»Wir sehen uns bestimmt später noch mal. Entschuldigt mich. Ich habe noch einige Hände zu schütteln und werde gleich die Begrüßungsrede halten. Begleitest du mich, Harper?«

»Was sie wohl macht?«, überlegt Hailey, als beide außer Hörweite sind.

»Keine Ahnung, was ihr Job ist. Auf jeden Fall wird sie sich schon mit Nathans unterer Etage ausgiebig beschäftigt haben«, packe ich einen doppeldeutigen Spruch aus.

»Habe ich dir schon gesagt, dass du unverbesserlich bist?«

»Wenn ich für jedes Mal einen Dollar bekommen würde, wäre ich reich.«

»Das bist du auch so.«

»Stimmt.«

Die Rede des Gastgebers wird eingeläutet. Wir positionieren uns mit unseren Getränken vor der kleinen Bühne und heben mit den anderen Anwesenden anerkennend unsere Gläser.

Nathan spricht mit fester Stimme ins Mikro. Er würde auch einen herausragenden Politiker abgeben. Zusammengefasst erklärt er die Entstehung des *Maze Run* und nennt stolz die im letzten Jahr eingenommene Spendensumme. Dabei vergisst er nicht, einige Spender namentlich zu erwähnen. Zu guter Letzt erwähnt er, dass er hofft, diese Summe heute schlagen zu können. Ich grinse. Mein Scheck wird gewiss dazu beitragen.

Es folgt eine kurze Einweisung in den Ablauf der Suche im Labyrinth und er beendet seine Rede, indem er allen Teilnehmern viel Spaß wünscht.

Ich habe mich nicht für die Benachrichtigung per Handy eintragen lassen und begebe mich mit Hailey zum Aushang, um meine Mitstreiterin zu erfahren. »Ms. Michelle Dursley«, lese ich laut vor.

»Das bin ich!«, quiekt eine Stimme hinter mir.

Ich drehe mich um. Da steht eine etwa zwanzigjährige kleine Lady mit zum Dutt aufgesteckten hellblonden Haaren. Ihre Lippen leuchten etwas zu grell pink. Das Rouge auf ihren Wangen auch. Sie trägt ein violettes Ungetüm mit viel zu viel Tüll, das mich an eines dieser scheußlichen Brautjungfernkleider erinnert, in denen niemand freiwillig stecken will.

»Sie sind also meine Partnerin«, stelle ich fest.

»Michelle. Michelle Dursley.«

»Ich bin Kalvin Thornton. Meine Freunde dürfen mich Kal nennen.«

Die Kleine grinst wie ein Honigkuchenpferd.

»Hallo, Kal«, säuselt sie begeistert.

»Da wir jetzt ein Team sind, sollten wir uns duzen. Das macht es leichter«, sage ich mit lockerer Miene. Dann stelle ich ihr Hailey vor, deren breites Grinsen mir verrät, dass sie mit der Zuweisung einverstanden ist. Vielleicht ist aber auch eine winzige Sequenz Schadenfreude darin enthalten.

»Wir werden gewinnen. Ganz bestimmt. Ich habe nämlich einen Plan«, vertraut die Lady in Violett mir an.

Ich runzle die Stirn. Einen Plan? Für ein Labyrinth? »Wie ist das möglich? Hat dir da ein Vögelchen etwas gezwitschert?«, frage ich.

Michelle lacht schrill und schwingt ihre Arme, als würde sie flatternd davonfliegen wollen. »Du wirst sehen.«

»Dann lass uns aufbrechen«, zeige ich mich tatendurstig.

»Wir haben noch ein bisschen Zeit. Ich habe gerade die Starternummern auf meinem Handy gecheckt«, sagt sie.

»Ich begleite euch dahin«, entscheidet Hailey.

»Ich bin ja so aufgeregt. Das ist meine erste Teilnahme am *Maze Run*. Die letzten zwei Nächte habe ich kein Auge zugemacht«, plaudert Michelle weiter. Sie wirkt etwas unbeholfen in dem Ungetüm von Kleid.

Plötzlich verfängt sie sich mit ihren High Heels im Stoff des Kleides, gerät ins Wanken und stürzt, bevor ich reagieren kann. Michelle schreit aus Leibeskräften und alle Augen richten sich auf uns.

Grundgütiger! Das fängt ja prima an.

»Um Gottes willen! Hast du dir etwas getan?«, frage ich besorgt und knie mich hin.

»Mein Knöchel! Er tut so weh«, jammert sie mit schmerzverzerrtem Gesicht.

»Kannst du aufstehen? Ich helfe dir.«

»Nein, ich glaube, nicht.«

»Sanitäter!«, ruft Hailey laut und winkt zwei hektisch herbei.

Die beiden eilen sofort zu uns und kümmern sich um die Verletzte.

»Der Fuß schwillt ziemlich an. Der könnte gebrochen sein«,

sagt einer davon nach eingehender Untersuchung. »Wir bringen Sie erst mal in unsere Station.«

»O nein! Auf keinen Fall. Ich muss unbedingt am Run teilnehmen. Können Sie mir den Fuß nicht bandagieren?«

»Definitiv nicht. Wir müssen das erst abklären«, erklärt er eindringlich.

»Geben Sie mir eine Tablette. Oder eine Spritze. Eine Infusion. Tun Sie etwas!«, kämpft sie weiter.

»Nein!«, lehnt er vehement kopfschüttelnd ab. »Die Teilnahme ist für Sie hiermit gestrichen.« Die Sanitäter transportieren die verletzte Michelle auf einer Trage ab.

»Was mache ich nun? Ich habe keine Partnerin mehr.« Verdutzt schaue ich mich um.

»Vielleicht gibt es eine Ersatzkandidatin?«, meint Hailey.

»Du könntest doch einspringen?«

»Ich?« Hailey winkt ab. »Vollkommen unmöglich.«

»Lass mich bitte nicht im Stich. Versuch es doch bitte!«

»Kal, wir werden aus diesem Labyrinth nie mehr herauskommen und uns zum Gespött deiner High-Society-Freunde machen.«

»Blödsinn. Wir schildern der Organisationsleitung die Lage und fragen, ob das möglich ist. Immerhin geht es hier um den guten Zweck. Du weißt, wie wichtig mir das ist.«

»Ein Labyrinth und ich – das passt nicht zusammen.«

»Wir kriegen das hin. Wir sind doch ein Dreamteam.«

»Da bleibt mir wohl keine andere Wahl. Sag aber später nicht, ich hätte dich nicht gewarnt.«

»Hervorragend. Wir werden das Ding rocken.«

»Das glaube ich weniger. Wir werden keine Chance haben.«

»Betrachten wir es unter dem olympischen Gedanken. Dabeisein ist alles.«

Sie seufzt. »Ich habe mich als Kind mal in einem Maisfeld

verirrt und hockte dort, bis es dunkel wurde. Es war gruselig. Ich hörte nur die Blätter im Wind rauschen ...«

»Hier ist es völlig anders. Das Labyrinth ist beleuchtet und überall sind Stege und Teppiche ausgelegt. Hörst du die Musik?« Er hebt den Zeigefinger in die Luft. »Jazz vom Feinsten. Das wird ein großartiger Spaß.«

»Stell dir das nicht als romantischen Spaziergang vor.«

»Wir haben uns. Und nur das zählt. Vielleicht wollte das Schicksal, dass wir das zusammen machen. Wer weiß?«

Aufgeregt begeben wir uns auf die Suche nach dem Zelt der Leitung des Runs.

26

HAILEY

Kal hat es geschafft. Uns ist die Erlaubnis erteilt worden, gemeinsam teilzunehmen. Mein Puls steigt, denn gleich geht es los. Der *Maze Run* beginnt. Nach einigen anderen Paaren sind wir an der Reihe. Das Personal winkt uns heran und hält den Startzeitpunkt fest.

Als sich der grüne Wald aus Mais vor mir auftut, wird mir beinahe schwindelig. Die Kindheitserinnerungen werden präsent. Doch ich bin schon so viele Male über meinen eigenen Schatten gesprungen, dass es mir auch heute gelingen wird.

»Los gehts!« Kal nimmt meine Hand und wir tauchen in die mystisch beleuchtete Welt ein. »Nach links«, schlägt er vor.

»Nein, lieber nach rechts.«

»Meinst du?«

»Hör nicht auf mich«, winke ich ab. »Nehmen wir den linken Weg.«

»Okay.« Wir biegen dort ein. Wenige Meter entfernt stehen wir vor einer erneuten Entscheidung.

»Was nun? Mit Logik kommen wir hier nicht weiter. Sollen wir eine Münze werfen?«, frage ich.

»Ich habe keine dabei. Nur den Scheck«, knurrt er.

»Du hast keine Münzen dabei? Wieso?«

»Warum sollte ich Münzen in der Tasche haben?«

»Für das Klo?«, gebe ich zu bedenken.

»Wir sind hier bei den Vanderbilts. Wir brauchen nicht für das Klo zahlen.«

»Man hat doch immer Münzen in der Tasche …«

»Verdammt, Hailey. Ich kann dir heute nur Scheine bieten.«

»Dann gehen wir nach rechts«, entscheide ich.

»Warum rechts?«

»Weil es da hübsch aussieht.«

»Du hattest recht, wir sind verloren.«

Am Ende des eingeschlagenen Weges erwartet uns eine Verlockung. Ein Stand mit mundgerechten Delikatessen.

»Ha! Volltreffer!«, jubiliere ich.

»Ein reines Ablenkungsmanöver, das nur Zeit kostet«, bleibt Kal standhaft.

Ich lasse mich davon nicht beirren und führe mir eine Mini-Tarte mit Kürbiscreme zu Munde. Wenn wir uns schon mal in so vornehmen Kreisen bewegen. »Eine kleine Stärkung ist nie verkehrt«, sage ich mit vollem Mund. Auch einen Schluck Weißwein lasse ich mir nicht entgehen.

»Wie kannst du jetzt etwas essen?«

»Weil ich Hunger bekommen habe und nicht weiß, ob ich in den nächsten Stunden nach etwas Essbares finden werde.«

Mit einem sanften Spott in den Augen nimmt er meine Hand und zieht mich weiter. Ich überlasse ihm ohne Protest die Wahl der nächsten Richtung. Irgendwann bemerken wir an der prägnanten Steinskulptur, dass wir offenbar im Kreis gelaufen sind.

»Das gibts doch nicht«, jammere ich.

»Das ist wie in der Wildnis. Wenn man sich verirrt, läuft man im Kreis. Deshalb hatte ich auf Expeditionen immer einen Kompass dabei.«

»Hätte uns hierbei einer genutzt?«

»Vielleicht. Aber es ist gegen die Spielregeln.«

»Ein weiser Mann sagte mal zu mir, dass man nicht immer nach den Regeln spielen darf.«

Kal grinst. »Der weise Mann hat den Kompass vergessen.«

»Schau mal hier.« Ich deute auf das Schild. »Die Skulptur ist von Nathans Dad. Wahnsinn!«

»Sein Dad lebt jetzt als Bildhauer auf Hawaii und hat sie offenbar extra hierher schiffen lassen. Gut, dass das verdammte Schiff nicht gesunken ist bei dem Koloss an Bord.«

»Wenn man von den Vanderbilts spricht ...«, raune ich Kal zu, denn just in dem Moment kommt Nathan uns mit einer kleinen Blondine entgegen, die durch ihr Kleid ein wenig prinzessinnenhaft aussieht. Sie streiten heftig. »Wer ist das?«

»Keine Ahnung. Ich habe sie auch noch nie gesehen. Jedenfalls wissen die auch nicht weiter«, flüstert Kal. »Wir sind gut im Rennen.«

»Bist du dir sicher?«

»So sicher, wie man es in einem Labyrinth sein kann.«

Wir setzen unseren Weg fort, kommen an einen kleinen Platz und betrachten ein Gemälde, das so scheußlich ist, dass es mich schüttelt. »Sieh nur! Das ist von Jasper«, stelle ich anhand der Signatur fest.

»Der verrückte Künstler?«

»Genau. Schnell weg hier!« Kal führt mich in die entgegengesetzte Richtung und übernimmt weiter die Führung.

»Moment mal – hier waren wir doch eben schon. Da habe ich mir ein Häppchen genommen«, sage ich und deute auf die Servicekraft, die mich wiedererkennt und leicht nickt.

»Verdammt«, zischt Kal. »Warum habe ich das Gelände vorher nicht mit einer Drohne ausspionieren lassen?«

»Na super! Die Idee kommt etwas zu spät«, erwidere ich achselzuckend.

»Ich halte das hier für eine noch bessere Idee.« Selbstvergessen küsst er mich auf den Mund. »Shit! Habe ich nun rote Lippen?«

»Der Lippenstift soll kussecht sein. Nun, das ist er nicht so ganz«, erwidere ich kichernd und reiche ihm ein Abschminktuch aus meiner Clutch. Das ist das Einzige, was hilft.

»Ich sehe bestimmt aus wie ein Smoking tragender Clown«, beschwert er sich und wischt sich damit über die Lippen.

»Alles wieder okay.«

Voller Elan setzen wir unser Abenteuer fort. Erneut tut sich vor uns ein Stand mit Köstlichkeiten auf. Es ist, als gerate man ins Netz einer Spinne. Es gibt kein Entrinnen.

»Sind die alle für mich?«, fragt Kal den Servicemitarbeiter und deutet auf die gebogenen Löffel.

Der junge Mann läuft rot an. Der Arme scheint den Gag von Kal ernst zu nehmen. »Nein, Sir …«

»Schon gut. War nur Spaß«, erklärt Kal und nimmt einen Löffel. Das hellrote Zeug darauf wabbelt wie Wackelpudding. »Was ist das, wenn ich fragen darf?«

»Eine Gelkapsel aus klarer Tomatenbouillon. Mr. Vanderbilt hat extra einen Sternekoch engagiert, der mit Molekularküche experimentiert.«

»Soso. Experimente gehören meiner Meinung nach in den Physikunterricht und nicht in die Küche. Aber gut. Ich probiere es.« Kal legt den Kopf schief. »Nicht übel.«

»Du wolltest doch nichts essen.«

»Das ist nichts, wovon du satt wirst. Das sind nur Aromen. Probier doch selbst.«

Ich greife auch danach. Eine Tomate als Kapsel? Total verrückt. Wir lassen die kleine Pause mit einem Glas Rotwein ausklingen.

»Glaubst du, dass wir das Spendenherz jemals finden?«, drücke ich meine Befürchtungen aus.

»Wenn wir uns weiterhin nur kulinarisch verwöhnen lassen, sehe ich keine Chance, auch nur in die Nähe zu kommen.«

»Du willst mir die Schuld in die Schuhe schieben?«

»*Du* wolltest unbedingt etwas essen. Erinnerst du dich an deine Worte?« Kal bleibt stehen und dreht sich zu mir. »*Weil ich Hunger habe und nicht weiß, ob ich in den nächsten Stunden etwas Essbares finde*«, wiederholt er meinen Satz von vorhin.

»Das ist unfair«, beschwere ich mich. Schließlich habe ich ihn deutlich vor mir gewarnt. Ein Labyrinth und ich? Dieses Labyrinth macht mich nervös. Und wenn ich nervös werde, bekomme ich Gelüste. »Was ist mit dieser dämlichen Tomatenkapsel, die du unbedingt probieren wolltest?«

»Die zählt nicht. Außerdem hast du dieses Ding auch gegessen.«

»Du hast mich gezwungen.«

»Ich habe dir höflich auch eine angeboten.« Er grinst smart. »Der fantastischen Aromen wegen.«

»Wieso soll dieses Aromen-Dingsbums nicht zählen?«, hake ich nach, während wir weitergehen und die nächste Abzweigung nehmen.

»Das Zeug war flüssig …«

»Na und?«

»Willst du jetzt ernsthaft mit mir darüber diskutieren?«

»Nein. Ich will das nur klarstellen.«

»Schon wieder eine Gabelung. In welche Richtung sollen wir gehen?«, brummt er, bleibt mitten auf der Kreuzung stehen und stemmt seine Hände in die Hüften.

»Ist mir egal«, säusle ich beleidigt. »Schwächelst du etwa?«

»Was soll das heißen?«

»Du stehst da wie ein alter Mann.«

»Ich stehe hier, weil mich dieses verfluchte Maisfeld tierisch nervt.«

»Benimm dich! Da vorn kommt ein anderes Pärchen auf uns zu. Ich möchte mich ungern blamieren.«

»Die sind mir völlig gleichgültig.« Kal verwuschelt sich das Haar. »Du hast mir noch keine Antwort gegeben. Welchen Weg sollen wir einschlagen? Nach links?«

»Ich will nicht nach links.«

»Dann gehen wir eben geradeaus.«

»Der Weg sieht nicht schön aus.«

»Nicht schön? Echt jetzt?« Er kriegt sich gar nicht mehr ein. »Hailey, was stört dich an dem verschissenen Weg?«

»Kal«, betone ich seinen Namen streng. »Da steht der Mais zu dicht. Das sieht wie ein Dschungel aus.«

»Ich hätte besser eine Machete mitnehmen sollen.« Kal führt vor, wie er diese mit beiden Armen schwingen würde. »Dann wäre das Problem schnell beseitigt.«

»Du würdest ein ganzes Maisfeld mit einer Machete niedermähen wollen? Na, viel Vergnügen!«

»Dann wäre der Schwachsinn wenigstens schnell erledigt.«

Kal nimmt mich an die Hand. *Gott sei Dank! Er will sich versöhnen. Er ist der Beste!*

»Komm mit!« Unwirsch zieht er mich hinter sich her.

»In diesen Dschungel? Niemals!«, wehre ich mich lautstark und löse mich von ihm.

Wer ist der Typ, der sich an mir vorbeizwängen will? Und warum ist seine Begleiterin stehen geblieben?

»Hailey! Du kommst jetzt mit«, fordert Kal mit fester Stimme.

»Das kannst du vergessen.« Ich schubse ihn weg. »Du musst nicht laut werden.«

Um uns herum turnt noch immer dieser Typ. Ich habe keine Ahnung, was er vorhat. Hat er irgendwas genommen? Ist er auf einem Trip? Ich ignoriere ihn. Warum kichert seine Begleitung?

Kal seufzt. »Ich bin nicht laut. Ich will nur weg von hier.«

Nach weiterem Hin und Her werden wir von der Frau unterbrochen, die uns auffordert, sie vorbeizulassen. Kal und ich gehen ein Stück zur Seite und setzen unsere verbale Auseinandersetzung fort.

Als das andere Pärchen aus unserem Blickfeld verschwunden ist, halten wir inne.

»Wer war das?«, frage ich Kal und deute in die Richtung, in welche die beiden gegangen sind.

»Keine Ahnung.«

»Die zwei waren ein wenig seltsam.«

»Finde ich auch.«

»Auch wenn dieser verfluchte *Maze-Run* ein Wettbewerb ist, hätten sie sich doch die Zeit für einen Small Talk nehmen können.«

»Hast du diese Distanz zwischen ihnen bemerkt?«

»Ja. Wortwörtlich.« Ich lache.

»Aber auch irgendwie eine aufgeladene Spannung«, meint Kal.

»Ich dachte, die Spannung ging von uns aus.«

»Nein. Wir waren die mit dem heißen Knistern.« Er zwinkert mir zu.

»Stimmt.«

»In diesem Labyrinth laufen eigenartige Gestalten herum.«

»Eindeutig.«

»Sie duftete gut. Und sie hatte schöne Haare«, meint Kal plötzlich.

»Muss ich mir Sorgen machen?«

»Eifersüchtig?« Er hebt eine Braue. »Dafür gibt es keinen Grund. Du duftest unvergleichlich. Und deine Haare sind ein Traum.«

Wir grinsen uns an.

»Er sah verdammt gut aus«, tue ich es Kal gleich.

»Findest du? Hatte er nicht eine ziemlich krumme Nase?«, witzelt er.

»Nein, hatte er nicht.«

Kal zieht mich an sich heran und gibt mir einen leidenschaftlichen Kuss. »Was war das gerade? Unser erster Streit?«

»Wie kommst du darauf?« Vehement schüttle ich den Kopf. »Wir mussten uns nur eingehend absprechen, welchen Weg wir nehmen.«

»Das sehe ich auch so.«

Händchen haltend einigen wir uns darauf, unseren Weg geradeaus durch den Dschungel fortzusetzen.

»Möchtest du lieber aufgeben?«, möchte Kal nach einigen Schritten wissen.

»Niemals.«

Wir irren weiter auf der Suche nach dem Herzen durch das Labyrinth, wobei wir jegliches Zeitgefühl verlieren. High Heels sind trotz der Teppiche und Stege wahrlich nicht das richtige Schuhwerk. Ich kann die sich bildenden Blasen an meinen Füßen bereits spüren.

»Was hast du?«, fragt Kal besorgt, als ich langsamer werde. Ich erzähle es ihm und stütze mich kurz entschlossen an seiner Schulter ab und streife mir die High Heels von den Füßen. »Vielleicht ist Aufgeben doch eine Option«, meint er und zieht mich impulsiv an sich. »Verkriechen wir uns einfach irgendwo im Dickicht und geben uns einem interessanteren Spielchen hin …« Seine Lippen gleiten über meinen Hals.

»Wenn uns jemand erwischt …« Ich lege den Kopf nach hinten und seufze leicht. Die Jazzmusik im Hintergrund ist wie ein sanfter, erotischer Klangteppich, auf dem ich mit Kal nur allzu gern davonschweben würde.

»Das wäre ein weiterer Skandal. Mittlerweile bin ich daran gewöhnt.«

Sanft schiebe ich ihn von mir. »Lass uns lieber positiv auffallen. Vielleicht gewinnen wir den *Maze Run*. Es ist noch nichts verloren.«

»Okay. Wo sind wir eben hergekommen?«, überlegt er laut.

»Links.«

»Ich hätte eher auf rechts getippt.«

»Da hilft nur ein Orakel«, sage ich.

»Was meinst du damit?«

»Ich schließe die Augen und strecke meinen Arm aus. Dann drehe ich mich langsam. Du schließt ebenfalls die Augen und sagst irgendwann Stopp. In die Richtung, in die meine Hand zeigt, gehen wir.«

»Du hast recht. Mit Logik kommen wir hier ohnehin nicht weiter.«

Im weiteren Verlauf unseres Weges treffen wir ein entgegenkommendes weiteres Paar. Der schlanke Typ mit den fast schwarzen Haaren bewegt sich athletisch und im Laufschritt über den Steg. Als könne ihm dies etwas helfen. Die nicht allzu große Lady mit den dunklen Haaren vermag kaum, Schritt zu halten. Sie sind sich wie die anderen uneinig. Er redet mit seiner markanten, rauchigen Stimme auf sie ein, während sie sanft, aber bestimmt kontert.

Durch seine Eile kommt es als Begrüßung nur zu einem Nicken. Dabei wendet er uns den Kopf zu, sodass ich einen Blick in seine Augen werfen kann. Krass. Eins ist blau, das andere grün.

Die Lady lächelt. Wow! Diese Lippen. Aber erst ihre Augen. Groß, mandelförmig und haselnussbraun, was eine unglaubliche Wärme ausstrahlt.

»Sie ist unfassbar schön«, sage ich. »Wer war ihr Begleiter mit den verschiedenfarbigen Augen?«

»Unverkennbar Lennox Morris, Gründer eines Hedgefonds-Unternehmens. Ein krasser Überflieger.«

»Nun – nicht heute. Heute sind wir die Überflieger.«

»Im Moment fühle ich mich eher wie ein Underdog.«

»Lass uns nach links gehen«, schlage ich vor.

»Was ist mit dem Orakel?«

»Scheiß auf das Orakel!« Ich lasse mich von meinem Gespür leiten, das man auch weibliche Intuition nennt. Voller Adrenalin steckend, wittere ich das Ziel immer näher kommen. Kal wird von diesem Rausch angesteckt. Leute, die an uns vorbeigehen, nehmen wir gar nicht mehr wahr. Wieder wechseln wir die Richtung. Dann sehe ich am Ende des Weges etwas aufblitzen. »Das Herz! Ich fasse es nicht. Wir haben es gefunden!«, juble ich, bin aber zu erschöpft für einen Freudensprung. Meine Schuhe stelle ich neben mir ab.

Das Personal stoppt unsere Zeit und fragt uns nach den Namen.

»Ja. Unfassbar.« Kal hebt mich hoch. Ich stütze mich auf seinen starken Schultern ab und küsse ihn. Er wirbelt mich herum und setzt mich sanft ab. Dann zieht er den Spendenscheck aus der Innentasche seines Smokings. »Tun wir es gemeinsam«, fordert er mich auf.

»Du meinst wie das Anschneiden einer Hochzeitstorte?«, frage ich und beiße mir gleich darauf auf die Unterlippe.

Er nickt lächelnd und ignoriert meinen Fauxpas charmant.

Ich lege mit Kal meine Hand an den Scheck und wir beide lassen ihn im Schlund des Spendenherzes verschwinden.

»Es ist vollbracht«, verkündet Kal bedeutungsvoll.

»Was für ein fantastisches Gefühl«, sage ich, an seinen Brustkorb geschmiegt.

»Aber es ist hier noch nicht zu Ende.«

»O nein! Gibt es noch eine Aufgabe?«, kiekse ich.

»Wenn du es so nennen möchtest ... Ich wollte die besondere Atmosphäre dieses Events nutzen und mich später nach dem Run mit dir in eine ruhige Ecke zurückziehen. Doch nun stehen wir hier vor dem Herzen und ich denke, das ist die passende Gelegenheit.« Kal kniet sich vor mir hin.

»Was wird das?«, frage ich, als er ein seidenes Tuch aus seiner Hosentasche zieht.

»Ich möchte mir nur die Nase schnäuzen«, erwidert er und grinst auf seine gewohnt amüsierte Art, wenn ich mal wieder so begriffsstutzig reagiere, als wären alle Gehirnzellen ausgeflogen. »Hailey. Ich habe in den vergangenen Jahren meines Lebens etwas gesucht, was ich nicht gefunden habe, bis ich dich traf. Du bist alles, was ich brauche. Lass uns gemeinsam durchs Leben gehen. Wir schaffen das, meistern alle Höhen und Tiefen, so wie wir es bisher getan haben. Nun möchte ich dir die Frage aller Fragen stellen: Willst du meine Frau werden?« Er entfaltet das Tuch und präsentiert mir einen schmalen Ring mit einem glitzernden Brillanten.

Ungläubig lege ich meine Hände an die Wangen und spüre meine glühende Haut. Passiert das gerade wirklich, oder ist es nur ein wunderschöner Traum?

»Hier hätten wir die weitere Aufgabe«, fährt Kal fort. »Du musst jetzt nämlich Ja sagen.«

»Natürlich!«, rufe ich aus. »Natürlich sage ich Ja!«

Kal nimmt meine Hand und steckt mir den Ring an, der wie angegossen passt. »Dann sind wir nun offiziell verlobt.« Er erhebt sich und wir versinken in einem Kuss, zuerst zart, den magischen Moment genießend, dann leidenschaftlicher. Atemlos lösen wir uns voneinander und lachen befreit.

Die Angestellten, die das Szenario beobachtet und sich bis hierhin diskret zurückgehalten haben, klatschen euphorisch. Wir hatten ganz vergessen, dass sie auch noch da sind, und bedanken uns verlegen.

»Ich möchte dir ebenfalls etwas sagen.« Ich nehme seine Hände und räuspere mich. Mit schief gelegtem Kopf und einem besonderen Lächeln in den Augen erwartet er meine Worte.

»Oft habe ich mich im Leben verlaufen. Doch der Weg zu dir war vorherbestimmt. Ich habe dich gefunden und will dich nie wieder loslassen.«

»Wir werden einander nie wieder loslassen«, verspricht mein Liebster und reibt mit den Daumen über meine Handrücken. »Aber nun lass uns aus diesem verfluchten Labyrinth verschwinden.«

»Okay.« Ich schlüpfe in meine High Heels. Der Triumph, das Herz gefunden zu haben und der Heiratsantrag, lässt mich den Schmerz der Blasen an den Füßen vergessen. Ein Mitarbeiter weist uns den Weg aus dem Labyrinth. Etwas später erreichen wir das ehemalige Farmhaus, das zu einem eleganten Veranstaltungsort umgebaut wurde. Hier findet das Dinner statt. Vom Service werden wir mit Getränken versorgt, wobei wir ein erfrischendes Tonic mit Minze wählen.

»Ich bin so gespannt, wer den Run gewonnen hat«, sage ich.

»Bald werden wir es erfahren. Aber ich rechne uns keine Chancen aus.«

»Glorreicher letzter Platz«, vermute ich.

Nathan wirkt etwas abgehetzt, als er später den Raum betritt. Dann bittet er alle Gäste um Ruhe. Es wird still. Man könnte eine Stecknadel fallen hören. Er hält eine kurze Abschlussrede. An deren Ende greift er feierlich zu einem Umschlag, öffnet diesen und zieht die Karte heraus. Das ist wie bei der Verleihung eines weltbekannten Filmpreises.

»Und die Gewinner des diesjährigen *Maze Run* sind …« Er legt eine Kunstpause ein, um es spannender zu machen. »Kalvin Thornton und Hailey Davis!«

Fassungslos schauen wir einander an. Hat er gerade unsere Namen gesagt? Kal soll den Run mit mir gewonnen haben – der orientierungslosesten Person unter der Sonne?

»Herzlichen Glückwunsch! Und wie ich sehe, lässt mich Ihr

Scheck ziemlich bluten, Mr. Thornton, da ich die Summe ja verdopple. Kommen Sie bitte zu mir.«

Ich hake mich bei Kal unter und wir begeben uns unter den anerkennenden Blicken der anderen Gäste und deren Applaus zum Gastgeber. Es ist wie ein Traum.

Nathan Vanderbilt schüttelt uns die Hände. »Das war eine großartige Leistung.«

»Danke. Ich kann es noch nicht fassen«, antwortet Kal.

»Ich hoffe, wir sehen uns nächstes Jahr wieder und es gibt eine Revanche«, sagt Nathan.

»Ganz bestimmt«, platzt es aus mir heraus, denn nun habe ich Blut geleckt. Hier spricht die Queen des Maislabyrinths!

»Du hast die Lady gehört«, meint Kal und beide Männer grinsen.

»Viel Spaß beim Dinner«, verabschiedet sich Nathan.

»Vielen Dank.« Kal nickt und wendet sich mir zu. »Schenkst du mir vorher noch einen Moment unter vier Augen?«

»Du kannst ganz über mich verfügen.«

»Kann ich das?« Sein lüsterner Blick schweift über meinen Körper.

»Soweit es dieses Event zulässt.«

Wir schlendern über das parkähnliche Gelände. Es ist herbsttypisch abgekühlt, doch ich friere nicht. Zu sehr hat sich die Hitze des aufregenden Abends in meinen Adern aufgestaut.

Kal zieht mich hinter einen dicken Baumstamm. »Endlich allein.«

»Zumindest gefühlt allein«, sage ich, denn die Stimmen der anderen Gäste sind bis hierher zu vernehmen.

»Habe ich dir eigentlich schon oft genug gesagt, dass ich dich liebe?«

»Du könntest dich steigern.«

»Ich liebe dich. Ich liebe dich. Ich liebe dich.« Er streicht mir eine gelöste Haarsträhne hinters Ohr. »Habe ich nun etwas aufgeholt?«

»Ein bisschen.« Ich gebe mich seinen Lippen hin, die eine sengende Spur über meinen Hals ziehen. Ein süßes Versprechen für die kommende Nacht, in der wir wirklich allein sein werden. »Ich liebe dich auch«, wispere ich dann in sein Ohr, obwohl mein Herz diese Worte in alle Welt hinausschreien möchte.

EPILOG

HAILEY

Ein Jahr später …

Großer Gott, wo bleibt Kal denn bloß? Meine Finger graben sich vor Schmerzen in das Laken und ich starre an die Decke des Krankenhauszimmers. Seit Stunden liege ich in den Wehen. Zwei Wochen früher als erwartet.

Es war nicht absehbar, daher habe ich meinem Liebsten grünes Licht gegeben, um einen wichtigen Geschäftstermin in Boston wahrzunehmen.

Eine gefühlte Ewigkeit später geht die Tür auf. Ich hebe erwartungsvoll den Kopf. Endlich! Nein, es ist nur Jo. Was heißt nur? Sie kümmert sich wie eine Mutter um mich und hat mich mit Billy hergefahren.

Hilfe suchend strecke ich eine Hand nach ihr aus und sie eilt zu mir, um diese zu ergreifen. Ich drücke ihre Hand fest zusammen wie ein Schraubstock. »Tut mir leid«, keuche ich, als die nächste Wehe abebbt.

»Schon gut«, erwidert sie milde, aber ich bemerke ihr verzerrtes Gesicht.

»O Mann! Nun bekommst du alles ab, was Kal eigentlich aushalten müsste.«

»Er wird bald da sein«, tröstet sie mich und streicht mit einem angefeuchteten Tuch über meine verschwitzte Stirn.

»Hoffentlich noch rechtzeitig. Er hat sich so sehr gewünscht, bei der Geburt dabei zu sein. Und ich brauche ihn jetzt dringend.«

»Ich bin mir sicher, dass dein Mann jeden Moment zur Tür hereinschneien wird.«

»Mein Mann.« Ich lächle. Das hört sich so wundervoll an. Meine Gedanken schweifen zum Tag unserer Hochzeit. In den Tagen nach dem *Maze Run* begannen wir mit der Planung. Das heißt – eher Jo und ich. Kal hat sich ganz männertypisch herausgezogen. Jo vermittelte mir ihre Hochzeitsplanerin, eine großartige Frau namens Sally. Wie eine gute Fee hat sie all meine Wünsche verwirklicht. Die Hochzeit war ein Traum. Doch viel traumhafter als dieser einzelne Tag ist die Vorstellung, dass wir bald eine kleine Familie sein werden. Unser Baby ist ein Wunschkind. Wir wollten mit der Familiengründung nicht warten. Umso riesiger war die Freude, dass es gleich klappte.

Weil wir uns nicht vorstellen können, unser Kind im Großstadtdschungel von Manhattan großzuziehen, haben wir uns entschieden, bald nach Long Valley umzusiedeln. Die Gegend hat uns dermaßen gut gefallen, als wir beim *Maze Run* dort waren. Schnell haben wir ein traumhaftes Haus gefunden, das derzeit nach unseren Wünschen renoviert wird. Das alte Anwesen erstrahlt in Kürze in neuem Glanz. Es liegt weit genug von dem der Vanderbilts entfernt und ist keine protzige Villa. Dies entspricht weder meinem noch Kals Geschmack. Gleich bei der Besichtigung haben wir uns direkt in den rustikalen Charme verliebt und das Potenzial für unser Zuhause entdeckt. Es soll gemütlich werden, ein Ort zum Wohlfühlen. Ein behagliches Nest. Mit uns dort einziehen werden Samantha, Lionel und Stanley sowie die zwei Fellnasen, die wir aus dem Tierheim geholt haben. Eine rote Katze namens Jelly und einen braungefleckten Hund namens Cookie, die schon dort beste Freunde waren. Während Jelly dem Aquarium keinerlei Beachtung schenkt, ist Cookie ganz verrückt danach, die Fische zu beobachten. Wäre andersherum ja auch zu komisch gewesen.

Wenn unser Baby aus dem Gröbsten raus ist, werde ich meinem Job von dort nachgehen, denn ich brauche die geistige Herausforderung. Dafür wird mir im neuen Heim ein Büro eingerichtet. Für Kal ebenso. Wenn es nötig ist, kann er jederzeit im Unternehmen nach dem Rechten sehen.

Erneut geht die Tür auf. Lou schlendert in ihren Boots herein. Wie meistens trägt sie eine Nietenjacke. Ihr Haar leuchtet frisch nachgefärbt ketchuprot.

»Hey, Hailey! Ich bin gleich losgefahren, als Jo mir geschrieben hat«, entschuldigt sie sich.

»Mein Gott, wo warst du? In Alaska?«

Sie lacht selbstkritisch. »Ein neuer Fall. Der Eiswagen ist wieder im Einsatz. Und du weißt ja, der fährt nicht so schnell.«

»*Du* fährst nicht so schnell.«

»Wie lange dauert es denn noch, bis du das Würmchen aus dir herauspresst?«, hakt sie auf ihre unverblümte Art nach.

»Würmchen«, keuche ich. Das Baby in meinem Bauch fühlt sich gerade an wie ein zu groß geratener Kürbis. Verdammt! Wieder überrollt mich eine dieser ekelhaften Wehen.

Kalvin

»Kalvin Thornton«, stelle ich mich der Rezeptionistin des Krankenhauses atemlos vor. »Meine Frau … Sie bekommt ein Baby. Unser Baby«, stammle ich hilflos herum. Vor ein paar Stunden habe ich als taffer Unternehmer noch einen Millionenvertrag unterzeichnet, und nun fühle ich mich komplett hilflos.

»Die Entbindungsstation liegt im zweiten Stock. Steigen Sie da vorn in den Aufzug und folgen Sie der grünen Linie an den Wänden«, gibt sie mir lächelnd Auskunft.

»Ah, verstehe. Danke.« Ich laufe zum Aufzug und hämmere wie ein Verrückter auf den Knopf. Hoffentlich ist es noch nicht zu spät! Das verdammte Ding will nicht kommen. Da hilft nur der Weg über das Treppenhaus. Ich nehme mehrere Stufen auf einmal, auch wenn meine Beine wacklig sind. Auf der dritten Etage stürme ich durch die Tür. Moment Mal – hier sind gar keine gelben Linien. Oder sagte sie grüne? Das ist zum Haareraufen!

»Kann ich Ihnen helfen?«, spricht mich ein älterer Herr in einem blütenweißen Kittel, mit einem zuckerwatteähnlichen Haarkranz, an.

»Ich hoffe, es ist noch nicht zu spät«, jammere ich.

»Zu spät? Oh! Ein Verwandter liegt im Sterben?«

»Um Gottes willen! Das genaue Gegenteil. Ist hier nicht die Entbindungsstation?«

»Nein. Die Psychiatrie. Und ich bin Professor Alan Layer.« Er lacht. »Sie sollten nicht alles glauben, was man Ihnen erzählt«, setzt er mit einem irren Grinsen nach, bei dem er die Augen verdreht, die durch die Brillengläser doppelt so groß aussehen, wie sie in Wirklichkeit wahrscheinlich sind.

Was zur Hölle ist hier los? Jetzt laufe ich auch noch einem Verrückten über den Weg!

»Kommen Sie, mein Guter«, fordert er mich auf. »Sie sind sicher ein werdender Vater. Sie glauben gar nicht, wie oft die sich auf diese Station verirren.« Er drückt auf den Knopf des Aufzugs. »Ich verrate Ihnen die Wahrheit, das hier ist die Proktologische Abteilung.«

»Die *was*?«

»Hier werden Krankheiten des Enddarms behandelt.«

»Ach so.«

»An manchen Tagen kommt die ganze Welt mir wie ein Irrenhaus vor. Verzeihen Sie daher meinen kleinen Scherz von eben.« Er deutet auf den Aufzug, dessen Tür sich gerade geöffnet hat. »Bitte steigen Sie ein.«

Ich folge seiner Anweisung. Er tritt nach mir ein und drückt auf den Knopf der zweiten Etage.

»Junge oder Mädchen?«, fragt er dann.

»Wir wollen uns überraschen lassen.«

»Fabelhafte Entscheidung.«

»Finden Sie?«

Es macht *Ping* und die Aufzugtüren öffnen sich. Gemeinsam steigen wir aus und gehen den Gang hinunter.

»Ja. Absolut. Meine Frau und ich haben fünf Kinder und wollten vorher nie das Geschlecht wissen.«

»Fünf Kinder? Wie haben Sie die Aufregung der Geburten überlebt?«

Er lacht. »Fragen Sie mich nicht … Es war nicht minder aufregend, weil ich selbst Arzt bin. Die Hauptarbeit liegt einzig und allein bei der Frau. Vielleicht war es deshalb so schwer, weil man nur ein Zuschauer ist.«

»Kal! Da bist du endlich!«, ruft Billy, der auf dem Gang auf und ab läuft.

»Hailey … das Baby …«

»Sie ist noch hier, im Zimmer. Jo und Lou sind bei ihr.«

»Ich wünsche Ihnen und Ihrer Frau mit dem Nachwuchs alles Gute«, verabschiedet der Professor sich und legt seine Hand auf meine Schulter.

»Danke fürs Herbringen. Und für Ihre Worte.« Ich betrete das Zimmer und nicke Jo und Lou kurz grüßend zu. In diesem Moment habe ich nur Augen für meine Frau.

»Wir lassen euch dann mal allein«, sagt Jo und verlässt mit Lou den Raum.

»Darling ...« Ich küsse Hailey auf die Stirn. »Du wolltest doch auf mich warten.«

»Das wollte ich ja, aber unser Kleines hat andere Pläne.«

»Ich bin jetzt da und weiche nicht mehr von deiner Seite. Versprochen.«

Die Tür geht auf. Die Hebamme kommt herein und untersucht Hailey. »Na, das sieht doch schon gut aus. Wir schieben Sie jetzt besser in den Kreißsaal«, sagt sie.

»Okay«, haucht Hailey und schaut mich an.

Ich ergreife ihre Hand und lasse sie nicht los, als die Hebamme das Bett mit ihr über den Gang schiebt. Ich fühle mich mit Hailey so verbunden wie über eine unsichtbare Nabelschnur. Wir sind eins. In all dem Schmerz, der gleich folgen wird, aber auch in all dem Glück, was danach auf uns wartet.

Vor dem Kreißsaal werde ich gebeten, Schutzkleidung überzuziehen. Danach bin ich wieder an der Seite meiner Frau. Eine gewisse Hilflosigkeit überkommt mich. Trotz vieler Bücher, unzähliger Informationen und Ratschläge ist dies etwas, was einem niemand nehmen kann.

Ein paar Stunden später ...

Wir sind zurück im Zimmer. Mit einem Lächeln auf dem Gesicht betrachte ich Hailey und das kleine Bündel in ihrem Arm. Man sieht ihr die Strapazen der Geburt noch an, aber die Glückseligkeit auf ihrem Gesicht überwiegt.

Vater geworden zu sein, überwältigt mich auf eine unbeschreibliche Art und Weise. Die Liebe strömt aus mir heraus und stülpt sich wie eine schützende Blase über die beiden Menschen, die mir alles auf dieser Welt bedeuten.

»Willst du sie mal halten?«, fragt Hailey.

Ich nicke. »Selbstverständlich.« Behutsam nehme ich unsere

Tochter an mich. Vorher hatte ich Angst vor der scheinbaren Zerbrechlichkeit eines Säuglings. Würde ich mich ungeschickt anstellen im Umgang? All diese Bedenken sind wie weggeblasen. Sie ist mein Fleisch und Blut. Es gibt nichts Natürlicheres als das Band zwischen den Eltern und einem Kind.

»Bleiben wir bei Kayla?«, will sie wissen.

»Ja. Ich finde, sie sieht aus wie eine Kayla«, stimme ich dem Namen zu, den wir vorher für ein Mädchen ausgewählt haben.

Leise öffnet sich die Tür einen Spalt und Jo lugt herein. »Dürfen wir drei kurz reinkommen?«

»Klar!«, entscheidet die frischgebackene Mama.

Unsere Freunde betreten mit strahlenden Gesichtern das Zimmer. Lou hat einen Riesenstrauß bunte Luftballons besorgt, auf denen *Hello, Baby* steht.

»Hey, Vorsicht, dass du damit nicht abhebst«, warne ich sie scherzhaft.

Sie grinst und bindet die Ballons an der Sessellehne fest. Dann wirft sie einen Blick auf die neue Erdenbürgerin. »Unfassbar, dass ihr so etwas Knuffiges zustande gebracht habt. Bei der Auswahl der Patentante denkt ihr hoffentlich an mich. Das Kind braucht schließlich ein gutes Vorbild. Ich meine, stylingmäßig und so. Rosa Rüschenkleidchen könnt ihr vergessen.«

Wir lachen und Lou lacht mit. Der Verkupplungsversuch mit Jerry war leider nicht erfolgreich. Doch die beiden sind Freunde geworden, was auch zählt. Oft verbringen sie die Abende zusammen bei Bier, Hotdogs und Football.

»Oh, Liebes! Du warst so tapfer. Nun hast du es überstanden«, sagt Jo und tritt ans Bett. »Unsere herzlichsten Glückwünsche.« Sie zaubert einen Blumenstrauß hinter dem Rücken hervor.

»Danke schön«, sagt Hailey.

Jo und ihr Mann schauen über meine Schulter.

»Entzückend. Ein echter Thornton. Die Nase. Das Kinn.« Jo hält der neuen Erdenbürgerin einen Finger hin und sie greift danach. »Ui. Die süße Maus besitzt erstaunliche Kraft.«

»Da kommt unsere kleine Kayla ganz nach mir. Aber sonst hat sie Gott sei Dank viel von ihrer Mom«, erwidere ich.

»Hoffentlich …«, brummt Billy und wir alle lachen.

»Ich mach mal ein paar Fotos von euch«, schlägt Lou vor.

»Gern. Das hätte ich beinahe vergessen.« Ich lasse mich mit Kayla ablichten und dann noch zusammen mit unseren Freunden, bevor ich sie ihrer Mom wieder in die Arme lege. »Und jetzt noch ein paar mit der Hauptakteurin des Tages«, sage ich und greife selbst zu meinem Smartphone. Unzählige wundervolle Fotos entstehen.

»Hey! Ich bin auch noch da. Ich will auch ein Erinnerungsfoto«, protestiert Lou und lehnt sich schräg übers Bett. Natürlich nicht, ohne die Zunge herauszustrecken und andere Faxen zu machen.

Diese Frau ist unglaublich! Aber sie bringt gute Stimmung in jede Situation. Und sie ist meiner Hailey eine treue Freundin geworden.

Ich drücke mehrmals ab und begutachte die Fotos. »Da fällt mir ein, ich muss Dad unbedingt benachrichtigen, dass er jetzt Grandpa ist. Ich schicke ihm gleich ein paar Bilder. Er wird vor Stolz platzen.«

Drei Minuten später trudelt sein Videoanruf ein. »Junge, du machst mich zum glücklichsten Opa der Welt«, sagt er und wischt sich die Freudentränen aus den Augen.

Ich halte die Kamera in Richtung von Hailey und unserem Schatz.

»Hallo, Rupert! Hier ist deine Enkelin Kayla«, sagt sie und streicht über deren rosige Wange.

Alice' Gesicht taucht neben Dads auf. »Sie ist zauberhaft«,

sagt auch sie mit Tränen in den Augen. »Ich gratuliere euch von ganzem Herzen.«

»Wir setzen uns in den nächsten Flieger. Ich muss die Kleine unbedingt sehen«, zeigt sich mein Vater so, wie ich ihn kenne – als Mann der Tat.

»Ja, wir freuen uns auf euch!«

»Bis dann!«, beendet er das Gespräch.

»Seid mir nicht böse, aber meine Frau braucht jetzt Ruhe«, entscheide ich dann. »Danke für alles.« Ich umarme alle herzlich und sie ziehen sich zurück.

Als wir endlich allein sind, setze ich mich an Haileys Bett. Am Anblick der beiden kann ich mich nicht sattsehen. Meine kleine Familie. Hier in diesem Raum liegt alles Glück dieser Welt, das ich aus vollem Herzen und mit ganzer Seele bewahren werde.

Hailey bittet mich, unsere Tochter zu halten, zieht die Schublade ihres Nachttischs auf und holt ein Zettelchen heraus.

»Was ist das?«

»Nur ein Spruch aus einem Glückskeks. Aber er bedeutet mir sehr viel.« Sie reicht mir den Zettel und streckt die Arme aus, um die Kleine wieder an sich zu nehmen.

»Der Weg zum Herzen eines Menschen führt niemals geradeaus. Er ist wie ein Labyrinth«, lese ich mit einem tiefen Lächeln.

ENDE

Kennst du schon die anderen Bücher unserer Reihe »Maze Love«?

Hier ist ein Überblick:

Hunting the CEO von Anna Rush
Entangled with the Tycoon von Mia B. Meyers
The Fake Contract von C.R. Scott

Kim S. Caplan
c/o Autorenservice
Moritzstr. 9
42857 Remscheid

Webseite: https://www.kimscaplan.de

Korrektorat: Sabine Wagner – KoLibri Lektorat
Umschlaggestaltung: Carina Regauer

Die Figuren und Handlungen in diesem Roman sind frei erfunden. Die geschilderten Örtlichkeiten und Schauplätze können real, aber auch fiktiv sein.
In Liebesszenen wird meistens auf den Gebrauch von Verhütungsmittel verzichtet. Im echten Leben ist es eine Selbstverständlichkeit, sich und andere zu schützen!

Printed in Poland
by Amazon Fulfillment
Poland Sp. z o.o., Wrocław

41809282R00131